KB213191

부서지며 간다

부서지며 간다

초판 1쇄 발행 2025년 4월 28일

지은이 소진기
펴낸이 강수걸
편집 강나래 오해은 이선화 이소영 이혜정 한수예 유정의
디자인 권문경 조은비
펴낸곳 산지니
등록 2005년 2월 7일 제333-3370000251002005000001호
주소 부산시 해운대구 수영강변대로 140 BCC 626호
전화 051-504-7070 | 팩스 051-507-7543
홈페이지 www.sanzinibook.com
전자우편 sanzini@sanzinibook.com
블로그 sanzinibook.tistory.com

ISBN 979-11-6861-458-1 03810

부서지며 간다

소진기 에세이

산지니

프롤로그

살다 보면 의도치 않게 낯선 길로 들어선다.

쉰 살 넘어 문득 삶이 헛헛하게 느껴졌었다. 영화배우 조지 클루니가 파티를 열어 어려운 시절 함께한 열네 명의 친구에게 백만 불씩 든 가방을 선물로 줬다는 영화 같은 이야기나 울릉도 사는 가수 이장희 님이 친구 부부들을 크루즈 세계 일주 여행에 초청했다는 이야기를 알고 있었다. 삶을 한 번쯤 정리한다는 것은 어떤 기념비적인 일을 저질러야 한다는 거다.

나는 책을 내기로 했다. 내 짠내 나는 이야기라도 드러내면 위로가 될 것 같았다. "우리 출판사는 자비(自費) 출판을 하지 않습니다. 원고라도 한번 보내 보시든지요!" 그렇게 첫 번째 책 『나도 나에게 타인이다』가 태어났다. 놀랍게도 이 녀석은 한국문화예술위원회 문학나눔 선정도서가 되었다.

두 번째 서문을 쓰고 있다. 제복을 입는 사람으로서 책을 낸다는 게 조심스럽다. 자기검열이 들어갔고 목소리를 줄이고자 했다. 지혜는 누대의 고전과 경전에 차고 넘친다. 나는 내 분수에 맞게 그냥 '읽을거리'를 만든다고 생각하며 썼다. 미래의 손주 녀석들에게 굳이 할아버지를 설명하지 않아도 되는 증거품 쯤으로 생각하면 나쁘지 않다.

독자들은, 미디어에서 늘 줏대 없이 묘사되는 경찰서장 아저씨도 치열하게 삶과 맞서고 있음을 알게 될 것이다. 보편적이라고 말해도 좋을 이 맥락이 서로를 잇는 연결로써 점등되었으면 한다. 여름 한 철의 백일홍처럼 가장 뜨거울 때 가장 붉게 피어 있는 글은 쓰지 못했으나 진지함을 잃지 않으려 노력했다. 글 곳곳에 트로트 가사가 나온다. 트로트 가사 자체가 철학이고 문학이라고 생각한다. 여기서 더 근엄해질수록 우리는 자신에게서 멀어진다.

글을 쓰고 있으면 내가 좀 착해진다. 섭섭한 일도 까맣게 잊는다. 뜨개질하듯 한 글자 한 글자 채워나간다. 오로지 나의 의지로 생각을 펴고 오므리며 여기저기 시선을 던진다. 경찰이 글을? 하는 반응이 있다. 작가의 직업에 따르는 선입견이다. 직업은 각각의 언어가 있고 그 언어에 오랜 시간 젖는다. 인간의 언어를 '인문(人文)'이라 한다면 이 인문이 적나라하게 투영되는 곳이 입장이 충돌하고 사람이 갈등을 일으키는 현장이다. 이 바닥을 잘 아는 경찰관은 오히려 좋은 작가가 될 수 있다.

사회적으로 좋은 직업을 가진 사람들에게는 뭔가 색다르고 고귀한 게 있을 거라는 생각은 고정관념이다. 사람이 바닥을 보일 때는 부자도 노숙자도 신사도 건달도 귀부인도 창녀도 거기서 거기다. 직업의 언어는 밥벌이의 도구로 전락한다. 인문의 작동 방식은 그 본질에 있어 대동소이하며 그 직업의 언어와 인품을 동일시하는 것은 자주 착각이다. 악당은 거의 같은 비율로 어느 직업이든 존재한다.

인간은 단면으로 포착될 뿐이다. 총체적으로 조망되는 존재가 아니다. 우리 서로는 불완전하며 불분명하다. 인간탐구는 정답이 없고 상황과 인물에 대한 해석은 관점에 따라 달라진다. 역사는 더욱 그러하다. 서양에서는 종교의 시녀, 동양에서는 제왕의 학문이라는 비아냥을 들었을 정도다. 나는 상황과 인물의 이면을 보려고 애썼다.

인간은 나약하며 동시에 독한 존재다. 돌부리에 걸려 넘어질 때는 방금 고민하던 것을 깡그리 잊는다. 어떤 이는 태연히 신념과 죽음을 맞바꾼다. 이 삶이라는 불가사의를 두드리고 만지고 얼싸안아서 불안한 인간을 다독거리는 것이 예술이다. 나아가서 문화다. 문화는 너와 내가 다르지 않다는 인식에 기초한다.

소크라테스는 '너 자신을 알라'라고 했다. 하지만 인간의 걸음걸이는 너무 빨라져서 스스로 힘을 키우는 이 지름길을 지나친다. 성가신 도덕을 뿌리치고 양심의 무게가 깃털같이 가벼워지면 인간은 무슨 짓이든 저지르게 된다. 청춘들이여, 무도한 이 세계와 대차게 싸워야 한다. 정의로 빚은 참된 월계관도 있음을 증명해야 한다. 썩어빠진 기준을 믿지 말고 외부의 낙인에 쉽게 동조하지 말라. 자신에게 이르려 하지 않는, 길 잃은 자들은 늘

대 무리와 같다.

통이 크고 대가 셌던 정주영 회장도 항상 돈이 부족하다고 느끼며 살았다고 한다. 체 게바라가 말했다. "청춘은 여행이다. 찢어진 청바지에 두 손을 내리꽂은 채 그저 길을 떠나도 좋을 것이다." 삶의 끝까지 불안을 헤쳐 한세상을 뚜벅뚜벅 나아간 사람들이다. 독자들의 발걸음도 조금 더 가벼워지기를 바란다.

책을 낸다는 것은 세상에 흔적을 남기는 일이다. 만약 거대한 힘이 있어 지구를 가루로 만든다 해도 우주 어딘가에 인쇄의 씨는 흩날려 다시 발아할 것이다. 이 책이 나오기까지 애써주신 산지니 출판사에 깊은 감사를 드린다. 불민한 나를 좋게 대해준 모든 이에게 진심으로 감사드리며 잊지 않고 있다고 전한다.

특히 조성제 회장께 감사드린다. 경영인으로서 파리시립미술관 초대전을 비롯하여 사진에도 일가를 이루셨다. 생명의 소리와 삶의 여백을 담아낸 주남저수지 사진집은 형용할 수 없는 미적 정조를 불러일으킨다. 짙은 삶의 시선이 녹아든 사진들로 이 책이 품격의 날개를 얻었다. 다시 한번 고개 숙여 감사드린다.

목차

2장 덜 받은 봉급 값

3장 파도처럼 부서지며 왔다

4장 내 슬픔을 등에 지고 가는 사람

5장 정의는 굼벵이의 속도로 온다

1장

birthday blue

생일을 축하하는 모든 행위는
삶에 대한 뜨거운 위로다.
생일상을 거창하게 차려야 할 충분한 이유다.

birthday blue

온 동네 떠나갈 듯 울어 젖히는 소리
내가 세상에 첫선을 보이던 바로 그날이란다

남성 듀엣 '가람과 뫼'의 〈생일〉이라는 노래 첫 가사다. 신학
자 헨리 나우웬이 생일은 축하할 필요가 있는 날이라고, 그 존
재(being)에 대해 고마워, 라고 말하는 유일한 날이라고 한 것처
럼 노래는 흥겹게 탄생을 찬미한다.

하지만 나는 생일이 되면 왠지 쓸쓸하다. 칼 세이건이 말한
이 창백한 푸른 점에 기적의 확률을 뚫고 존재하게 된 날이지만
과연 이게 오롯이 축하받을 일인가에 대해서 선뜻 긍정되지 않
는다. 이 고해의 바다에서 허우적거리는 내가, 조금이라도 잘못
하거나 실수를 할라치면 쌍심지를 켜고 바라보는 엄정한 잣대
의 눈동자들 앞에서 전전긍긍하는 내가, 내 존재의 탄생을 마냥
기뻐할 하등의 이유가 없다.

게다가 생일이면 일찍 여읜 부모님이 생각나 애잔한 감정이
나를 들쑤신다. 가톨릭의 원죄론에 의하여도 나는 금단의 사과

를 따 먹은 아담과 이브의 자손으로 아직 동네 교회에 얼굴조차 내민 적이 없으니 천국에 가지 못할 죄인에 불과하다. 그래서 지인이 보내주는 카톡의 생일 축하 이모티콘은 생경하게 느껴지고 내 영혼은 축하보다는 따듯한 위로를 갈망하게 된다. 이 험한 세상 살아간다고 얼마나 고생이 많아요, 라는.

헨리 나우웬의 견해에 따르면 교도소 죄수도 일 년에 한 번쯤은 케이크를 자를 권리가 있다. 나는 타인의 생일까지 쓸쓸하게 여기는 건 아니다. 내가 가슴 설레하는 월드컵을 위해서라도 이 창백한 푸른 점에는 200개 이상의 국가와 80억 정도의 인간이 존재해야 한다. 이로써 타인의 존재에 대한 긍정은 탈출구를 찾는다.

그런데 곰곰이 생각해보면 축하와 위로는 경계의 강을 사이에 둔 이방의 감정이 아니다. 장르만 다를 뿐 같은 색깔을 띠는 경우가 많다. 우리가 축하를 건넬 때 상대의 등을 두드리거나 어루만지는 건 그간의 고난에 대한 위로의 의미고 우리가 위로를 건넬 때 힘내라고 말하고 파이팅을 외치는 데는 미래의 여정에 대한 기대가 함축돼 있다.

주목할 것은 우리가 상황을 어떻게 받아들이는가 하는 관점의 문제다. 부인의 장례식에서 춤을 추고 노래를 부른 장자(長子)는 계절이 순환하듯 삶과 죽음이 다르지 않다고 보았다. 죽음은 종말이고 슬픈 것이며 좋은 것이 아니라는 보편적 기준에 사로잡힌 우리로서는 장자의 파격에 입을 다물지 못한다. 축하와 위로는 동의어임을 기꺼이 받아들여야 할까.

내가 징검다리로서 아담과 이브의 원죄를 딸에게 물려주었으니 크리스마스에 고고성을 울리며 태어난 딸을 보면 얼핏 미안한 마음이 들지만 "우리 정인이는 선물을 두 개 받아야겠네!"라며 듬뿍 축하를 건넨다. 작은누나가 떠오른다. 저녁을 먹고 어둠이 내리고 한참이나 지났을까, 우리가 무엇을 잘못했는지 선친의 언성이 높아졌다. 잠잠히 듣고 있던, 늘 고분고분했던 누나의 입에서 낮은 목소리가 흘러나왔다. "아버지, 저 오늘 생일입니다!" 깊은 내면에서 나오는, 응축된 목소리였다. 선친의 목소리는 일거에 잦아들고 갑자기 찾아온 정적, 그 허공으로 선친이 피우시던 담배 연기는 힘없이 몽글몽글 피어올랐다. "네가 있어 좋아!"라는 말, 누나는 이 말이 얼마나 간절했을까. 날 좀 쓰다듬고 껴안아 달라는 작은 소녀의 마음, 그 마음을 아는지 한지로 된 창호지 구멍 난 곳으로 달님은 계속 달빛 선물을 밀어 넣고 있었다.

망자(亡者)의 생일이 오면 산 자의 그리움은 임계점을 넘는다. 세월호가 침몰했을 때 부모들의, 그저 튼튼하게만 자라다오, 라는 자식에 대한 존재의 긍정은 최고조에 이르렀었다. 아이들의 생일이 오면 부모의 마음은 얼마나 애통할 것인가. 온몸으로 느껴지는 아이의 질감, 귀에 쟁쟁하게 들리는 목소리, 눈에 선한 얼굴 표정, 많이 안아주지 못한 회한, 어떤 위로로도 사랑하는 자식이 더는 이 지구상에 존재하지 않는다는 슬픔은 치유되지 않는다. 장자도 자식이 죽었다면 춤추고 노래하지 못했을 것이다.

어릴 때 자주 했던 상상이다. 지구는 둥글고 우주는 끝이 없다고 배운 후 가락초등학교 옆 오봉산에 있는 큰 바위를 지구맨 아래에서 우주로 떨어뜨리면 어디에 가닿을까 하는 상상이었고 자라서 멋있는 장군이 되어 '돌격 앞으로!'를 외치며 전쟁터를 누비는 꿈이었고 부모님께 야단을 맞거나 무엇이 성에 차지 않을 때 나는 혹시 다리 밑에서 주워 온 아이가 아닌가 하는 의문이었다. 밤마다 이불을 덮어쓰고 누우면 존재에 대한 의문과 긍정이 교차하며 스쳐 갔었다.

어느 날 내 몸은 이 세상에 툭 던져졌고 그 무거운 몸을 끌고 오느라 몸과 마음은 닳고 지쳤다. 그런 어느 날 문득 맞는 생일에는 '이건 축하할 일은 아니야!'라고 생각하며 생일 우울감 (birthday blue)에 젖는다. 한데 이제는 그러지 말아야겠다. 축하와 위로는 동의어임을 기꺼이 받아들인다. 나와 너, 생명 가진 모든 것의 탄생은 세상 그 어떤 일보다 더 놀랍고 위대한 빅뉴스라고 생각해야겠다. 일 년이라는 크고 굵은, 365개의 알이 있는 옥수수에 영롱히 빛나는 다이아몬드 한 알이 박혀 있는 날이 생일이라고 생각하자. 생일을 축하하는 모든 행위는 삶에 대한 뜨거운 위로다. 생일상을 거창하게 차려야 할 충분한 이유다.

백일홍이 흐드러지게 핀 여름이다. 화무십일홍(花無十日紅)이라 했는데 이 나무는 백날을 붉게 꽃피운다. 저력의 꽃이다. 이

백일홍과 어우러진 고창 선운사의 무심한 분위기는 참으로 고혹적이었다. 살아 있는 날은 나날이 생일(生日)이므로 저 백일홍처럼 활짝 웃어야겠다. 저력을 다하여 한 생애를 넘어가야겠다.

참새의 하루

조용헌의 『내공』이라는 책에 수불스님에 관한 이야기가 있다. 저자는 수불스님을 만나 차를 마실 때마다 머리가 시원해지는 느낌을 받았다며 다음과 같이 이야기한다.

"선사가 뿜는 정화된 기가 찌릿찌릿하게 전달된다. 그 찌릿함의 시작은 아랫배다. 하단전부터 등뼈를 타고 올라와 뒤통수를 거쳐 앞이마의 미간까지 찌릿한 전류감이 전달되는 것이다."

사람의 탁기(濁氣)에 대해서는 이렇게 이야기한다. "사람마다 풍기는 아우라와 체취가 있다. 상대방을 이용할 궁리만 하고 술, 담배에 절어서 사는 복잡한 사람을 만나면 머리가 아프기 시작한다. 빨리 자리를 뜨는 게 상책이다. 그 사람의 탁기가 전달되는 것이다."

이강옥 교수의 「한국선(禪) 이야기」에 보문스님에 관한 이야기가 나온다. 보문스님은 살아있는 부처로 추앙받았던 한암 스님을 은사로 출가했고 1956년 입적했다. 직지사 탄옹스님, 해인사 효봉스님, 통도사 경봉스님과 법거량을 펼쳤다.

"사람의 눈매는 날카로우면 자비롭지 않고 자비로우면 날카로울 수 없다. 보문의 눈매는 날카로우면서도 자비로웠으니 다들 그 눈매가 형형하다고 한다. 사람의 음성은 우렁차면 맑지 않고 맑으면 우렁찰 수 없다. 보문의 음성은 우렁차면서도 맑았으니 다들 그 음성이 청아하다고 한다. 그 형형한 눈매를 한 번 보고 그 청아한 목소리를 한 번만이라도 들어 본 사람들은 어쩔 수 없이 매료되어 이끌리게 되었다. 많은 경우는 보문의 모습에서 위안을 받고 흠모하게 되었다. 혹은 위축되어 제압당했다. 그리고 더 많은 경우는 열등감을 느끼고는 질투했다."

1983년 입적하신 탄허스님은 한국 근대불교사에 획기적인 일로 평가받는 우리말 번역본 『신화엄경합론』을 발간하시는 등 유불선에 두루 깊은 지식을 갖춘 한국불교의 대강백이셨다. 사상가 함석헌과 조선의 3대 천재라고 알려진 국문학자 양주동은 탄허스님으로부터 일주일간 장자 강의를 듣고 "장자가 다시 돌아와 제 책을 설해도 오대산 탄허를 당하지 못할 것"이라고 그 학문적 깊이에 탄복했다.

탄허스님을 접한 사람들은 "깊은 호수같이 여여하며 밝은 기운을 뿜고 어린아이 같이 순진하셨다."라고 회고한다. 2016년 월정사에서 법문을 들으며 만나 뵌 정념스님도 참으로 자비로운 얼굴과 편안한 목소리였다. 무장무애(無障無碍), 무념무상(無念無想)의 경지를 이룬 수행자들의 아우라와 체취는 저 푸르고 맑은 하늘처럼 공활(空豁)하고 싫증나지 않으며 사람의 마음에 선하고 부드러운 파장을 일으킨다.

목욕탕에서 때를 벗기고 막 나설 때 느껴지는 가벼움, 깊은 잠에서 눈을 뜰 때 세상 잡사가 미처 마음에 스며들지 않을 때의 편안함, 좋은 친구와 술을 먹을 때 모든 무기를 내려놓고 내가 더는 착한 사람일 수 없다고 느끼는 평화로움, 지루한 술자리에서 '마음을 바꿔 먹어야지' 하면 즉심시불(卽心是佛)처럼 열리는 착한 내 마음, 이 순간들은 저잣거리의 중생인 내가 그나마 느끼는 무심(無心)에 가장 가까운 경우이겠다.

대학 때 불교학생회에 드는 학생들을 생경하게 바라보았고 초파일에 삼사 순례를 하는 사람들을 '열정이 있다' 정도로만 생각하고 늘 자기소개서의 종교란에 무교라고 적어 온 나로서는 관광객으로 유명 사찰을 둘러본다거나 독서로 접한 불교 외에는 불교와 인연이 없었다. 그런데.

"계장님은 전생에 큰스님이셨을 겁니다."

부산경찰청 정보계장을 할 때다. 나란히 서서 창밖을 바라보며 같이 담배를 피우던 석가람 경감님이 불쑥 말을 던졌다. 나는 가당치도 않다고 생각하며 이유를 물었다.

"제가 집에서 가부좌를 틀고 명상을 하면 30분이나 1시간은 지나야 백회(百會)가 열리는데 계장님 옆에만 서면 백회가 스르르 열립니다. 계장님은 전생에 큰스님이었습니다."

나는 빙긋이 웃으며 윤회가 있는지는 모르겠지만 탐진치(貪

塵痴)에 젖어 사는 내가 전생이 큰스님이었을 리는 만무하다고 손사래를 치니 석가람 경감님은 약간 단호함이 섞인 목소리로 말했다.

"그런 거 하고는 다릅니다."

그즈음이었던가. 서울에서 고등학교 동기들과 만났었다. 서울에서 여대를 나온 중학교 동창 S도 같이 있었다. 내가 다들 훌륭하고 좋은 친구들이지 않으냐고 물었다. S는 말했다.

"탁해…."

"…."

"너는 맑아…."

나는 나를 '잡것'이라고 생각하고 있었는데 하아! 이 수긍되지 않는 이야기에 나는 고무되었더랬다. 석가람 경감님의 '전생 큰스님' 발언이 겹쳐지며 몇 번 가 봤을 뿐인 범어사나 통도사 같은 절이 마치 내 집이었던 것처럼 정겹게 느껴지는 것이었다. '맞아, 교회보다는 절이 더 편했어!'라는 생각도 스쳐 갔다. 실은 초등학교 때 동네 교회에 한 번 놀러 간 걸 빼고는 교회 안으로 들어가 본 적도 없는데 말이다.

이렇게 나는 진기스님으로 때늦은 마음의 출가(?)를 하게 되었다. 원래 불교사상에 관심은 있어서 겉핥기식으로나마 경전 공부를 하기는 했다. 이 세상이 하나의 도량으로 처처불상(處處佛象)이라는 의미도 어렴풋이 새기고는 있었다. 하지만 유리 같은 마음은 날마다 금이 갔다. 내 하루도 낟알갱이 주우러 가는 참새의 하루와 다르지 않은, 쳇바퀴 안의 다람쥐였다. 드라마 〈이태원 클라쓰〉에서 주인공 박새로이가 '소신에 대가가 없는 자유로운 삶'을 말할 때 그건 그림이라고 생각했다. 묵묵히 쓰라린 하루를 견디는 사람들이 하늘의 별을 쳐다보는 듯한.

누군들 그렇지 않을까마는 구름처럼 물처럼 어디에고 머무름이 없이 떠도는 운수납자(雲水衲子)를 흠모한 적이 있었다. 바랑 메고 죽장 짚은 스님의 탁발 여정은 어찌 그리 낭만적으로 보였을까. 중생으로 산다는 것은 세속의 욕망에 묶이고 생업의 무게에 눌리고 가소로운 신념에 찌들고 허위의 관계에 물들어 가는 길이다. 그래야 '훌륭한 사회인'이라는 소리를 듣는다. 너무 점잖아도 '교장 선생님'이라는 지적을 받고 지나치게 솔직하면 '잡것' 소리를 듣는다. 최초의 불교 경전이라고 하는 숫타니파타는 이러한 중생에게 무소의 뿔처럼 혼자서 가라 한다.

소리에 놀라지 않는 사자와 같이
그물에 걸리지 않는 바람과 같이
흙탕물에 더럽히지 않는 연꽃과 같이
무소의 뿔처럼 혼자서 가라

이 경전은 어떤 절대적인 경지를 말하는 게 아니다. 너무 두려워 말고 너무 연연해 말고 너무 욕심내지 말고 스스로 있는 그대로 살라는, 좋은 친구의 따뜻한 격려 같은 말이다.

겁에 질린 토끼라도 인생에 한 번쯤은 사자처럼 용맹할 수 있다. 인생에 한 번쯤은 바람이 되어 이웃에게 좋은 소식 전하는 도반이 될 수 있다. 연꽃으로 피지는 못해도 인생에 한 번쯤은 그 연꽃 피우는 흙탕물 역할을 할 수 있다. 사자는 저 새처럼 날 수 없다. 바람은 저 산을 뚫을 수 없다. 연꽃은 선인장처럼 마른 땅에서 자라지 못한다. 세상 만물은 저마다 저마다의 자리에 있어 조화를 이룬다. 저 '무소의 뿔처럼 혼자서 가라'는 말이 곱씹을수록 중생에게 완전한 지지를 보내는 거대한 후원처럼 느껴진다. 뭔가 잘못을 해도 '괜찮다'라고 달래주는 느낌이다.

상대방이 빨리 자리를 뜨고 싶은, 내게 지루함을 느끼는, 그런 사람은 아니었으면 하면서, 저녁 예불을 드리는 마음으로 오늘 하루도 마감한다. 참새도 수고 많았다.

아침이 밝는구나 언제나 그렇지만
오늘도 재너머에 낱알갱이 주우러 나가봐야지

바람이 부는구나 언제나 그렇지만
오늘도 허수아비 뽐을 내며 깡통소리 울려대겠지

햇볕이 따갑구나 언제나 그렇지만
오늘도 어데 가서 물 한 모금 추기고 재잘대야지

희망은 새롭구나 언제나 똑같지만

커다란 방앗간에 집을 짓고 오순도순 살아봐야지

_송창식, 〈참새의 하루〉 중에서

내가 부를 너의 이름

    내가 나고 자랐던 마을은 강서구 낙동강 지류에 접한 용등 (龍燈)이라는 자그마한 시골 마을이다. 옛날 옛적 용이 승천한 곳이라고 붙여진 이름이다. 초등학교 입학 후 가갸거겨를 떼고 떠듬떠듬 국어책을 읽게 되었을 무렵 선친께서는 "모름지기 글자 중에서는 한자가 최고다. 삼만 자를 익혀 주역에 통달하면 축지법을 구사해 하늘을 날아다닐 수 있다."라는 기담을 들려주시며 우선 집 주소(慶南 金海郡 駕洛面 竹林里 龍燈部落)를 한자로 익히게 하셨다. 당신의 말씀만 잘 따르면 다가오는 여름방학에 외가에 보내줄 거라는 솔깃한 당근책과 함께.

    나는 어린 마음에 진짜로 용이 하늘로 올라간 일이 있는지 물었으나 선친은 일제 강점기 시절 지루한 장마 끝에 어마어마하게 큰 물뱀 한 마리가 낙동강 둑을 넘어온 적은 있다고 얼버무리시는 바람에 적이 실망했으나 여하튼 밥 식(食)자나 대 죽(竹)자를 쓰는 인근 마을에 비하면 용이 승천한 마을에서 태어났다는 사실에 은근히 자부심이 일었다. 누런 종이 위에 베껴 쓰기를 수십 번 혹은 수백 번, 그래서 저 한자로 된 고향 주소는 내 정체성의 밑자락이 되었다.

이름은 정체성이다. 『언어의 온도』에서 이기주 작가는 "누군가의 이름을 부르는 행위는 상대방의 편안함과 위태함을, 정체성을 확인하는 길이다."라고 적는다. 누가 내 이름을 불러 주어야 나는 반응한다. 세월 따라 나이도 쌓이고 신분도 달라지지만 이름은 바뀌지 않는다. 첫사랑 그녀도 이름으로 추억된다. 박인환의 시 「세월이 가면」은 지금 그 사람의 이름은 잊었지만/그의 눈동자 입술은/내 가슴에 있어, 라고 시작한다. 이름을 잊은 사랑은 추억이 아니라 기억일 뿐이다. 특히 꼭 되갚아야 할 원수는 이름 석 자로 각인된다. 이름을 빛내는 것이 가문을 빛내는 것이었으며 이름에 먹칠을 하는 것은 가문에 먹칠하는 것이었고 그 이름을 불러온 이들을 눈물짓게 하는 패륜이었다.

명불허전(名不虛傳)이라는 말이 있다. 명성이나 명예가 널리 알려진 데에는 다 그럴 만한 이유가 있기에 이름은 헛되이 전해지지 않는다는 뜻이다. 탈무드는 이름이 팔리면 곧 잊힌다고 한다. 이 말은 퇴계 이황의 좌우명이었던 '매화는 향기를 팔지 않는다'라는 문구처럼 삶의 자세에 울림 있는 교훈을 던진다. 이런 불매향(不賣香)의 자세가 켜켜이 쌓여 이름 하나가 만들어진다. 사람의 이름이 어찌 호랑이가 남긴 가죽 따위와 비교될 수 있으랴.

나의 이름은 소진기. 하고 많은 성씨 중에 너는 왜 하필이면 '소'가 되었냐고 질문하신 초등학교 선생님이 계셨다. 이왕이면 너는 사람들이 쉽게 기억하겠다거나 소처럼 성실한 사람이 되라는 식으로만 말씀해주셨다면 좋았을 텐데, 이건 놀리는 거라는 생각에 나는 아무런 대답도 하지 않았다. 그건 뻐꾸기에게나 물어볼 일이다. 너는 왜 뻐꾸기가 되었냐고 말이다.

다행히 나는 또래에 비해 힘이 세서 이름으로 놀림을 당하지 않았고 별명이 '징기스칸'이라고 내심 의기양양했는데 딱 한 명, 학교 정문에서 마주칠 때마다 나를 소똥이라고 불렀던 불량 선배가 있었다. 녀석의 집은 학교 정문 바로 옆 파아란 스레트 집이었는데 나보다 키가 두 뼘이나 커서 아무리 재도 싸움에 이길 요량이 없어 나는 속으로 분루를 삼키고 돌아서곤 했다.

이름을 부를 때 별명으로 부르는 일이 잦다. 막역한 사이일수록 그렇다. 동네 어머니들은 서로를 택호(宅號)로 불렀다. 시집오기 전 살던 지명을 썼는데 내 엄마는 고향이 마산 진동이어서 진동댁으로 불렸다. 그런데 의아하게도 아버지들은 가끔씩 성에 '상' 자를 붙여 불렀다. 성이 김씨면 '김상', 박씨면 '박상'으로 부르는 식이었는데 '상' 발음은 '씨'의 일본식 발음이라는 걸 나중에야 알게 됐다. 해방된 지가 30년이 됐어도 일제 호칭 문화가 잔존했으니 '노릇'의 힘은 이렇게 질기다.

조선 시대에는 이름을 귀하게 여겨 이름 대신 별명을 쓰는 것이 일반적이었다. 아명(兒名)은 어렸을 때 부르는 별명으로, 거친 이름으로 불러야 건강하고 장수한다는 속설에 따랐는데 고종의 경우 흥선대원군에게 '개똥이'로 불렸다고 한다. 16세쯤 되면 웃어른이 지어주는 자(字)라는 별명이 있었고 호(號)는 스스로 짓는 별칭이었다. 이율곡, 이육사, 박목월 등이 모두 호를 성에 붙인 이름이다.

〈내가 부를 너의 이름〉이라는 노래가 있다. 노래는 그리움, 그림자, 고독, 슬픔, 사랑, 기다림이라는 이름을 부른다. 말 한마디에도 체온과 체중이 실리듯이 그 사람을 부를 때는 내 감정과 시선이 개입된다. 이름은 단지 이름만으로 존재하지 않는다. 이름이 포섭하는 어떤 가치나 이미지가 그 이름 뒤에 큰 배경을 이룬다.

내가 아는 멋진 이름이 있다. 목재회사를 하시는 최가도 형님, 가난한 사람을 도우라고 어르신께서 '가도'라고 지어주셨다. 형님이 초등학교 3학년 때 어르신은 병중이셨다. 운신이 힘든 어르신은 어느 날 장남인 형님을 당신의 배 위에 말 태우고서는 지그시 바라보시며 "니가 내 생명이다"라고 딱 한 마디를 남기시고 그날 운명하셨다. 그 말씀 한마디가 형님에게는 평생 잊히지 않는 유언이자 지향하는 가치가 되었다. 이름에 걸맞게 가도 형님은 '이음'이라는 장학회를 만들어 어렵고 힘든 사람을 돕고 계신다. '이음'은 생명과 생명이 단절되지 않고 이어져야 한다는 가치를 담고 있다.

그런데 이름을 잃어버린 사람이 있다. 이한성 시인의 「잃어버린 이름」이라는 시다.

오랜 세월

그냥

슬기 엄마로 살았다.

어쩌다 병원에서

이름을 부를 때면

빨갛게

얼굴 붉히는

아내는 소녀였다.

　이름을 잃어버리는 것만큼 슬픈 일은 없다. 김춘수 시인은 내가 그의 이름을 불러 주기 전에는 그는 다만 하나의 몸짓에 지나지 않았다/내가 그의 이름을 불러 주었을 때 그는 나에게로 와서 꽃이 되었다, 고 읊었다. 이름을 잃어버린 슬기 엄마는 자신의 이름이 불리자 빨갛게 얼굴을 붉혔다. 아무도 불러 주지 않으면 이름에도 녹이 슨다. 삶의 질곡 속에서 끊임없이 물레를 돌리는 소녀, 우리들의 어머니들은 대부분 이름을 잊고 살았다. 시인은 어머니들의 이름을 찾아드리고 정답게 불러드려야 한다고 말하는 것이다. 이름을 부르는 것의 소중한 가치, 시인의 탁월한 통찰이다.

　대학 시절 케빈 코스트너 주연의 〈늑대와 춤을〉이라는 영화를 보고 친구들과 인디언식 이름을 지어 부르며 낄낄거린 적이 있다. 인디언식 이름은 자연을 닮아 무척 신선했다. 주인공의 이름은 '늑대와 춤을'이었고 아내인 인디언 여성은 '주먹 쥐고 일어나'였다. 우리가 작명할 때 재물 재(財) 자나 이룰 성(成) 자, 복될 복(福) 자나 아름다울 미(美) 자 등을 쓰는데 인디언들은 세속의 희망이나 의미를 담지 않고 무심한 자연을 빌리거나 우스꽝스러운 이름을 지었다.

인디언 추장 '까마귀 발'은 "삶은 밤중에 빛나는 개똥벌레 불빛"이라 했고 인디언 속담은 "눈에 눈물이 없으면 영혼의 무지개는 뜨지 않는다"라거나 "우리가 살고 있는 토지는 조상으로부터 물려받은 것이 아니라 우리의 아이들로부터 빌려 온 것"이라고 한다. 어느 시대 어느 민족의 사유에 못지않은 탁월한 통찰이다. 그들의 이름은 혼자 잘난 것이 아니라 다 함께 삶을 꾸려가려는 혜안의 배경을 가졌다.

가을과 함께 집으로 대봉감이 한 박스 도착했다. 사무실로 가져가 창틀에 줄줄이 놓았다. 홍시가 되면 직원들에게 하나씩 나눠주었다. 말랑말랑한 홍시 맛은 인디언의 이름처럼 신선하고 달았다. 이윽고 대봉감이 모두 홍시가 되어 자취를 감췄을 무렵 줄줄이 늘어서 시간을 익히던 그 빠알간 사명이 내 마음에 남아서인지 한동안 창틀 쪽으로 자꾸만 눈이 갔다.

나도 대봉감처럼 제 색깔 쑥스럽게 여기지 않고 내면 투쟁을 성실히 하고 있는 걸까. 내 이름을 걸고 맹세할 수 있을 정도

의 이름으로 가꿔 가고 있는 걸까. 이리저리 모자라지만 나에게
온 내 이름 석 자, 너에게 미안해서라도 다정하게나마 껴안고 걸
어가야겠다.

새들에게 묻는다

주말부부가 됐다. 3대 공덕을 쌓아야 주말부부로 지낸다는 우스갯소리가 있다. '관계'란 것에는 어쩔 수 없이 귀찮고 성가신 면이 있기 마련이다. 멀리 떨어져 있으면 갈등은 없다. 아프리카나 유럽쯤 있는 나라와 우리가 티격태격하지는 않는다. 물론 김균 선배처럼 금슬이 좋은 부부는 "천둥산 박달재를 울고 넘는 우리 님아"일 것이나 나 같은 경우는 힐끗 고개를 돌리며 날아가는 새처럼 불모산 창원터널을 넘는다.

새 이름은 다 예쁘고 낭만적이다. 청춘이었을 때는 독수리나 매, 학을 떠올렸다. 힘이 넘쳤기에 크고 강한 대상에 쉽게 감정이입이 되었다. 기러기, 뻐꾸기, 부엉이, 뜸부기, 까치, 까마귀, 비둘기, 황조롱이, 참새, 제비 따위는 '나는 것'일 뿐이었다.

이순에 가까워지니 이제는 알 것 같다. 꽁지 빠진 새의 서러움, 가을밤 외기러기의 쓸쓸함, 산에서 가끔씩 듣는 뻐꾸기 소리의 애잔함, 부엉이의 치밀함, 뜸북뜸북 뜸북새 논에서 울던, '오빠 생각'의 애상(哀想), 잘 차려입은 까치의 친근함, 일편단심 단벌 신사 까마귀의 깡다구, 사람이 다가가도 뒤뚱뒤뚱 게으른 비둘기의 무심함, 참새의 재잘거림과 경쾌한 몸짓, 제비의 다정함에 대하여, 그리하여 이들의 세월에도 조곤조곤 한 장의 편지를 쓸 수 있을 것 같다.

나는 독거노인이 되었다. 아내가 그리 불렀다. 관사에서 바라보는 대암산의 노을을 바라보며 적막함을 느낀다. 나의 호는 이제 '거인(독거노인)'이라고 너스레를 떨면 지인들의 눈동자는 부엉이 눈처럼 동그래진다. 조그마한 양은 냄비에 집에서 가져온 국을 데운다. 청춘의 맹렬한 발산 같은 파란 가스불과 양은 냄비의 화끈한 수용성에 대해 누가 '냄비 끓듯'이라는 부정적 비유를 했는가. 나는 이처럼 멋진 앙상블을 본 적이 없다.

관사로 오가는 길에 세탁소가 있고 바로 옆에 로또를 파는 가게가 있다. 사람의 날개를 깨끗하게 해주는 곳과 마음에 희망을 주는 곳이 붙어 있다. 로또점 주인은 인상이 그다지 좋다고는 할 수 없는 장년의 사내다. 인사도 없이 왼손으로 로또를 건넨다. 처음에 나는 "로또 만 원어치 주십시오!"라고 주문을 하고 "감사합니다"라고 인사를 했다. 점점 나도 말이 짧아지다가 지금은 "로또 만 원어치!"라고 주문을 하고 받아서 말없이 나온다.

내가 산 희망은 지갑 속에 잠시 머물다 늘 '그러면 그렇지!'로 전락하지만 독거노인도 희망이라는 걸 품을 수 있어서 좋다. 다만 로또점 주인이 나를, 횡재를 노리는 멀쩡한 사내가 아니라 대암산 노을의 적막함을 지우려는, 그나 나나 어쩌다 이 세상에 온, 이제는 꽁지 빠진 나그네임을 알아주었으면 좋겠다. 그의 모든 고객에게도.

로또점 주인에 대한 나의 표현은 점잖았으나 내심 나는 그를 '꼴값'이라 생각했다. 희망과 무례를 섞어 파는 인간. 그의 가게에 1등 당첨 홍보 문구가 없는 걸 보면 그의 무례가 희망의 꽁지를 앗아가 버리는 게 아닐까. 편의점에 들를 때는 친절한 알바생이 로또점 주인의 무례함을 잊게 한다.

인간은 도박에서 이기면 뇌에서 도파민이라는 물질이 분비된다. 꾸준한 저축보다는 간헐적 보상이 주어지는 도박에 인간이 중독되는 이유다. 이는 원숭이를 이용한 실험에서 입증되었다. 나는 조금의 도파민을 얻기 위해 늘 로또점을 들른다. 희망의 샘터를 그냥 지나칠 수 없는 노릇이다. "로또 만 원어치"에서 '어치'가 빠질 수도 있을 거다. 문득 훈아 형님의 노래 〈갈무리〉가 떠오른다. "이러는 내가 정말 싫어 이러는 내가 정말 미워."

〈노을〉이라는 동요가 좋다.

바람이 머물다 간 들판에
모락모락 피어나는 저녁 연기
색동옷 갈아입은 가을 언덕에
빨갛게 노을이 타고 있어요

허수아비 팔 벌려 웃음 짓고
초가지붕 둥근 박 꿈꿀 때

고개 숙인 논밭의 열매

노랗게 익어만 가는

가을바람 머물다 간 들판에

모락모락 피어나는 저녁 연기

색동옷 갈아입은 가을 언덕에

붉게 물들어 타는 저녁놀

가을바람 머물다 간 계절이 오면 흥부에게 박씨를 물어다
준 다정한 제비는 식구들을 데리고 남쪽 나라로 떠날 것이다.
자연의 섭리가 그랬다. 지푸라기와 흙으로 집을 짓던 제비, 먹이
를 새끼의 입에 넣어주는 어미 제비와 쩍쩍거리며 노오란 입속
을 한껏 벌리는 새끼들 모습이 눈에 선하다. 저녁 연기 모락모락
피어나는 집도 보인다. 텅 빈 들판 위로 무리를 쫓아가는 외기러
기 울음소리도 들린다. 제비는 가고 기러기는 오고 제비가 올 때
기러기는 갔다.

침대에 덩그러니 누운 나는 한 마리 외기러기다. 굳이 무리
를 쫓아가지 않아도 오늘 밤 모든 것을 힘껏 비워 낸 이 적막한
들판에 몸을 맡기면 내일 아침 희망의 태양이 떠오르고 꽁지가
다시 돋아나고 날개에 불끈 힘이 솟을 것이다. 스르륵 잠이 온
다. 새들에게 묻는다.

독수리에게 묻는다. 너는 하늘의 제왕이다. 네 하늘 위로 더

높은 하늘이 있느냐?

매에게 묻는다. 네 눈을 보고 다들 노려본다고 하고 이를 응시(鷹視)라 한다. 응시낭고(鷹視狼顧)라 하여 삼국지의 영웅 사마의의 눈에 비유되기까지 했다. 정녕 노려본 적이 있느냐? 단지 바라보았을 뿐이냐?

황새에게 묻는다. "뱁새가 황새를 쫓다 가랑이 찢어진다"라는 속담이 있다. 너는 뱁새와 시합을 해보기는 하였느냐? 아니면 인간들의 짐작일 뿐이냐?

학에게 묻는다. 너는 고고함의 상징으로 다들 기품이 있다고 한다. 네 목에 칼이 들어와도 목을 움츠리지 않겠느냐?

기러기에게 묻는다. 너는 금슬이 아주 좋은 새라고 들었다. 금슬 하면 원앙을 말하지만, 원앙은 자기 짝을 잃게 되면 외로워 혼자 살지 못하고 바로 다른 짝을 찾는다. 반면 너희들은 짝을 잃으면 평생 혼자 산다고 하니 도대체 언제까지 기러기로 살 작정이냐?

부엉이에게 묻는다. 너는 칠흑 같은 어둠 속에도 소리 없이 날아가 먹잇감을 낚아채는 신비의 기술을 지녔다. 태양 아래 창공을 나는 새들을 어찌 생각하느냐? 어둠의 세계에 만족하느냐?

뜸부기에게 묻는다. 너는 〈오빠생각〉이라는 노래에 나오는 유명한 새다. 네가 한 거라고는 논에서 운 것밖에 없는데 큰 명성을 얻었으니 과분하다고 생각지 않느냐?

뜸북 뜸북 뜸북새 논에서 울고

뻐꾹 뻐꾹 뻐꾹새 숲에서 울제

우리 오빠 말 타고 서울 가시면

비단 구두 사가지고 오신다더니

뻐꾸기에게 묻는다. 너는 평생 무주택자로 둥지 없이 지내며 육아도 내팽개친다는 소문을 들었다. 너같이 팔자 좋은 놈팡이가 숲에서 우는 이유는 또 무엇이더냐?

까치에게 묻는다. 사람들이 너에게 까치밥을 남겨 주고 수세기 동안 길조로 여긴 것을 보면 분명 너는 남모르는 비결이 있다. 네가 길조임을 증명할 수 있겠느냐? 그렇지 못하면 삭탈관직하고 유배형에 처할 것이다.

까마귀에게 묻는다. 나는 너를 '일편단심 단벌의 신사 까마귀의 깡다구'라 표현했다. 너의 큼직한 부리와 우렁찬 목소리, 무엇이든 파헤치고 물어가는 저돌성이 좋다. 여기 무지개색 옷들을 선물하니 일 년에 몇 번쯤은 색깔 옷으로 갈아입도록 하여라.

비둘기에게 묻는다. 너는 오랜 세월 '평화의 상징'이라는 관직에 있었다. 이제는 오만함이 지나쳐 만물의 영장인 인간을 무서워하지도 않는다. 마음대로 날아다니며 공중에서 개의치 않고 똥을 갈긴다. 인간이 그 오물을 뒤집어쓰기도 한다. 무례함이 도를 넘었다. 그리고 명색이 평화의 상징이라는 너희들이 공원 바닥에 던져 주는 모이를 주워 먹는 품위 없는 짓을 일삼고 있다. 자립경제 없는 평화가 있다더냐! 고얀 놈 같으니라고.

황조롱이에게 묻는다. 너는 도시에서도 번식하는 텃새로 천연기념물로 지정된 귀한 몸이라고 들었다. 이제는 직박구리나 뱁새 같은 작은 새들에게 도시를 물려주고 명산 대첩 저 높은 산으로 은퇴하는 게 어떠하냐?

참새에게 묻는다. 너는 이제 허수아비의 머리에 앉을 정도로 지혜로워졌으니 능히 허공의 길을 안다. 대붕(大鵬)의 뜻은 몰라도 된다. 모르는 것은 죄가 아니다. 모르면서 안다고 하는 것이 어리석을 뿐이다. 떼로 몰려다니며 인간의 곡식을 편중되게 축내지 말고 조금씩 낱알갱이를 취하도록 하여라. 여전히 발랄하구나.

제비에게 묻는다. 너는 인간에게 가장 가까이 다가와서는 말없이 떠나는 새다. 내게도 너와 같은 여인이 있었다. 강남 갔던 제비는 다시 돌아와 흥부같이 착한 사람들에게 호박씨를 물어다 줘 부자가 되게 했다고 하는데 정말로 은혜를 아는 새로구나. 기특하도다! 네 천적 새호리기를 조심하여라.

꽁지 빠진 새에게 묻는다. 새들은 하늘을 품고 하늘은 새들을 품는다. 서로가 품어도 흔적도 없다. 너의 이력도 그와 같다. 한 줌의 하늘을 가슴에 품고 하루도 투쟁 아닌 날이 없었고 멈춰 선 날도 없었다. 저 하늘 위 또 하늘은 푸르름으로 날것들을

지지한다. 애써 날개를 펴는 너의 오늘도 평안하기를, 푸르름을
닮아가기를 소망한다.

철쭉이 나를 바라보다

철쭉이 만개했다. 방송국에 근무하는 사람 좋은 종무 형님이 고향 마을에 농막을 지었다며 초대를 했다. 말이 농막이지 겉으로는 멋진 양옥이다. 종무 형님은 늘 고향 마을에 뜨는 달을 다정히 여긴다. 마루에서 달을 바라보며 마시는 술맛을 최고로 여긴다. 경찰대학 정책과정에서 만난 친구 원준이도 먼 길 달려왔다. 서울, 부산, 전주 술꾼 셋이 모여 권커니 잣거니 회포를 푼다. 진달래, 철쭉, 영산홍 이렇게 비슷비슷한 사람끼리 모여 논다.

나이 오십이 넘어서야 매화에 코를 대고 향기를 맡아 보았다. 나이 오십이 넘어서야 진달래와 철쭉과 영산홍이 어떻게 다른지 가곡 〈고향 생각〉의 '복숭아꽃 살구꽃'이 어떻게 생겼는지 궁금해졌다. 그리고 배꽃(梨花)을 한참이나 바라보면서 이화여대라는 교명이 될 만하구나, 라고 생각하고 "이화에 월백하고 은한이 삼경인제"로 시작하는 이조년의 시조를 떠올린다. 저토록 흰 배꽃에 달빛이 비치니 달빛은 월백(月白)일 테고 다정(多情)이 병이 되어 이 생각 저 생각에 잠 못 이룰 것이라 여겨진다.

또 목련을 한참 쳐다보기도 하고 목을 꺾은 빨간 동백꽃을 주워 들고 그 영혼을 상상하기도 한다. 꽃의 시체에는 봄 햇살의 온기가 남아 있었다. 이 모든 게 올봄에 생긴 일이다. 자세히 보아야 예쁘다는 시인의 평범한 말이 내 마음속으로 들어와 쨍그랑 쨍그랑 종을 울렸다.

고즈넉한 시골의 밤은 시계보다 느리게 깊어 간다. 칠흑 같은 밤은 오줌 누러 나간 나에게 뜻하지 않은 선물까지 안겨 주었다. 어릴 적 이후로 보지 못한 북두칠성을 목도한 것이다. 아, 그 순간 나는 어린 시절의 나로 감정이입이 되어 마음의 잡동사니가 사라지고 뭉클한 마음이 일었다. 보이지 않는다고 사라지거나 없어진 게 아니었다. 꽃도 별도 늘 거기에 있었지만 내가 못 볼 뿐이었다. 그래, 자세히 보지 않아서 오래 보지 않아서 우리는 서로 무심하게 스쳐 갔을 뿐이었다. 스쳐 간 인연들이여, 모쪼록 안녕하시기를.

시골의 맑은 공기와 북두칠성과 우정의 술잔으로 마음을 행구고 집에 오니 서울에서 공부하고 있는 딸아이가 오랜만에 집에 와 있었다. 유치원 다니는 노오란 꽃 나비 한 마리가 집에 앉았다. 아직도 저 아이는 거제동 승원유치원에 다니고 있을 것만 같다. 대학 졸업반이라도 집에 오면 '어린 것'이 된다. 아내와 딸아이는 이틀 동안을 한 침대에 자면서 속닥거렸다. 세상의 딸들은 부모에겐 영원히 여리고 여린 봄의 새싹 같은 존재이리라. 꽃 나비처럼 나풀나풀 날아와서 또 나풀나풀 날아갈 것이다.

살다 보면 삶의 갈피를 잡기 어려울 때가 있다. 삶의 갈피를 잡았을 때라도 그 순간은 짧다. 인생은 짧고 세상 어떤 꽃도 잠시 한때다. 이 짧은 시간을 꽃은 꽃을 피우기 위해 오랜 시간 꽃이 아니고 사람은 사람답기 위해 오랜 시간 미숙하다. 꽃이 아닌 시간, 갈피를 못 잡는 시간이어도 연약한 우리 서러워 말자.

꽃이 피면 같이 웃고 꽃이 지면 같이 울던
알뜰한 그 맹세에 봄날은 간다
별이 뜨면 서로 웃고 별이 지면 서로 울던
실없는 그 기약에 봄날은 간다

_백설희, 〈봄날은 간다〉 중에서

종무 형님은 진달래는 먹을 수 있어서 참꽃이고 철쭉은 먹을 수 없어서 개꽃이라고 했다. 인간의 관점에서야 개꽃이지만 이 아름다운 철쭉의 사명은 인간의 식용으로 존재하는 게 아니다. 하늘이 점지한 계절에 그냥 철쭉으로 피어나는 것이다. 동네를 산책하면서 오랫동안 자세히 철쭉을 바라보았다. 그러니 철쭉이 나를 바라보았다. 서로가 물끄러미 쳐다보았다.

우리들의 따뜻했던 방

으—리를 외치는 배우 김보성과 닮은 대학 선배가 있다. 실제 민준 형은 김보성과 친구 사이고 공교롭게도 같은 날에 태어났다. 김보성이 늘 으—리를 외치며 감정의 톤을 유머러스함에 놓듯 형 또한 진지한 구석을 내미는 바 없이 가벼운 갱스터 무비 같은 편안한 페이소스를 유지한다. 생판 모르는 둘이 만나 친구라는 인연까지 맺게 된 걸 보면 쌍둥이로 태어날 운명이 뻐꾸기 우는 사연으로 살짝 비켜 간 게 아닌가 싶다.

형과 나는 같은 고등학교를 나왔다. 경찰대학 시절 한 달간의 방학이 주어지면 나는 김해 읍내 형의 집에 자주 놀러 갔었다. 차비밖에 없던 내가 세상 속으로 더 전진하는 것은 어려웠다. 내 최종 목적지였던 형의 방은 자그마했다. 가세가 기울었던 탓이다. 그렇지만 두 젊은이의 마음을 어루만지기에 충분히 아늑하고 넉넉했으며 어머님의 밥상은 따뜻했다. 방에서 장골 두 명이 빈대떡처럼 이리 뒹굴 저리 뒹굴다가 밥때가 되면 넙죽 어머님의 밥상을 받아먹었다.

어머님의 밥상뿐만이 아니었다. 땅거미가 지고 형의 뒤를 졸

좀 따라가면 궁하지 않은 고등학교 선배들의 술자리에 낄 수 있었다. 스무 살 즈음의 나는 술자리의 낭만과 허무를 알아채기 시작했다. 다음 날 눈 뜨면 그 즐거웠던 술자리는 우렁각시처럼 온데간데없이 사라져버렸으니 이거야말로 색즉시공이었다. 시간은 흘러 나는 임관 후 형이 거쳐 간 김해 502 전투경찰대에 지원하게 되는데 여전히 형의 자기장이 미칠 때였다. 형이 서울로 갔다면 나도 덩달아 서울특별시민이 됐을 텐데, 삶은 이렇듯 사수가 누구냐에 따라 탄착군이 달라진다. 하지만 개인의 삶에도 가정법은 없다. 인연은 거스를 수 없는 거다.

내가 경남 의령서장으로 갔을 때 여러 번 나를 초대해 준 사람도 경남경찰청에 근무하던 형이었다. 여전히 갱스터 무비의 허세 같은 맛을 간직한 형은 별 내세울 것이 없는데도 세상에 기죽어 있지 않았고 그 삶의 번민을 얼굴에 드러내지 않았다. 나처럼 예민한 사람은 단박에 그걸 알아본다. 달변 아닌 다변, 사람들에게 경계를 풀게 하는 어설픈 익살, 돈키호테 같은 허당끼, 스스럼없는 친화력으로 형은 형만의 자세를 구축하고 있었다. 장미가 개나리의 수수함을 탐내지 않고 개나리가 장미의 화려함을 질시하지 않듯이 형은 누구를 부러워하지도 얕보지도 않았다. 단지 자기를 최대한 표현하며 스스로를 살고 있을 뿐이었다.

올 초 형이 승진했다. 참 오래 기다려 온, 늦은 승진이었다. 게다가 부산경찰청으로 발령이 났다. 복도에서 형과 마주치면 나는 나도 모르게 입꼬리가 살짝 올라가며 미소가 지어진다. 그러니 형은 그 찰나 나를 미소 짓게 하는 보살인 거다. 2014년 문화일보 신춘문예 당선작인 최찬상 시인의 「반가사유상」이라는 시가 있다.

> 면벽한 자세만
> 철로 남기고
> 그는 어디 가고 없다
>
> 어떤 것은 자세만으로도
> 생각이므로
> 그는 그 안에 있어도 없어도 그만이겠다
>
> 한 자세로
> 녹이 슬었으므로
> 천 갈래 만 갈래로 흘러내린 생각이
> 이제, 어디 가닿는 데가 없어도
> 반짝이겠다

생각해보면 형은 녹이 슬 정도로 늘 한 자세였다. 남들이 뭐라 하건 그랬다. 이제 그가 그만 생각을 털고 우두둑하고 일어나 큼직하게 걸으며 좀 반짝였으면 좋겠다. 남에게 해를 끼친 적이 없으니까, 희고 두툼하지만 마이너스의 손이라 그도 힘들게 살아왔으니까 큼직하게 걸고 반짝일 자격이 있다. 오랜만에 광안리에서 술자리를 가졌다. 형이 툭 던지듯 말했다.

"니 천천히 무라이, 내 따라 마시다가 간다이!"

나는 삼국지 장비처럼 대단한 술꾼인 양 자처하는 형에게 약간 위축이 되어 술잔을 만지작거렸다. 느와르 영화의 멋있는 상남자 이미지가 형과 겹쳐 보이기까지 했다. 그런데 웬걸, 형이 먼저 취해버렸다. 팔짱을 끼고 고개를 수그린 채 반가사유상처럼 미동도 없이 앉아 졸고 있다. 이럴 줄 알았으면 아까 빙긋이 주윤발 미소를 한번 날려주는 건데 또 허풍에 속았다. 떼서 어디 팔 수도 없는 저 호박 장군의 귀여운 허세는 상속세 없는 선대로부터의 유산, 형이 늘 지니고 다닐 수밖에 없을 것이다.

〈참새와 허수아비〉라는 노래가 있다. 인간은 하루는 외로운 지푸라기 허수아비였다가 하루는 슬픔도 모르는 노란 참새가 된다. 곡식이 익을 때 참새가 허수아비 어깨에 떡하니 앉아 있을 때가 있다. 이것이 화엄경에서 말하는 화엄(華嚴)이 아닐까. 갱스터 무비의 허세 같은 맛이 사라진다면 세상은 무슨 재미일 것인가. 만만치 않은 삶의 전장터에서 잠시 군장을 풀고 지나간 세월을 회상하노라면 문득 그 자그마한 방이 생각날 때가 있다. 다시 돌아갈 수 없는 타조알 같은 방, 동화속같이 따뜻하고 아늑한 방이었다. 세상 속으로 참 멀리 걸어왔다.

* 어머님께서는 천수를 누리시고 하늘로 가셨다. 2024년 2월 7일 김해 해성사에서 치러진 어머님의 49제에 참석해 명복을 빌었다. 밥을 차려 주시던 어머님의 둥근 교자상이 생각났다.

인간의 서열

  인간에게 서열을 매길 수 있을까. 『화엄경』에서는 중생이 이
를 수 있는 최고의 경지를 법운지(法雲地)라 하여 끝없는 공덕으
로 세상에 지혜의 비를 내리고 극락에 가서는 수많은 보살이 우
러르는 가운데 광명이 비추는 황금 연꽃으로 모셔져 불도(佛道)
를 완성한다고 한다. 바둑에서는 기품을 아홉 품격으로 나눈다.
최고 단계인 일품(一品)을 입신(入神)이라 한다.

  "판에서 신처럼 노닐기에 그 깊이와 변화를 짐작할 수 없다. 싸우
  기도 전에 상대를 압도하니 대적할 사람이 없다. 물처럼 움직이고
  산처럼 차분하다."

  2018년 입신 구단 이세돌을 이긴 인공지능 알파고는 인간
이 만들었으니, 태초에 신이 사람을 창조하고 이제 거꾸로 인간
이 신을 창조한 셈이다. 바둑의 제일 아래 단계인 구품 수졸(守
拙)도 강적을 만나 자신을 지킬 줄 알며 분수를 알아 경거망동
하지 않는다고 한다. 기품이 아예 없는 바둑은 비유하자면 인품

이 박한 사람과 같다. 인품이 박한 사람은 그 기질이 사람과 짐승의 경계를 왔다 갔다 한다. 좋은 사람인 척하다가도 언뜻 짐승의 형상을 드러낸다. 이런 사람은 "사람이 그러면 못 써~"라고 늘 타일러야 할 대상이다.

나의 뇌리에 박힌 두 사람을 여기에 초대한다. 시공을 넘은 이 초청장에 적힌 사연이 부디 겨울날 응달에 비치는 햇빛 한줌처럼 따듯했으면 한다.

어릴 적 내가 자란 김해평야 가락면에는 '상옥'이라는 소위 프리랜서 머슴이 살았다. 상옥은 역사책에서 사진으로 보는 조선말 보부상의 모습처럼 작달막하고 까무잡잡하고 볼품없는 모습이었으나 늘 웃는 얼굴이었다. 일꾼들이 들판에 둘러앉아 점심을 먹다가 누가 "상옥이는 일은 많이 하지만 밥은 조금 먹어~"라고 시망스럽게 말하자 상옥은 슬며시 숟가락을 놓았는데 아무리 달래도 요지부동 다시 숟가락을 들지 않았다고 한다. 투미했으나 천성이 착했기에 사람들은 그를 업신여기지 않았다. 죽은 후에 그가 거처했던 산능성 허름한 움막집에는 장례를 치를 만큼의 돈이 남겨져 있어 사람들을 숙연하게 했다. 어린 내가 어디 가냐고 물었을 때 늘 일하러 간다고 대답하던 상옥의 남루한 모습이 떠오른다.

같은 시절 가락면 맞은편, 낙동강 지류 건너 대저면에도 '덕배'라는 전설적인 머슴이 있었다. 머슴 덕배는 상옥과 달리 야무진 일솜씨를 밑천으로 부잣집에 고용된 정규직 머슴이었다. 지게로 똥장군을 지고 곰바지런하게 걸어가는 모습에는 줄꾼 어름사니가 줄타기할 때의 균형미가 묻어났고 소를 몰아 쟁기로 간 밭은 이랑과 고랑이 한 치의 어그러짐이 없었으며 부리는 소가 남의 논을 지나다 한 줌 벼를 훑어 먹으면 주인을 찾아가 사과하고 추수 후에 그만큼 갚아주겠노라 자복할 정도로 숫저운 사람이었다. 이 이야기는 대저면 출신 강용호 형님께 들었다.

숟가락을 놓은 상옥의 마음은 낚시꾼의 빵을 거절한 어린 내 마음과 흡사한 면이 있다. 동무도 없어 심심했던 날, 마을 앞 낙동강 강가를 배회하는데 붕어 낚시꾼이 빵 심부름을 부탁했다. 떨떠름했지만 그때 나는 하릴없는 소년이었다. 빵 두 개를 사다 주니 낚시꾼은 빵 한 개를 건넸다. 나는 빵을 거절하고 그냥 돌아서 왔다. 거기서 나에게 빵이 생기는 건 자연스럽지 않았다. 나는 빵 심부름이나 하고 콩고물을 바라는 어린이가 아니라 그냥 착한 어린이고 싶었던 거다. 상옥도 남의 말을 잘 따르는 착한 머슴이고 싶었을까. 지금도 가끔씩 강바람에 흔들리는 갈대와 함께 먹지 못한 그 둥근 팥빵이 생각난다.

마태복음에서 마음이 가난한 자는 복이 있다고 했다. 세상 낮고 외진 곳에 살았지만 남을 해롭게 하지 않는, 왜소하고 핍진한 사람들에게 바다 시인 이생진의 시구는 푼푼한 위로를 던진다. 인간이라는 생명 그 자체에 오롯이 바치는 경배의 글이다. 시인은 "술은 내가 마시는데 취하긴 바다가 취한다."라며 바다를 취하게 하는 허세를 부리지만 이야말로 시의 낭만이자 가뭇

없는 아름다움이며 파스칼의 섬세의 정신이다.

> 살아서 술을 좋아했던 사람
> 죽어서 바다에 취하라고 섬 꼭대기에 묻었다
> 살아서 가난했던 사람
> 죽어서 실컷 먹으라고 보리밭에 묻었다
> 살아서 그리웠던 사람
> 죽어서 찾아가라고 짚신 두 짝 놔두었다
>
> _이생진, 「섬묘지」 중에서

아름다운 사람이 있다. 대림그룹 이준용 명예회장은 바다도 살 수 있는 거액의 재산을 살아서 기부했다. 우리는 욕계(慾界)에 사는 인간들이다. 그럼에도 이분은 '나눔과 베풂'이라는 입신(入神)의 경지에 올랐다.

말 한마디만 달라져도 사람은 커 보인다. 서울 한남동에 있는 정보교육원에 갔을 때 나와 박창남 정보관은 점심을 먹고 어기적어기적 그 동네에 있는 고 이건희 회장의 집 구경에 나섰다. 나는 행인에게 "이건희 회장, 집이 어딥니까?"라고 물었다. 다시 박창남 정보관이 길을 물었다. "죄송합니다만 이건희 회장님 자택이 어느 방향인지 알 수 있겠습니까?" 박 정보관은 '님'자를 붙여 예의를 담았고 '집'이라는 단어를 품격 있게 들리는 '자택'이라고 표현했다. 게다가 목소리에도 슬거움이 느껴졌다. 나는 겸연쩍었다. 농구선수 옆에 서면 난쟁이로 느껴지듯 그 순간만큼은 불교 사섭법(四攝法)의 하나인, 부드럽고 온화한 말을 사용하는 애어(愛語)의 기준에서 나는 계급은 높을지언정 박 정보관에 비해 인품이 박한 인간이었다. 말은 그 사람의 심보에서 나온다. 놀부 심보라면 놀부의 말이 나올 수밖에 없다.

　이 세상에는 좋은 사람들이 푸른 나무 잎사귀처럼 무성하나 본색을 감추고 교묘히 세상을 속이며 서서히 주위를 혼탁하게 하는 위선자도 곳곳에 섞여 있다. 차라리 악인은 저렇게 살아서는 안 된다는 반면교사의 표상이라도 되지만 위선자는 층간소음처럼 사람을 약비나게 한다. 어느 정치인은 언론에 비칠 때는 만면에 미소를 띠고 세련된 이미지를 연출하다가도 지역구에서의 언행은 딱딱하고 거칠었다. 어떤 이는 언행에 교만이 비칠까 경계했으나 어떤 이는 무람없이 노골적으로 드러냈다. 반면에 눈빛이 맑고 겸손이 잘 어울리는 분도 있었으며 너럭바위처럼 상대를 편안하게 해주는 분도 있었다. 오래전 술자리에서 만났던 가수 남진 형님은 상대방을 곰삭게 대하면서 유머까지 갖춘 멋있는 사나이였다.

　애국가 2절에서 바람과 서리에 변하지 않는 '남산 위에 저 소나무'는 철갑을 둘렀다고 한다. 그리고 그 불변함이 우리의 기상이라고 노래한다. 머슴 상옥과 덕배는 누구라도 진저리칠 낮고 외진 곳을 살다간 사람이었다. 그러나 각다귀가 아니었고 남을 능갈치거나 비나리 치지 않았다. 이 두 사람이 우리의 기상에 이바지하며 이 땅에서 소나무처럼 살다 갔음을 이생진 시인의 마음이 되어 적는다. 내가 염라대왕이라면 이 두 사람은 극락에 있을 것이다. 어쩌면 극락에서 불도를 완성했는지도 모를 일이다. 이것이 인간의 서열이다.

일장춘몽(一場春夢)

　세상은 '글로벌'이었다. 당일치기로 일본 가서 초밥을 먹고 오고 유럽에서 선글라스를 끼고 브런치 먹는 사진을 SNS에 올려도 '좋아요' 정도 외의 반응을 기대하기 어려웠으니까. 우리를 싸고 있는 자본주의 화살표들은 소 떼처럼 한 방향으로 달리고 있었고 민족이라는 단어는 촌스러웠으며 국가는 거추장스러운 간섭자였다. 코로나 19는 이 거대한 흐름을 일시에 멈추게 하고 투우사처럼 카포테를 흔들었다. 흥분한 화살표들이 방향을 바꿔 당도한 곳에는 '몸은 인간의 숙명'이라는, 너무 평범하여 우리가 잊고 있던 교훈이 있었다.

　몸은 복제되지 않으며 몸의 소멸보다 더 최종적인 것은 없다. 우리는 속도와 황금에 홀려 우리의 몸으로부터 너무 멀리 떠나 와 있었다. 하나의 몸이 감당하지 못 하는 일을 벌여 놓고 '바쁘다' 소리만 연발하며 살았다. 그러다간 죽을 때에도 죽느라 바쁘다고 할 참이었다. 겨우 자정이 되어서야 그 고단한 몸을 찾아 뉘지만 좀처럼 속도를 내려놓지 못해 다시 불면과 싸운다. 퇴근길 저녁노을을 보면서 술 한잔이 생각날 때 휴대폰을 만지작거려보지만 이내 접는다. 나의 낭만을 불쑥 들이댔다가 상대의 '바쁨'이라는 속도에 치여 나의 낭만이 상처를 입을 일이 지레 걱정이다. 정현종 시인이 말하는 '방문객'이 사라졌다.

> 사람이 온다는 건
> 실은 어마어마한 일이다.
> 그는
> 그의 과거와
> 현재와
> 그의 미래와 함께 오기 때문이다.
> 한 사람의 일생이 오기 때문이다.

편지의 시대는 갔다. 눈물로 쓴 편지도 없다. 사람들 사이의 소통은 휴대폰을 통해서 이뤄진다. 휴대폰이 OK 사인을 내지 않으면 만남은 성사되지 않는다. 휴대폰이 의료용 진단키트 같은 역할을 한다. 휴대폰이 없으면 실로 어마어마한 일도 일어나지 않는다.

몸이 먼저 움직이는 시대가 있었다. 송강 정철의 시조에서 정좌수는 소를 타고 벗을 만나러 간다. 성권농이 외국 여행을 간다든지 해서 집에 없을 리는 만무하다. 경치를 완상하면서 소를 타고 가면 벗은 격의 없이 반기며 잘 익은 술을 내놓는다. 술을 매개로 하여 벗은 깊어지고 몸과 몸의 만남이 유장한 낭만의 경지로 들어선다. 돌아오는 길에 소에서 떨어질 수는 있어도 내 친구 택이처럼 음주단속에 걸릴 일은 없다.

재 너머 성권농 집 술 익단 말 어제 듣고
누운 소 발로 박차 언치 놓아 지즐 타고
어희야 네 권농아 정좌수 왔다 하여라

    한편 더 많이 인간을 행복하게 할 거라는 디지털에 대한 추앙은 조금씩 지지를 잃어왔다. 우리는 돼지저금통에 동전을 모으듯 휴대폰에 전화번호를 차곡차곡 저장해놓고 그 휴대폰을 애지중지한다. 그러면서도 서로가 안부를 묻지 않고 연락을 하지 않아서 다시 서로 좀 섭섭해진다. 삶이란 가야금 열두 줄을 타는 것인데 사람이 카톡 한 줄로 취급된다. 그리고 지워진다. 눈 내리는 소리보다 조용히.

    연애가 죽어간다. 경쟁과 속도는 젊은이들이 연애할 시간을 먹어치운다. 연애는 왜소해지고 낭만과 멀어지고 불안의 너머에서 희미하다. 36.5도의 연애가 종언을 고하는 시대가 올지도 모른다. 아니 누군가 자본주의적 의도로 연애는 과학이라며 인간의 순수한 연애를 폄훼하고 사랑의 종말을 부추길 수 있다. 이미 유발 하라리는 그의 책『호모데우스』에서 인간의 뇌에 칩(microchip)을 심어 가장 이상형의 이성을 찾을 수 있는 시대가 올 거라 예언했다. 연애가 사라진 세상은 끔찍하다. 인간이 가장 빛나는 시간을 잃는다면 인간은 무엇으로 성숙하고 무엇으로 행복할 것인가.

아사다 지로의 소설 『칼에 지다』에 자결을 하고 죽어가는 주인공, 사무라이 요시무라 간이치로의 독백—죽은 아버지의 입을 빌린—이 나온다.

"사내란 제 아내를 좋아하지 않고서는 힘이 나지 않는 법이야!"

사내가 내는 평생의 힘은 무엇보다 아내를 좋아하는 데서 나온다고? 아, 이런 탁월한 통찰을 나는 접한 적이 없다. 삶의 실타래가 풀리는 기막힌 관점이다. 가수 진성 형님의 〈님의 등불〉이라는 노래가 있다.

누가 볼까 두렵소
장독 뒤에 숨길까
이내 등 뒤에 숨길까

내 사랑하는 사람을 누가 보는 것조차 싫어 단단히 숨기고 싶다는 저 순수한 마음이야말로 우리 몸이 잊고 있었던 사랑의 원형이다. 세찬 비바람이 불어도 거센 눈보라가 닥쳐도 영원한 당신의 등불이 되리라는 저 바위 같은 결심이야말로 우리가 뭉개버린 연애의 원형이다. 2019년 KBS 드라마 〈동백꽃 필 무렵〉

에서 동백(공효진)을 향한 순경 황용식(강하늘)의 사랑이다.

영화 〈제리 맥과이어〉에 사람이 사람에게로 가야 하는 이유가 있다. 남자 주인공 제리 맥과이어(톰 크루즈)는 헤어진 여자 주인공 도로시(르네젤 위거)만이 자기를 완전히 채워줄 수 있다는 사실을 깨닫고 그녀에게로 달려가 이렇게 말한다.

"you complete me!"

직역하면 당신은 나를 완성한다는 뜻인데 영화 자막에는 "간절히 보고 싶었어, 채워지지 않는 부분이 있었어!"라고 해석되어 있다. 『금강경』의 표현방식을 빌린다면 칠보(七寶)로써 갠지스강의 모래 수만큼의 삼천대천세계를 채울 수는 있어도 사랑에 허기진 마음은 채우지 못 한다는 거다. 사랑만이 몸을 꽉 채운다. 그러면 몸이 있는 곳이 천국이 된다.

소설 『칼에 지다』는 몇 번이나 내 심금을 울렸다. 주인공 요시무라 간이치로의 아들 '요시무라 가이치로'는 자신이 그토록 존경하고 좋아하던 아버지가 홀로 삼도천(三途川)을 건너게 할 수 없다는 일념으로, 자기 목숨을 바쳐 아버지의 영혼을 외롭지 않게 하려고 결심한다. 그는 아버지가 살을 저미고 창자를 끊는 육체의 고통과 맞바꿔 물려준 명검 야마토노카미를 차고 관군과 막부군이 맞붙는 전장 하코다테로 떠난다. 이를 배웅하는 가이치로의 죽마고우이자 난부 번주의 아들 오노 치아키는 다음과 같이 회상한다.

> "치아키 치아키 치아키 하고 피를 토하듯 불러주던 가이치로의 목
> 소리를, 달빛 환하던 나가사카 고개에서 나는 내 뼈 하나하나에
> 깊이 새겼습니다. 그 청년의 친구였다는 긍지만으로도 반세기의
> 난관을 견딜 수 있었습니다."

한 친구는 아버지에게 몸을 바치는 공양의 길을 떠났고 그
의 친구는 그 이별을 뼈 하나하나에 깊이 새겼고 그렇게 죽어
간 친구를 평생 긍지로 여기고 삶의 난관을 견딜 수 있었다는
이야기다. 비록 소설이지만 독자들을 울린 저 몸의 소멸은 인간
이 인지하는 최고 단계의 소멸이다. 이 한 몸 다 바치겠습니다,
라는 말을 넘어서는 약속은 없다. 몸이 끝나면 세상도 끝난다.

속도를 추종해 온 인간은 쳇바퀴에 올라탄 다람쥐 신세다.
속도를 내려놓지 못한 인간의 몸은 자주 비틀거리고 길을 잃고
잠을 잊는다. 몸이 속도에 소신공양하는 형국이다. 하지만 아무
리 속도가 빨라져도 인간의 삶은 결국 몸이 몸으로 향하는 여정
이다.

코로나 바이러스가 인간의 몸을 공격하는 것은 몸을 소중히
쓰라는, 무작정 달리지 말라는 신의 윽박지름이다. 신은 카포테
를 흔들어 인간의 교만과 어리석음을 깨닫게 했다. '내 몸은 너
무 오래 서 있거나 걸어왔다'. 이문구 선생의 소설집 제목이다.

노고지리 우짖을 때까지 사랑하는 사람을 껴안고 푸르고 깊은
잠을 잘 수 있는 몸, 삶이란 그 일장춘몽(一場春夢)의 세계일 것
이다.

다시 돌아오지 않기를

눈물

너의 가슴에서 잉태되고
너의 눈에서 태어나
너의 뺨에서 살고
너의 입술에서 죽고 싶다
눈물처럼

류시화 시인이 엮은 시집에 실린 작자 미상의 시다. 사람은 아홉 개의 구멍이 있다. 그중 눈물은 다른 분비액과는 차원이 다르다. 우선 눈물의 발원지가 어디인지 모른다. 눈물이 마음에서 비롯된다 해도 사람의 마음은 신체의 어디에 존재하는지 아직 밝혀지지 않았다.

과연 눈물은 어디에서 오는가. 저 푸른 은하 깊은 곳에 맑은 눈물샘이 있어 사람들은 거기에 두레박을 드리워 눈물을 길어 오는 게 아닐까. 마음이 게으르지 않고 애써 마음을 쓰는 사람이라야 눈물의 두레박을 지닐 것이다. 그 지고지순함으로 부지런히 눈물을 긷는 사람이 있어 그 눈물의 힘으로 세상의 꽃은 핀다. 한 송이 국화꽃을 피우기 위해 봄부터 소쩍새는 그렇게 울었다고 시인은 썼다.

이슬처럼 맑은 눈물을 길어 올리는 사람이 있다. 타인을 위한 눈물이다. 이럴 때 사람은 지극한 인간으로서 신에게 한 발짝 다가선다. 방탕아를 정신 차리게 한 엄마의 눈물은 핏줄의 눈물이지만 피 한 방울 섞이지 않은 타인을 향한 이타적인 눈물은 신의 눈물이다. 경이롭다. 아, 저렇게 타인의 슬픔과 괴로움을 같이 우는 사람은 어떤 두레박을 가졌기에 저런 울음에 다다를 수 있는 것일까.

나의 두레박은 어디에 버려져 있는지 눈물의 기억은 희미하다. 엄마가 돌아가셨을 때 슬퍼서 꺼이꺼이 울었고 삶이 힘들게 느껴져 더 보탤 것도 없이 울적했던 어느 날 티 없는 큰애의 얼굴을 두 손으로 부여잡고 연민의 울음이 나왔고 둘째의 대학 합격 소식에 기쁨의 눈물이 솟았다. 이건 다 핏줄로서의 눈물이었을 뿐이다. 타인을 위해 흘리는 눈물이 슬픔의 진수라고 한다면 나는 그 수액을 맛보지 못한 눈물의 관찰자였을 뿐이었다. 춤을 못 추는 사람을 몸치라고 하면 노래를 못 부르는 사람을 음치라고 하면 눈물이 없는 사람은 '눈치'라고 불러도 되겠다.

눈물샘이 마르니 꽃은 피지 않고 나는 꽃처럼 환하게 웃는 법에 서툴렀다. 유일하게 생각난다. 나에게 그렇게 예쁜 말을 해

준 사람, 네가 환하게 웃으니 참 좋다고, 그 말을 할 때 그녀도 환하게 웃고 있었다. Treasure, 보물이라는 뜻이다. 이 보물에는 눈물(Tears)과 진실(True)이 숨겨져 있다. 눈물과 진실은 한집에서 산다. Treasure에서 진실(True)이 빠지면 이것이 바로 악어의 눈물이다. 핑계(Reas+on)만 남는다. 나는 속상한 아내의 눈물을 여러 번 보았다. 그 눈물이 진실이었다면 역설적으로 아내의 눈에서는 보석이 흘러내린 것이다. 첫 만남에서 그녀가 찬란한 보석이었던 것처럼.

대학 일 학년 시절부터 내가 참 좋아했던 김수희 누님은 〈잃어버린 정〉이라는 노래에서 "냉정히 돌아선 무정한 사람은 눈물을 모르겠지요!"라고 노래했다. 일말의 진실도 눈물도 없으니 잃어버린 정이 아니라 카사노바 같은 남자에게 된통 당하고 '정 주고 내가 우네'가 된 것이다. 그러나 어쩌랴, 그래도 우리는 사랑이었다고 믿어야 한다. 진실이었다고 믿어야 한다. 그 허구의 신앙만이 손대면 톡 하고 터질 것만 같은 연약한 인간을 지켜주는 힘이다. 믿지 않으면 삶은 여전히 껍데기에 불과하다.

박탈감이 지배하는 세상이다. 이 배부른 허기는 습자지에 물감이 번지듯 '영끌과 빚투'로 번졌다. 말은 타는 동물인데 그 말을 업고 다닌다. 고작 집 한 채 가지는 게 청년의 목표가 되었다. 차라리 죽음을 무릅쓰고 혁명의 한강 다리를 넘어가는 그 선글라스의 사나이를 닮으라고 말하고 싶다. 차라리 대도 루팡이 되어 이 세상의 돈을 훔칠 만큼 훔치라고 말하고 싶다. 자본주의는 너의 입술에서 죽고 싶다는 시 한 구절의 낭만을, 서생의 글 한 줄의 가치를 거들떠보지 않는다. 기생 자야(본명 김영한)는 대원각 천 억의 땅이 백석 시인의 시 한 줄보다 못하다 했다. 말 한마디로 자본주의를 부숴버린 여인, 그 여인의 눈물을 독차지한 사내, 무릇 청춘은 빈털터리 주머니 속에서도 이러한 말 달리는 광야를 가슴에 품어야 한다.

함민복 시인의 「긍정적인 밥」이라는 시가 있다. 시와 사물과 자본주의를 따듯하게 잇대는 맑은 시선, 시인은 기어이 시의 눈물이 되었다. 너의 눈물이 되고 싶다는 무명시인처럼 우리 마음 속에 살포시 두레박을 드리운다.

시 한 편에 삼만 원이면
너무 박하다 싶다가도
쌀이 두 말인데 생각하면
금방 마음이 따뜻한 밥이 되네

시집 한 권에 삼천 원이면
든 공에 비해 헐하다 싶다가도
국밥이 한 그릇인데
내 시집이 국밥 한 그릇만큼
사람들 가슴을 따뜻하게 덮혀줄 수 있을까
생각하면 아직 멀기만 하네

시집이 한 권 팔리면

내게 삼백 원이 돌아온다

박리다 싶다가도

굵은 소금이 한 됫박인데 생각하면

푸른 바다처럼 상할 마음 하나 없네

내가 마치 현자인 척 이런 말들을 늘어놓는 것은 삶이란 돈을 추구하지 않아도 어찌어찌 살아지더라는 경험적 확신이 있어서다. 이 '어찌어찌'를 하찮게 여기지 말자. 고삐 풀린 박탈감, 영혼을 잠식하는 이 갈증과 신기루, 헛된 가정법에 대해 어깃장을 좀 놓아야 한다. 그렇게 욕망하고 몸부림쳤으나 당신에게 만선의 풍요가 깃들어 있는가. 정주영 회장도 늘 '돈이 부족하다'라고 느끼며 살았다고 한다. 호랑이를 꿈꾸지 않고 호랑이 이빨만 키운 청춘은 멧돼지만 쫓는다.

하느님은 인간에게 마법을 주지 않고 눈물을 주었다. 이미 몸의 반쯤은 늪에 빠져 있으면서 어디든 갈 수 있다는 생각은 착각으로 짜인 관념일 뿐이다. 술자리에서 언뜻 '멀리 멀리'를 보여주고 '깊게 깊게' 끌고 가는 사람이 있다. 싱긋 웃으며 자리에 생기를 불어넣고 내 방의 침대처럼 긴 여행 후의 나른함을 재워주는 사람이다. 반대로 코끼리 술래처럼 그 자리를 뱅뱅 도는 사람이 있다. 따분한 사람이다. 두레박을 잃은 사람이다. 울고 싶어도 울어지지 않는 사람이다. 눈치가 된 사람이다.

　무덤 위에 핀 잡초가 선명하게 보이는 환상이 스친다. 바람이 잡초를 흔들고 떠나듯 시간은 우리 곁을 떠난다. 믿어야겠다. 울어야겠다. 노래해야겠다. "이 외출이 행복하기를, 그리고 다시 돌아오지 않기를!" 멕시코의 유명한 화가 프리다 칼로의 일기장 마지막에 적힌 글이다. 삶의 고통 속에서도 사랑으로 살고자 했던 그녀가 왜 지상으로의 미련을 끊고 다시 돌아오지 않기를 바랐을까. 얼마나 눈물처럼 살았으면, 얼마나 지긋지긋하게 사랑했으면. 그녀가 평생을 사랑했던 남편이자 화가였던 디에고 리베라는 바람둥이였다. 그녀는 그의 눈물이고자 했다. 그녀의 첫 번째 소원은 남편과 함께 사는 것이었다.

　삶은, 남은 쉽게 얻는 것처럼 보일지라도 나는 발버둥쳐도 도저히 닿을 수 없는 것을 저어기 매달아 놓고, 우리를 약 올리는 개구쟁이다. 당신도 실은 어떤 이의 두레박을 하염없이 기다리고 있으리라. 당신이 펑펑 울고 싶은 날, 간절하게 당신의 눈물이 되고 싶은 사람이 있다고 생각하면 된다.

약사님의 실수

쇼펜하우어는 승복에 진정한 승려가 들어 있는 경우는 드물다고 했다. 그렇다고 하면 법복에 진정한 법률가가 들어 있는 경우는 얼마나 되겠으며 경찰 제복에 진정한 민중의 지팡이가 들어 있는 경우는 얼마나 되겠는가. 또 국회에 진정한 선량은 얼마나 되겠으며 턱시도와 드레스에 진정한 신랑과 신부가 들어 있는 경우는 얼마나 되겠는가. 그리고 진정함이란 무엇일까.

인간들은 세상이 표리부동함을 살면서 체득한다. 그래서 나름의 잣대로 세상을 잰다. 세상이 표리부동하지 않다면 나름의 잣대를 가질 이유가 없다. 그런데 '겉'에 혹하는 인간의 잣대는 대체로 편견이다. 인간의 눈과 귀는 멍청하기 때문이다. 아울러 '인간은 존재하고 인간인 한 이미 잘못되어 있다'라는 쇼펜하우어의 말을 헤아리면 금강경 구절이 자연스레 떠오른다. 약견제상비상 즉견여래(若見諸相非相 卽見如來), 모든 물상이 진실이 아님을 본다면 즉시 여래를 보리라.

형님들과 막걸리를 나누다 들은 이야기다. 한 형님이 친구들과 해운대 초밥집에 갔다. 비구승 두 분이 옆자리에 앉아 있었다. 약사로 일하는 한 친구가 옆에 들릴 직한 목청으로 대뜸 "중도 회를 묵나!"라고 질렀다. 깜짝 놀란 형님이 목소리를 줄이라고 지청구를 놓았으나 친구는 "내가 내 의견을 말하는 것도 문제가!"라며 물러서지 않았다. 형님은 안 되겠다 싶어 담배나 한 대 하자며 밖으로 친구를 끌고 나가서는 단속을 하고 다시 자리로 돌아왔다. 그런데 아뿔싸! 두 비구승의 탁자에는 김이 모락모락 나는 우동 두 그릇이 놓여 있었다. 두 비구승은 아무런 말도 하지 않은 채 우동을 먹고 나갔다.

형님의 친구가 본 것은 승복이었다. 승려는 날것을 먹지 말아야 한다는 계율이 있고 초밥집에 승려가 앉아 있으니 당연히 초밥을 먹을 거라고 지레짐작을 했다. 설사 두 비구승이 초밥을 몇 점 먹는다 해도 참 스님이 아니라고 단언할 수 없다. 한편 율법만 잘 지킨다 해서 참 종교인의 충분조건도 아니다. 예수님이 복음을 전파하러 다니실 때, 화려한 성당을 짓고 율법이라는 형식에 빠져 정작 무거운 짐 진, 가난한 자들을 외면하는 성전 세력에게 "이 독사의 자식들아~"라고 일갈한 적이 있다. 내가 재판관이라면 다음과 같이 평결을 내리겠다.

"그들의 일은 그들에게 맡기면 될 일을 주제넘은 질책에 이르렀다. 실상을 알지 못하고 심판자를 자처하여 말로 지은 죄는 가볍기 이를 데 없다. 눈에 속는 인간의 한계를 참작하더라도 진솔한 사과의 말도 건네지 않았기에 하늘이 엄히 다스려야 하나 아마도 두 비구스님은 우동 국물 속에 한가득 자비를 담았을 것이니 이번 일을 교훈 삼아 일의 전말을 알기 전에는 경거망동하지 않고 자중자애하는 평정심을 갖기 바란다."

승복을 입었으니 무조건 스님일 거라는 생각이 중생이 가지는 상(相)이다. 승복은 헝겊에 불과하다. 두 비구승은 영화 촬영을 하는, 스님을 연기하는 연기자였을 수도 있다. 스님은 승복을 입고 초밥집은 초밥을 판다. 스님은 날것을 먹어서는 안 된다. 형님의 친구는 이 논리에 의존하여 실상에 대한 헤아림 없이 논리와 헝겊의 거미줄에 갇혀 몸부림쳤다. 이것이 인간의 어리석음이다.

도스토옙스키는 『죄와 벌』에서 논리로는 인간의 본성을 감당할 수 없다고 했다. 논리는 한마디로 '이치'에 불과하다. 인간의 본성은 아무리 이치에 맞는 논리라 할지라도 까짓것 하면서 헌신짝처럼 버리기도 한다. 이러한 논리라는 것이 어찌 실상을 감당할 수 있겠는가. 하루라도 빨리 논리에서 벗어나는 것이 지혜의 출발이다. 지혜의 영토에는 '그렇다 할지라도, 그럼에도 불구하고'라는, 경계를 허무는 다리가 있다.

두 비구스님은 말없이 식당을 떠났다. 스님들도 사람일진대 어찌 속 끓음이 없었겠는가. 이왕이면 '중'이라 하지 않고 스님이라 했으면 그래도 좀 나았을 텐데 약사님은 실수하셨다. 입이 지은 구업(口業)을 씻어달라고 『천수경』 '정구업진언(淨口業眞言)'을 자주 독송하시는 게 어떠냐는 주제넘은 권유를 드리는 바이다. 수리 수리 마하수리 수수리 사바하.

말뜻을 헤아리다

온 세상을 사랑하는, 크고 두툼한 입을 가진 박현 형님이 참치 뱃살 중 가장 부드러운 부위인 가마도로 한 점과 화랑 한 잔을 입에 털어 넣는다. 생 와사비를 잔뜩 올리고 가마도로를 반으로 접었다. 참치에 소주보다는 화랑이 '직인다!'고 말하는 그의 표정에는 어떤 진리를 아는 현자처럼 자기 확신이 묻어 있다. 가마도로와 화랑의 맛이 한 사람의 전유(專有)는 아니지만 '직인다'는 단호한 표현에 멋짐이 느껴진다. 형님은 추억의 서부영화 〈황야의 7인〉에 나오는 영화배우 찰스 브론슨을 닮았다. 어떤 실제에 한 발짝 더 다가선 자는 꾸미지 않아도 멋진 카리스마가 배어 나온다. 그런데 이 한 발짝이 천 리 길보다 멀다.

자기를 드러내는 것은 주저되는 일이다. 여러 가지를 계산에 넣어야 하는 세상살이는 숨소리도 움츠리게 한다. 술 좀 하느냐는 질문을 종종 받는다. 그럴 때마다 나는 남들만큼 마신다고 답하는데 어떤 이는 술을 잘 못한다며 손사래까지 친다. 이손사래에는 술은 나쁜 것이라는 인식이 깔려 있다. 우리가 축배의 잔을 들고 귀한 자리에 좋은 술을 내고 망자에게 명복의 술

잔을 올리고 마속이 처형될 때 장수 위연이 마지막 술 한 잔을 건네는 삼국지 이야기처럼 술은 만남과 이별의 문지기로서 심오한 상징이자 인간의 멋진 표현이 되는 것인데 손사래까지 치는 걸 보면 멋스러움과 낭만이 없는 사람이다.

술 좀 하느냐는 질문이 기상청에 강우량을 묻는 질문이 아니라 술을 빌려 우리가 서로의 까마득한 기억 속을 함께 걸어갈 수 있는지를 묻는 귀한 질문임을 헤아리지 못한다. 그냥 두주불사라 하고 한 번 웃으면 될 일인데 술도 조금밖에 마시지 않는 모범생으로 봐달라는 자기표현인 것 같아 나는 속으로 '그러마' 하고 여긴다. 그런데 그 사람이 작아 보인다.

만공스님이 스승인 경허스님을 떠보려고 묻기를, "저는 술이 있으면 마시고 없으면 마시지 않는데 스님께서는 어떠십니까?"라고 물었을 때 경허스님은 술 한 사발 단숨에 들이켜고 껄껄 웃으며 답하기를 "자네는 벌써 그런 무애(無碍)의 경지에 이르렀는가, 나는 제일 좋은 누룩으로 술을 빚어 마신다네."라고 했다는 일화가 있다. 씨앗이 누룩이 되고 누룩이 술이 되기까지 술잔 속에 담긴 온 우주를 여실히 바라보며 술 한 잔의 우주를 마신다는 불가의 해석은 저잣거리의 취객인 나로서는 언감생심 닿지 못할 경지이다.

만공스님은 술을 술로 보았다. 물은 있으면 마시고 없으면 마시지 않아도 되는 것이 아니니 말이다. 하나 경허스님은 술이라는 상(相)에 얽매이지 않고 수많은 인연이 만들어 낸 술 한 잔의 우주를 헤아리는 것이다. "제일 좋은 누룩으로 술을 빚어 마신다네."라는 이 천연덕스러운 표현이야말로 약동하려는 만물의 의지이고 우주질서 그 자체이다. 그리고 목이 마르면 찾아서 마시는 게 술꾼의 술이라면 만공스님의 술은 술도 아니요, 물도 아니다. 그럼 무엇을 마신다는 것일까.

코로나가 한창 기승을 부리던 시절 부고장에는 '조문은 정중히 사양합니다'라는 문구가 적혀 있었다. 이 애매한 표현은 나의 판단을 흐리게 했다. 마땅히 조문을 가야 할 지인이었으나 조화만 보내고 말았는데 돌이켜보니 나는 어리석게도 도리를 다하지 못했다. 코로나 따위가 어찌 우정의 강을 넘을 수 있겠는가. 관계가 약간 서먹해지고 나서야 다시는 어리석지 말아야지 되뇌지만 다시 그 '약간'을 회복하는 데 천 리를 걷는 공력을 들여야 하니 어쩌랴, 이 또한 우매한 내가 자초한 일이다. 드라마 〈도깨비〉에 나오는 대사처럼 '사랑받았지만 사랑하지 않은 죄'로 받은 벌이었다.

생각해보면 인간사는 거꾸로 해석해야 할 일이 많다. "말이 그렇지 뜻이 그렇나!"라는 말을 줄이면 '말뜻'이 된다. 이 말뜻을 헤아리는 지점이 바로 지혜의 시작일 것이다. 아내와의 대화에서 내가 늘 실패하는 이유가 그냥 들어달라는 그 말뜻을 헤아리지 못해서이다. 재판관처럼 요목 조목 재판을 하려 드는 원리론적인 나의 습관은 아내의 심기를 우울하게 한다. 듣기 싫으면 대화의 터닝 포인트를 잘 포착해서 툭 다른 화제를 던지는 요령도 필요한데 말뜻도 헤아리지 못하고 말의 내용만 겉잡게 된다. 이는 불치의 병이다. 아니다, 병은 아니다, 아내에게 나는 그냥 한국말을 모르는 외국인이다. 이렇게 언어 중추가 달라도 너무 다른 남녀지만 사랑이라는 우물에서 만날 때는 만국 공통인 사랑의 밀어를 속삭인다. 그러고는 다시 연어처럼 각자의 언어의 우물로 회귀하는데 그 밀어까지 능통한 자는 참으로 부러운 능력자이다. 내 주위에는 2개 국어 능통자가 많다. 한국어와 밀어.

이와 달리 의도적이고 교묘한 표리부동이 있다. 일본인의 민족성은 혼네와 다테마에로 표현될 정도로 안팎이 다르다. 대학 후배인 경찰대학 교수의 이야기다. 일본에 자주 출장을 가는데 공항 검색대에서 일본말을 쓰면 묘하게 얕잡는 기분을 느꼈다고 한다. 일본말이 아무리 유창해도 한국인이라 무시하는 뉘앙스를 깨달은 후배는, 이후로 영어만 사용했다고 한다. 그랬더니 되레 공항 직원들이 쩔쩔매면서 태도가 싹 달라지더라는 것이다.

나 또한 일본에서 뻔히 한국인인 줄 알면서도 일본말로만 응대하려는 식당 종업원들을 보면서 일본인들의 친절은 참으로 좀스럽다고 생각한 적이 있다. 한데 표리부동이 꼭 나쁜 것은 아니다. 살다 보면 낙동강 수문처럼 입을 닫아야 할 때가 있다. 다만 그 표리부동이 개인의 안위만을 위한 것이라면 그것은 엉큼함이 될 것이다. 타인의 표리부동은 경멸의 대상이다. 백로는 억울하게도 위선을 풍자하는 도구로 희생되었고 정치 공간에서는 안팎이 다른 당원을 '수박'이라 표현하며 조롱하기도 한다.

> 까마귀 검다 하고 백로(白鷺)야 웃지 마라
> 겉이 검은들 속조차 검을쏘냐
> 겉 희고 속 검은 것은 너뿐인가 하노라

'원조 식당'이라는 이름 앞에 '진짜'라는 단어가 붙는 것은 '실제(實際)'임을 강조하려는 의도다. 거짓말 아니니 제발 믿어달라는 뜻이다. 실제는 알맹이라 할 수 있다. 우리 삶에 알맹이가 미미하다면 삶이 그리는 무늬는 돛 없는 배처럼 원칙 없이 표류한다. 거짓과 허구에 기초하기 때문이다. 이런 사람을 깡통이라 부른다. 스스로 내뱉은 말이 서로 엉켜 뒤죽박죽되어도 정작 본인은 이를 인식하지 못한다.

삶의 표현은 감춘다 해도 자연스레 드러난다. 우선 실제의 기초를 튼튼히 다져야 한다. 제도용 기구인 컴퍼스는 한 다리를 고정하고 나머지 다리로 원을 그린다. 고정됐을 때를 실제라 하면 나머지 다리로 그리는 원은 표현이라 할 수 있다. 실제가 커지면 표현도 커진다. 실제의 중심을 잡고 조금씩 더 큰 원을 그려간다면 두 사람, 세 사람을 지나 우리 동네보다 더 크게, 저 지리산 너머까지 그릴 수 있다. 내가 온 세상과 하나가 되는 것이다. 그 경지를 반야심경은 반야(般若) 즉 지혜라고 하였다.

참치 알이 부화하면 오랜 시간을 거쳐 수백 킬로그램의 힘찬 성체가 된다. 먹이사슬에 놓인 참치는 구름처럼 바닷속을 유영한다. 거기에는 오랜 바다의 질서가 새겨져 있다. 풍랑의 삶을 껴안은 어부들은 바다의 질서 속에 뛰어든다. 바다의 질서와 육지의 질서가 맞부딪힌다. 포획하려는 자와 도주하려는 생명은 필사의 사투를 벌인다. 영화 〈뿌리(Roots)〉에서 백인들에게 잡혀 온몸이 쇠사슬로 묶인 채 노예로 끌려가는 쿤타킨테처럼 결국 참치는 갑판 위에 부려진다. 그 살 한 점이 온천장 참치집 도마 위에 놓여 있다.

우리도 이생에 이르기 전 언제 적인가 무리 지어 바다를 유영하는 참치 떼였을 수 있다. 갈고리에 입이 찢기고 온몸이 해체되어 공중 분해된 그 시뻘건 추억이었을 수 있다. 늘 좁은 원 안에 갇혀 주춤대지만 가끔은 다리를 쭉 벌려 멀리멀리 원을 그리고 싶은 날, 남의 일이라도 숙제처럼 해내려는, 고해의 인생을 유쾌하게 풀어내려 늘 웃음을 잃지 않는, 인연을 소중히 대하는, 늘 다정다감한 우정을 보여주는, 진지함과 익살이 잘 버무려진, 꿰뚫고 있어도 말없이 허술함을 채워 주는, 늘 편안한 인연들에게 수양이 부족한 내 손 잡아줘서 고맙다는 말을 전한다. 그대들과 함께한 시간은 모두가 귀한 날이었다. 세상을 사랑하는 방법을 좀 더 배워야겠다.

2장

덜 받은 봉급 값

다음 생에는 진정한 프로로
훨훨 이 세상을 누비는 삶을 살아보고 싶다.
이생에는 이 눈치 저 눈치 너무 많이 보았다.
나의 소주 맛은 늘 똑같고 너무 앉아 있었다.

눈물 반 방울과 한 방울 사이

　기차를 탄다. KTX는 '우사인 볼트'보다 빠른 녀석이다. 한 번 눈 감았다가 뜨면 부산에서 번쩍하고 달려 이번에 내리실 역은 서울역이라 한다. 너무 빠르면 기차가 아닌데, 너무 느려도 곤란하지, 하며 내 마음속 칙칙폭폭 기차를 떠올린다.

　1985년, 단풍이 익어 갈 무렵이었다. 경찰대학 2차 시험을 치러야 했을 때 나는 난생처음 기차를 탔다. 초등학교 때는 방학 때 기차를 타봤다는 짝지가 부러웠는데 드디어 이 길쭉한 녀석과의 대면, 짜장면도 중학교 일학년 때 처음 먹어 본 나로서는 가벼운 아노미(Anomy) 증상이 스쳐 갔다.

　집을 오가며 주로 탔던 기차는 무궁화호나 통일호였다. 새마을호는 비쌌다. 당시 기차의 법칙은 무엇보다 객차 통로를 오가는, 홍익회가 운영하는 군것질거리 카트였다. 입석으로 같은 칸에 탔던 서호갑 선배가 "맥주 한잔할래?"라고 말하던 장면이 눈에 선하다. 제복을 입었을 때 술을 마시면 안 된다는 교칙의 존재가 선배의 제안을 신선하고 반짝거리게 했다. 이미 우리는 '어떤 기준에 사로잡힌'이라는 인생 열차에 탑승해 있었다. 나는 커피땅콩 과자와 오징어를 많이 사 먹었다. 김이 모락모락 나는 대전역에서의 우동도 생각난다. 돌아서면 배고팠고 한창 뜨거운 피가 흐르던 시절, 옆자리에 향긋한 향기가 나는 여인이 앉았을 때는 마음이 설레기도 했다.

구미에 있는 나이트클럽에서 무용수로 일한다는 여인과 입술이 예뻤던 서울의 모 여대생이 기억난다. 내가 손을 내밀었다면 그 여인들은 내 손바닥 위에 무엇을 얹어 주었을까. 그때 그룹 다섯손가락의 〈새벽 기차〉라는 노래가 유행이었다. 일학년 시절 우리 경찰대학 동기들도 청량리역에서 기차를 타고 대성리로 MT를 갔었다. 시커멓고 머리 짧은 남학생들의 무리, 촌스러웠으리라.

희미한 어둠을 뚫고 떠나는 새벽기차는
허물어진 내 마음을 함께 실었네

이제는 앞모양이 고래나 상어처럼 날렵하게 생긴 고속 열차를 탄다. 아내와 함께 서울에 있는 아이들을 보러 간다. 기차에 오르면 다시 돌아갈 수 없는 청춘의 장면들이 차창 밖으로 펼쳐져 깊은 애수에 빠진다. 이때 김광석의 〈서른 즈음에〉를 들으면 마음이 싸해진다.

매일 이별하며 살고 있구나

매일 이별하며 살고 있구나
점점 더 멀어져 간다
머물러 있는 청춘인 줄 알았는데

　하지만 다소나마 위안이 되는 건, 내가 인생의 기차를 타고 어디로 가고 있다는 것, 지금까지 탈선한 적이 없다는 것, 열심히 살고 있다는 인지조화(認知調和)적 감정일 듯. 94년 이 노래가 태어날 무렵 최영미 시인의 시집 『서른, 잔치는 끝났다』가 태어났다.

물론 나는 알고 있다
내가 운동보다는 운동가를
술보다도 술 마시는 분위기를 더 좋아했다는 걸
그리고 외로울 땐 동지여!로 시작하는 투쟁가가 아니라
낮은 목소리로 사랑 노래를 즐겼다는 걸
그러나 대체 무슨 상관이란 말인가

　내 나이 서른 즈음에 내 마음도 그랬다. 자유와 민주의 함성을 받아내는 경찰 방패 쪽에서도 새날이 올 때까지 흔들리지 말자는 청춘들이 있었고 경로는 달라도 우리 모두 자유와 민주를 향하고 있다는 것, 이 모든 걸 기억할 거라는 것, 방패는 너와 나를 구분 짓는 철책이 아니며 깃대를 들었다 하여 그 깃발의 가치가 어느 한쪽의 전유가 아니라는 것, 그리고 나는 윤동주의 자화상을 읊조리며 방석복을 벗은 그날 밤의 통음을 생각했었다. 지갑을 갖지 못했으나 술값을 나누지 않는 작당은 내 마음의 공허를 자유와 민주의 함성보다 더 뜨겁게 어루만졌고 IMF가 오기 전 이미 돈에 물들었던 그 시대의 사랑을 나는 믿지 않았다.

잔치는 남의 일이었다. 최루탄 냄새가 밴 내 몸뚱이처럼 어느 청춘은 먼지 나는 공장에서 인간들이 똥을 닦을 휴지를 만들고 있었고 또 어느 청춘은 투쟁이 적힌 머리띠 대신 머리에 톱밥이 얹힌 채 고귀한 분이 앉을 의자를 만들고 있었다. 많은 청춘이 가난으로 대학을 포기했고 나는 설사 방패 앞의 청춘이었다 할지라도 옥바라지할 어머니가 없어서 차마 일선의 깃발로 나서지는 못했을 것이다. 비빌 언덕은 때로 누구에게는 태초에 하느님이 창조하신 천지보다 크고 귀하다. 그러나 대체 무슨 상관이라는 말인가. 허위의 깃발은 시대마다 득세하고 안개 낀 장충단 공원처럼 변절이 자욱한 이 세상임을, 오십 즈음도 아닌 서른 즈음에 잔치는 끝났다고 외치는 저 옹골찬 시인의 낮은 목소리라니.

물론 나는 알고 있다.
내가 경찰가보다는 임을 위한 행진곡을
술보다도 너와 나의 인사불성을 더 좋아했다는 걸

그리고 나는 자랑스러운 태극기 앞에!로 시작하는 맹세가 아니라
낮은 목소리로 윤동주의 서시를 읊었다는 걸
그러나 대체 무슨 상관이란 말인가

푸르디푸른 서른 즈음에 한 사람은 매일 이별하는 삶을 노
래했고 한 사람은 뜨거운 맹세와 깃발의 허구성을 일러바쳤다.
서른의 감성과 패기 아니면 이 모순의 삶과 시대의 도화지를 저
렇게 찢을 수 없다. 서른셋 예수님의 생애를 생각하면 서른, 이
나이는 나이의 수도(首都)로 삼아도 무방하겠다. 더 오래전 곽
재구 시인이 스무 살 때 쓴 「사평역에서」라는 시의 마지막 구절
이다.

단풍잎 같은 몇 잎의 차창을 달고
밤 열차는 또 어디로 흘러가는지
그리웠던 순간들을 호명하며 나는
한 줌의 눈물을 불빛 속에 던져 주었다

나이의 수도(首都), 서른으로부터 나는 멀리 와 있고 이제
점점 더 멀어져 간다. 보편적 기준에 사로잡힌, 그래서 늘 탈선
을 꿈꿨던 인생 열차를 타고 오면서 보았고 느꼈다. 기준을 만
들어 나가는 자, 기준을 파괴하는 자, 기준에 아랑곳하지 않는
자, 기준을 받드는 자 등등. 아직 막차는 타지 않았지만 그리웠

던 순간들을 호명하며 차창 밖을 물끄러미 바라본다. 경찰대학 입학식을 위해 구포역으로 두 번째 기차를 타러 갈 때 차비 하라고 오천 원을 주머니에 넣어준 동네 조용근 형님도 생각난다. 그리운 순간은 거창한 게 아니다. 그리고 한 줌의 눈물은 너무 많다. 시인이 너무 젊었던지 눈물이 너무 헤픈 시대였다. 살아보니 너와 나의 거리, 눈물 반 방울과 한 방울 사이, 그 정도면 충분하다.

낫다/소진기

변절도 탓할 것만 아니다
도저히 만날 수 없는 하늘과 땅도
저 멀리 지평선에서 만난다
어차피 착시의 세상에서
너는 너였을 뿐이다
너도 그 무엇으로부터 비롯되었다
지향도 시도도 없는
저 쓸모없는 벽보다 낫다

배신도 탓할 것만 아니다
도저히 만날 것 같지 않은 하늘과 바다도
저어기 수평선에서 만난다

어차피 착각의 세상에서
너는 너를 살았을 뿐이다
너도 그 무엇으로부터 비롯되었다
재미도 우울도 없는
저 초점 없는 눈동자보다 낫다

작당(作黨)은
포기보다 낫고
항의는 냉소보다 낫다
너는 너의 부재보다 낫다

언어에 대한 예의

언어에도 신분이 있는가 보다. 격앙, 이라는 단어를 보면 '기운이나 감정 따위가 격렬히 일어나 높아짐'이라는 정도의 뜻에 불과한데도 언론에서는 사회, 경제적으로 힘센 범주에 있는 사람들의 감정을 표현하는 데 주로 쓴다. 사회적 약자의 범주에 있는 사람들은 격앙이라는 감정의 주체가 되지 못한다. 격노도 마찬가지다. 그래서인지 격앙, 격노라는 단어는 왠지 품위가 묻어나고 그 감정이 근거가 있고 타당한 느낌을 갖게 한다.

'부글부글'이라는 단어도 언론에서 자주 접한다. '많은 양의 액체가 야단스럽게 잇따라 끓는 소리 또는 그 모양'을 뜻하는데, 사회적으로는 어떤 이유로 '화가 많이 난 상태'를 표현하는 데 쓰인다. '부글부글'이라는 단어만으로는 '부글거리는 물'과 '끓게 하는 불' 사이에 시시비비를 헤아리기가 쉽지 않지만 대체로 부글부글 끓고 있는 물의 입장을 대변하거나 옹호하는 뉘앙스로 읽힌다.

오래전 형사반장을 할 때다. 걸인이 고급주택가 초인종을 눌렀는데 문전박대당하자 돌을 던져 유리창을 깨고 도주한 사건이 있었다. 이게 과장되어 신문에 "고급주택가 대낮에 강도가 극성, 주민 불안에 떨어"라는 제목으로 보도됐다. 신문을 본 상사는 나를 호출했고 어리둥절한 나는 관내 사건도 파악하지 못하고 있다며 호된 꾸지람을 들었다. 그때 내 마음은 끓는 물처럼 부글거렸지만 사정을 모르는 신문 독자들은 경찰을 비난하는 마음에 부글거렸을 거다. 물불을 가리는 것만큼 쉬운 일은 없지만 어떤 경우에는 물불을 가리는 일조차 쉽지 않다. 대중은 꾀에 속고 권위에도 쉽게 속는다.

경찰은 사건과 사고, 갈등의 영역에 최초로 뛰어든다. 와인을 음미하듯 여유를 가질 수 있는 업무가 아니라 심장이 두근거리는 현장의 판단을 해야 하므로 과오가 빈번히 발생하는 편이다. 흔히 이런 경찰에 붙는 수식어는 '얼빠진, 나사 풀린, 정신 나간, 어이없는' 등의 굴욕적인 단어들이다. 이 형용사가 경찰 이외의 영역에는 같은 잣대로 쓰이지 않고 경찰에 유독 가혹하게 쓰이지 않는지 그리고 저 표현이 합당한지에 대해서 나는 의문부호를 가진다.

'사랑하는 누구'라고 말할 때 저 '사랑하는'이라는 형용사가 과연 얼마나 실상에 부합할지에 대해 반신반의한 적이 있다. 장인어른 환갑연에서 비디오를 찍을 때 나는 "사랑하는 아버님, 어머님!"이라고 말했는데 '사랑하는'이라는 형용사는 당시 내가 느끼는 감정과는 결이 다른 것이었다. '존경하는'이라고 해도 마찬가지였을 것이다. 이것이 언어의 한계다. 이문열의 『변경』을 읽고 지금까지 잊히지 않는 말이 '감정의 과장, 감정의 상승작용'이라는 문구다. 말과 글은 늘 실상과 다르고 심지어는 실상을 속이거나 왜곡한다. 그래서 영리한 여성은 남자의 말을 믿지 않고 말하는 남자의 눈을 본다. 뛰어난 독자는 글을 읽지 않고 행간을 읽으며 진짜 음악은 음표에 있지 않고 음표와 음표 사이에 있는 것과 같은 이치다. 진실은 눈에 잘 보이지 않는 바람의 색깔과 닮았다.

흔히 경찰을 권력기관이라고 한다. 이러한 규정지음도 적확한 표현이라 보기 어렵다. 권력기관이라는 이미지는 법을 오남용하거나 이익이나 권리를 농단하거나 어떤 야로를 부린다는 것인데 요즈음 경찰로부터 부당한 인권침해나 협잡, 강요를 당하는 경우 장승처럼 가만히 있을 사람은 없다. 경찰이 무슨 권력을 부리다간 언론과 국민의 회초리에 종아리가 남아나지 않는다. 경찰은 근력(筋力)기관에 가깝다. 경찰은 명령에 의해 움직이며 근력을 쓴다. 하지만 뭉뚱그려 권력기관으로 호칭되어 뭔가 잔뜩 특혜와 권한을 누리는 인상을 준다. 경찰이 권력의 시녀였다는 비판은, 권력의 시녀는 권력의 단맛을 먼저 크게 누렸다는 점에서 겨우 부스러기를 줍거나 했을 경찰의 경우에는 적절하지 않은 비유이다. 다만 권력의 충견이었다는 표현은 수치스럽지만 동의하지 않을 수 없다. 책상을 탁, 하고 치니 억, 하고 죽었다는 주홍글씨는 시간이 지나도 지워지지 않는다. 경찰도 깊이 생각하는 지성을 갖춰야 한다. 지성이 바탕이 되지 않으면 근력은 폭력으로 나아간다.

'공룡 경찰'이라는 말도 곰곰이 생각해보자. 이는 '크고 세기까지 한' 경찰을 표현하기 위한 합성어로 등장했다. 그런데 경찰은 크지만 세지는 않다. 영화 〈쥬라기 공원〉을 보면 공룡엔 포식자의 눈매를 한, 전형적인 맹수인 티라노사우루스도 있지만 소처럼 순하고 맑은 눈동자를 가져 어린이들의 장난감으로도 많이 팔리는 브라키오사우루스도 있다. 이런 순한 초식공룡이 육식공룡에 비해 덩치가 훨씬 크며 숫자도 많았다고 한다.

조직을 더 세고 튼튼하게 만들기 위해 기업의 업무나 조직의 규모를 축소하는 다운사이징(downsizing)이 하나의 흐름인 걸 보면 공룡 경찰이라는 단어가 불러일으키는 이미지는 덩치만 컸지 비효율적이며 해를 끼칠 것 같지 않아 보인다고 읽는 게 정상적이다. 모름지기 독하고 센 것들은 대체로 작은 법이다. 맹독을 품고 있고 덩치가 작으므로 눈에 잘 띄지 않는다. 이런 면에서 공룡 경찰이라는 비유는 의도한 바에 있어서 적절치 않은 표현이다.

'무관용 원칙'이라는 표현도 민주주의 이전의 군주(君主)주의적 관점이 물씬 묻어난다. 법은 원래가 엄정하고 단호한 것으로 탄력이 없는 것이다. 이 표현은 마치 왕이 법을 고무줄처럼 늘였다 줄였다 할 수 있는 것처럼 느끼게 한다. "음, 그럼 지금까지 많이 봐주고 모른 체했다는 이야기인가!" 하는 생각이 들게 하는 표현이다. 개인은 관용을 베풀 수 있으나 국가는 '무관용 원칙'이라는 말을 드러낼수록 법의 신뢰를 잃을 수 있다.

언어는 권력이다. 그래서 펜도 권력이고 마이크도 권력이며 신문도 권력이다. 심지어 연애편지도 권력이다. 사랑에 빠진 자에게 연애편지는 눈송이처럼 설렘을 뿌리는, 마치 영원할 것 같은 황홀한 권력이며 연애 기간은 2인 왕국의 지속기간이다. 기다림이 달콤한 맛을 잃을 때 연애 왕국은 제국이 무너져 내리듯 쓸쓸히 무너져 내린다. 연애편지가 가장 포악한 권력을 휘두를 때는 절교의 내용이 담겨 있을 때다. 거기에는 논리가 없다. 모든 것이 이유가 되고 어떤 것도 이유가 되지 않는다. 김광석은 2006년 "너무 아픈 사랑은 사랑이 아니"라고 했다.

이제 우리 다시는 사랑으로
세상에 오지 말기
그립던 말들도 묻어버리기
못다 한 사랑
너무 아픈 사랑은 사랑이 아니었음을

이 절절한 노래도 언어로 된 가사를 대하는 순간 고개를 갸웃하게 된다. 왜 다시는 사랑으로 오지 말아야 하는가. 왜 그립던 말들을 묻어야 하는가. 너무 아픈 사랑은 왜 사랑이 아닌 건가. 하지만 이 역설의 표현이야말로 더 아프고 절절하게 다가온다. 사랑이라는 감정은 원래 비논리성을 토대로 하므로 성기고 부실한 언어와 잘 어울릴 수밖에 없다. 비논리를 비논리로 표현할 수밖에 없는 아이러니, 그 모순을 사랑과 언어는 품고 있다. 이 모순을 가장 최소화하기 위한 도구로서 전라도의 '거시기'라는 말은 완벽히 기능한다. 기억력의 한계를 메꾸기 위해서만이 아니라 언어를 넘어 사물의 실상에 근접하려는 직관의 장치이자 언어문화라는 점에서 대단히 지혜로운 단어가 아닐 수 없다.

언어를 곱씹고 소중히 대하는 자세가 언어에 대한 예의다. 이럴 때 인간과 언어는 폭력과 거리를 둘 수 있고 품위를 획득할 수 있으며 언어의 동족인 침묵도 가치를 얻는다. 막스 피카르트는 『침묵의 세계』에서 "사랑에는 말보다 침묵이 더 많으며, 드넓은 침묵이 펼쳐져 있을 때 말은 자신이 드넓어지는 법을 배운다."라고 했다.

적의를 가진 모호한 언어는 몸에 니코틴처럼 해롭게 스며든다. 언어에 대한 예의가 곧 사람에 대한 예의이며 그 반대도 그러하다. 언어에 대한 예의를 잃고 마음의 깊이와 고요를 가질 수 없으며 사람에 대한 예의를 지켰노라고 말할 수 없다. '임마, 새끼, 자슥아, 놈아' 같은 말을 입에 달고 있는 사람은 불편하다. 하이데거는 언어는 존재의 집이고 한 사람의 세계를 드러낸다고 했다. 누구나 포근한 집을 찾고 상냥한 사람에게 끌린다. 말본새는 언어의 집이다.

사람은 말 한마디로도 아름다울 수 있다. 비꼬고 조롱하고 하대하는 경박한 언어의 집을 노크하는 사람은 없다. 결국 언어로 회귀하는 세상의 바다에서 하루에 한마디라도 사랑의 말을 낚는 낚시꾼이 되어야 한다. 언어에도 월척이 있다. 예의를 담으면 천 냥 빚도 갚는다. 저마다 간절하게 듣고 싶은 그 말 한마디! 그 사랑의 말 한 조각을 건져 올리기 위해 사랑은 침묵의 힘을 키운다.

내일은 또 무슨 말을 해야 하나. 달뜬 밤이 왔다. 쉿, 사랑이 입질하는 시간, 언어가 무의미해지는 시간이다. 드디어 고요가 펼쳐진다. 삿된 말을 뱉은 인간은 아침까지 반성의 시간이 주어진다.

여리박빙

　지하철 시위가 문명적이지 않다는 발언이 있다. 휠체어를 출입문에 멈춰 세워 운행을 지연한 점을 두고 하는 말이다. 집회, 시위의 자유는 헌법상 권리지만 그 자유는 일정한 틀 안에서 허용되고 그 틀을 벗어나는 경우는 법의 제재가 주어진다. 이러한 법과 불법의 작동 시스템은 야만의 질서를 안전한 틀 속에 넣기 위해 인간들이 오래 고민한 결과물이고 그 자체가 문명(文明)이다. 여기서 불법만을 떼어 '문명적이지 않다'라고 표현한 게 논란이 되었다. 집회와 시위는 법과 불법이 섞여 진전된 변화를 만들어내는 이른바 변증법적인 측면을 내포하고 있기도 하다. 하지만 이론과 현장은 다르다.

　경찰의 관점에서 집회 및 시위에 관한 법률은 얇게 언 얼음과 같다. 겉만 보고 발을 딛다가는 여리박빙의 낭패를 당한다. 우선 법의 형량이 적다. 유죄가 인정돼도 대부분 100만 원 이하의 벌금형에 불과하다. 도로 점거로 시민들께 불편과 손해를 끼치고 경찰관을 폭행하는 등 불법 집회로 사회질서를 어지럽힌 셈 치고는 법학자 포이에르바하가 말한 위하(威嚇)효과가 낮다.

집회 또는 시위의 주최자는 신고한 목적, 일시, 장소, 방법 등의 범위를 뚜렷이 벗어나는 행위를 해서는 안 되지만 이 '뚜렷이'라는 부사의 해석에 있어 법원은 매우 관대하다. 단순 참가자는 웬만하면 훈방이다. 솜방망이 처벌이라는 이야기가 지나치지 않다. 부담은 경찰의 몫으로 돌아오고 피해는 시민들이 본다.

신고하지 않거나 금지통고 된 집회와 시위를 해도 공공안녕 질서에 중대하고 명백한 위험이 없다면 해산시킬 수 없다는 대법원 판례가 있다. '중대하고 명백한 위험'은 입증이 까다롭다. 불법 집회로 사후 처벌은 할 수 있되 경찰이 시위대를 직접 해산하기는 어렵다는 이야기다. 헌법상 집회, 시위의 자유의 의미를 살리는 차원에서 이러한 판례를 비난하기 어려우나 현장의 무질서는 시민들에게 무법천지라는 인상을 주기도 한다. 도로 위 정체된 차량 안에서 '오! 우리 시민들이 집회 시위의 자유를 마음껏 누리고 있군!' 하고 흡족해할 시민은 많지 않을 것이다.

2011년 헌법재판소는 2009년 서울광장에서의 고 노무현 대통령 추모집회 시 경찰이 설치한 차벽에 대해 "차벽은 급박하고 명백하며 중대한 위험이 있을 시 거의 마지막 수단"이라며 차벽도 비례의 원칙(필요성)을 철저하게 준수해야 한다고 판시했다. 최루탄을 쏘기가 어렵고 수동적인 차원의 차벽 설치도 어렵다면 경찰은 시위 군중을 몸과 방패로 막을 수밖에 없다.

확성기 소음은 높은 스트레스를 유발한다. 기준치를 초과하면 소음을 낮추라는 명령을 하거나 사용 중지를 명하거나 확성기를 뺏어 일시 보관 조치를 할 수 있으나 현장은 간단하지 않다. 사용 중지명령도 남발할 수 없다. 확성기를 뺏으면 충돌이 일어난다. 자칫 과잉대응이나 집회 방해로 논란이 될 수 있다. 사후 처벌은 해도 소란이 휩쓸고 간 이후의 고요는 상처 입은 고요함이다. 이동하는 시위행렬의 경우는 기준치 초과 여부를 일일이 확인하는 게 여의치 않다. 이러한 과정에 시위대의 적대적인 시선과 간헐적 욕설은 경찰관에게 생채기를 남긴다. 집회현장의 경찰은 감정노동까지 각오한다.

집회는 시위와 달리 시간제한이 없다. 그렇다고 집회 신고된 장소를 경찰관이 24시간 지키고 있을 수도 없는 노릇이다. 집회 신고의 경우 실제 개최되지 않는 경우가 많다. 사정이 이러하므로 경찰관은 집회 개최 여부와 그 시간을 묻는다. 그것도 간곡하게 물어야 한다. 주최 측은 답변의 의무가 없기 때문이다. 새벽 시간대에 불시에 확성기를 크게 틀어버리면 시민들의 단잠을 깨운다. 부랴부랴 경찰이 달려가도 증거는 없다. 소리는 사라지고 경찰은 뭐 하냐는 원성만 남는다. 경찰이 골탕을 먹는 경우다. 이 대목에서는 애처로운 경찰이다.

현장조치 요건을 충족한다 할지라도 경찰의 물리적 해산은 군중과의 직접적인 충돌을 수반하므로 자칫하면 사상자가 생길 수 있다. 과거의 투석과 최루탄처럼 공공의 무질서가 극에 달한다. 이 경우 오히려 공공안녕이 무너지는 아이러니를 낳는다. 물론 단호한 법 적용이라는 일관성이 장기적으로 공공안녕에 기여하면 더할 나위 없겠지만 우리나라와 같은 갈등사회에서는 기대하기 어렵다. 그래서 경찰은 차벽으로 완충지대를 만들고 임계점을 넘지 않도록 대처한다. 진영에 따라 집회 시위를 바라보는 관점이 다르다는 점도 경찰의 일관성에 영향을 끼친다. 무엇보다 자칫 사상자가 생기는 경우 법의 문제가 아니라 정치적 문제로 비화한다.

집회 시위가 있는 대한민국의 거리 풍경은 법과 불법이 공존하면서 어둠을 맞는다. 불법성이 짙은 집회의 경우 상황에 따라 법의 잣대보다는 헌법정신을 고려하여 적절한 타협으로 나아가기도 한다. 이를 '헌법과 법의 상호 완충' 또는 '현장의 판단'이라 할 수도 있겠고 '허위의 평화'라고 할 수도 있겠다. 혹자는 "공권력이 이래서야" 하고 혀를 찬다. 방송 앵커의 단골 멘트는 이렇다. "시위로 해서 퇴근길 도심 도로가 극심한 혼잡을 빚으면서 시민들이 큰 불편을 겪었습니다. 홍길동 기자가 보도합니다." 어느 쪽의 편도 들지 않는다. 양비론도 아니다. 판단 없이 지극히 건조하다. 경찰관은 생수를 마신다.

거리에서의 판단은 평이하고 단순한 것처럼 보이지만 그렇지 않다. 경찰은 모두의 안전까지 고려해야 하는 사려 깊은 철학자여야 한다. 흔히 정치인은 서생의 문제의식과 상인의 현실 감각을 가져야 한다고 말하는데 집회 시위 현장에서 경찰 지휘관은 과도한 법 원칙주의자여서도 안 되고 좋은 게 좋다는 식의 실용주의자여서도 안 된다. 어떤 판단이 사회에 유익함을 가져

98

다줄 것인가. 얇게 언 강을 어떻게 건너가야 하는가.

법과 원칙은 정치와 실용에 자주 패배해 왔다. 거슬러 올라가면 2005년 한미 FTA 반대 집회 시 농민 사망 사태와 관련해 경찰법상 규정된 2년 임기를 채우지 못하고 허준영 경찰청장이 사퇴했을 때 정치권의 반응은 국정현안 처리에 숨통이 틔었다는 것이었고 여당 대표는 사퇴 결단을 내린 것은 훌륭한 처신이라고 논평했다. 법은 공동체를 지키기 위해 있는 것이지만 법을 지키지 않아야 공동체가 다시 굴러가는 이런 모순에서 우리는 세상이 복잡계라는 것과 언어도단을 깨닫게 된다. 법이라는 것은 물에 녹아버리는 솜사탕 같은 것일 때도 있다.

격렬한 몸싸움을 해본 사람은 안다. 감정이 직접 배출되는 공간은 아수라장이다. 단호히 경찰력을 행사하려는 유혹과 수갑의 쇠 금속처럼 냉정해야 하는 인내가 맞부딪힌다. 경찰은 감정을 삭이고 시간에 싸움을 거는 인내를 택한다. 이것이 제복의 무게다.

나는 경찰관으로서 26개조 집시법을 들출 때마다 내 삶과 역사의 파노라마를 읽는다. 주말마다 이어지는 집회 시위에 진저리가 나기도 했다. 그러다 마음을 고쳐먹었다. 국민이 왜 경찰의 손에 방패를 쥐여줬는지를 생각했다. 밖으로 둥근 방패는 법이 다하지 못하는 틈을 메우고 있었고 나는 국가로부터 월급을 받고 있었고 시위대가 함성을 지를 자유가 있는 것처럼 나도 언제든지 사표를 던질 수 있는 자유가 있었다.

묵은 감정과 갈등이 모이고 모여 분노가 된다. 국민의 분노는 언제나 존중받아야 하며 거리와 광장은 국가가 아니라 시민이 마음을 풀고 자유를 누리는 시민의 것이어야 한다. 시위 군중과 경찰은 같은 시간 같은 공간에서 각자의 일을 수행하는 시민들이다. 현실을 바꾸려는 자와 현실과의 사이에 서 있는 경찰, 서로 상대를 존중하면서 자신을 표현해야 한다.

죙거 나이첼과 하랄트 벨처는 공저인 『나치의 병사들』에서 "인간은 생존을 위해 폭력이 의미가 있다고 여기는 경우에는 언제나 폭력을 선택했다. 스스로 비폭력적이라는 현대의 믿음은 망상이다."라고 했다. 결국 인간은 이기적인 폭력을 휘둘러도 모두들 자신이 비폭력적이라고 믿는다는 거다. 교묘하고 거대한 폭력에 나는 오직 주먹을 쥐었을 뿐이라는 믿음, 저 믿음은 어쩔 수 없다. 저 믿음은 착각이라고, 망상이라고 선언할 수밖에 없다. 아니라고, 아니라고 기세등등한 눈빛으로 외치는 저 군중 앞에서 최초의 법 선언자는 경찰이다. 하지만 법은 인간과 세상사를 다 담지 못한다. 이거 참 어렵다.

다만 하나의 결론은 확실하다. 둥글고 매끈한 방패의 의미, 우리는 적이 아니라는 것.

덜 받은 봉급 값

11월 11일이다. 출근하니 길쭉한 빼빼로 과자 한 봉지가 책상 위에 얌전히 놓여 있다. 빼빼로 데이는 유머러스하고 친근하게 느껴진다. 옆에 놓인 신문에는 '11월 11일 농업인의 날을 아시나요'라는 큼지막한 제목의 칼럼이 눈에 들어온다. 빼빼로 데이와 농업인의 날은 같은 날이다. '농'자로 시작하는 단어는 질박하지만 남루하게 다가온다. 사람들의 시선은 대박 나는 일에만 쏠려 있다. 농부는 정직하지만 울 밑에 선 봉선화 한 송이마냥 약한 존재고 농사일은 지루하다. 경험컨대 여름에 잡초를 메는 일은 성가시기가 이루 말할 수 없다. 게다가 자연재해는 모든 노력을 일거에 앗아가 버린다. 누가 농부가 되려 하겠는가.

일찍이 나랑 두 살 터울인 고향 마을 현식이 형은 초등학교 6학년 때 훌륭한 농부가 되겠다는 꿈을 피력한 적이 있다. 학교 갔다 온 작은누나의 전언에 의하면 장래희망을 발표하는데 현식 어린이는 차례가 되자 벌떡 일어서서 훌륭한 농부가 되겠다고 말했고 그 순간 모두가 폭소를 터뜨렸다는 것이다. 그때까지도 누나는 그 장면이 우스웠던지 얼굴에 실소를 머금고 있었다. 어느 철학자에 의하면 웃음은 어떤 개념과 실재적 객관 사이의 불일치를 갑자기 알아차린 데서 생긴다고 한다. 농촌 아이들의 개념에 농부가 된다는 것은 아예 장래희망 축에 들어 있지도 않았는데 현식이 형이 불쑥 그 경계를 불도저처럼 허물어뜨린 것이다.

훌륭한 농부가 되겠다는 이 훌륭하고 앙증맞은 소년의 꿈이 폭소를 유발할 정도로 당시 농촌의 처지는 보잘것없었다. 딸부잣집 외동아들이 농부가 된다는 건 임씨 집안에 용납되지 않아서였는지 현식이 형은 대학을 졸업하고 병원 업무에 종사하는 화이트칼라가 되었다. 지금도 농촌 총각 신붓감 구하기가 어렵다지만 내 고향 강서의 몇몇 후배들은 일명 '짭짤이' 토마토를 키워 외제차를 몰고 다닌다 하니 다행히도 농촌살이에 희망이 비치기도 한다.

이번 경찰의 날에 나는 녹조근정훈장을 받았다. 훈장은 표창과 달리 '국가사회발전에 이바지한 공로'라는 표현이 기재된다. 골똘히 생각해도 내가 국가사회발전에 이바지한 공로가 구체적으로 생각나지 않지만 어쩌다 훈장이 내 몫이 되고 말았다. 훈장을 받고 나니 예전에 읽었던 쇼펜하우어의 『인식론과 행복론』이라는 책에 훈장과 관련된 내용이 얼핏 생각나 찾아보았다.

"장교는 말할 것도 없거니와 공무원의 봉급은 그들이 하는 일의 가치에 훨씬 못 미친다. 그 때문에 나머지 절반은 명예로 지불받는 셈이다. 이러한 명예는 무엇보다 칭호나 훈장에 의해 대변된다."

내가 받은 저 멋있고 근엄해 보이는 훈장이 지금까지 내가 덜 받은 봉급 값이었다니, 나는 속았다. 저 달이 날 속일 줄 몰랐다. 본래 내 것을 마치 덤으로 주는 양 나에게 차렷을 시키고 훈장이라는 생색을 냈으니 국가는 영화 〈타짜〉의 꾼이나 마찬가지다. 훈장이, 훈장이 아니라 덜 받은 봉급 값이라는 쇼펜하우어의 이 야릇한 결론은 잠시 나의 애국심을 떨어뜨린다.

어느 농민은 블로거에 농업인의 날 기념행사에 초청받아 갔더니 소주 한 잔 주지도 않더라는 푸념을 적었다. 농촌 인구는 점점 줄고 교육환경도 열악한 데다 살림살이까지 빠듯한 농민들은 솟구치는 도시 아파트 값을 보면서 섬에 유배당한 외로운 기분을 느낀다고 한다. 빼빼로 데이에 더는 농업인의 날이 묻혀서는 안 된다는 어느 언론인의 말도 좋은 지적은 아니다. 빼빼로 데이와 농업인의 날은 서로 경쟁하는 길항 관계가 아니다. 농촌은 늘 침묵하다가 임계점에 이르면 폭발하곤 한다. 1862년 진주민란은 경상우도 병마절도사 백낙신이 순박한 농민을 얕잡아보고 희생과 착취의 대상으로 본 소치였다.

농업인의 날, 어업인의 날, 군인의 날, 소방의 날, 경찰의 날, 스승의 날 등은 있어도 왜 부자의 날은 없는지 곰곰이 생각해보자. 자본주의 체제에서 부자의 날은 마땅히 있어야 하지 않겠는가 하는 생각은 논리적으로 하등 문제가 없다. 부자는 자본주의 체제에서 자유경쟁의 승리자이기 때문이다. 하지만 이런 논리는 사회통합에 별 도움이 되지 않는다. 그래서 국가는 국가유지 차원에서 기념일을 정해 훈장이나 표창 같은 것으로 부자 아닌 사람들을 다독거린다. 국가를 대신하여 관리가 나와 여러분들이 국가의 근간이라고 치켜세우고 입에 발린 헌사를 하면 어느 정도 위로와 입막음이 되는 것이다. 이는 국가를 비꼬려는 게 아니라 국가도 애쓰고 있음을 이해하는 것이다.

법정기념일을 적당히 치르는 연례행사쯤으로 치부하지 말아야 한다. 소주 한 잔 주지도 않더라는 농민의 말에는 실망이라기보다는 배려 받지 못했다는 감정이 깔려 있다. 행사를 위한 들러리 느낌이 들었다는 따끔한 지적이다. 청소년의 장래희망이 훌륭한 농부나 어부라고 할 때 그것이 평생의 열정으로 이뤄나가야 할 진지한 꿈과 온전한 가치로서 박수 받게 만드는 것이 국가의 역할이요 법정기념일의 참된 뜻이다. 알차고 의미 있는 행사는 그렇게 만들어진다. 농자천하지대본이라 하면서 백성을 깔봤던 시대는 닮지 않아야 한다.

물론 지금이라도 그간에 덜 받은 봉급 값을 훈장 대신 돈으로 준다면 아마 나도 덥석 받겠지만 그래도 나는 국가사회에 이바지한 공로가 커서 훈장을 받은 사람이니, 쇼펜하우어 형님의 의견에 동의하지 않기로 한다. 훈장은 덜 받은 봉급 값이 아니라 지나간 세월을 영예롭게 여기라는 각별한 위로다. 잘 견뎠다는, 끝까지 견뎌달라는 국민의 격려이기도 하다. 나의 훈장이여, 알겠다. 영광스럽게 속아준다.

호루라기

　동래 명륜 1번가에서 범죄 예방 캠페인을 한다. 어깨띠를 두르고 호루라기를 나눠준다. 서장이 앞장선다. 위급할 때 이 호루라기를 부세요. 처음 마주친 여성에게 상냥한 목소리로 건네리라 생각하며 오른손에 호루라기 하나를 쥔다.

　흠칫, 앞에 노숙자로 보이는 여성이 서 있다. 그냥 지나치리라 생각한다. 찰나의 순간이다. 이 여성에게 이 호루라기는 어울리지 않는다. 그 생각을 정당화하는 관념의 필름들이 빛의 속도로 지나간다. 밀려 왔던 파도가 다시 빠지며 나의 고루한 관념이 갯벌처럼 적나라하게 드러난다. 그녀는 내 머릿속에서 차별받고 짓이겨진 가련한 여인이었다. 사회적 신분에 의한 차별, 상황에 따라 낯을 바꾸는 평등 의식, 옹졸한 공권력, 무엇보다 내 마음에 있다고 여긴 한 줌 부처의 자비는 어디로 갔나.

　가까스로 나는 그녀에게 호루라기를 건넸다. 경찰 정복을 입은 나를 보고 그녀는 멈칫하면서도 수줍게 빙긋이 미소를 지었다. 헝클어진 머리, 아무렇게나 걸친 옷, 욕망이 빠져나간 무심한 얼굴, 군림의 몸짓과는 거리가 먼 그녀를 기준으로 한다면 세상

많은 사람은 앙칼지거나 느물느물하다고 표현돼야 하리라.

그녀가 지니고 있을 그 호루라기, 나는 선한 사마리아인인 척했으나 그 순간 그녀를 동족(同族)으로 생각지 않았던 것 같다. 소설 『토지』에 '세상 모든 거지는 동족'이라는 말이 있다. 그렇다 치면 그녀는 나의 동족이 아니다. 그녀의 동족은 역이나 광장 주변에서 무리를 이루고 번화가에 출몰한다. 미국 시카고에서 나에게 담배 한 개비를 구걸하던, 이마 주름이 깊이 파인 그 백인도 그녀의 동족이다.

이 동족의 특징은 바닥과 친하다. 퍼질러 앉고 밤이 되면 하늘을 이불 삼는다. 배를 채울 수 있으면 해종일 느긋하다. 오전에 막걸리 한 병을 사면 하루 내내 조금씩 마시며 하느님의 은총으로 여겼다는 천상병 시인의 시 「막걸리」와 닮았다. 그리고 동작이 느리고 시간에 무감각하다. 성경에 부자가 천국에 들어가는 것보다 낙타가 바늘귀를 통과하는 게 더 쉽다고 했는데 이 동족은 어떨까. 조선 중기 진묵대사의 시가 생각난다. 도인과 노숙자는 닮은 구석이 많다. 일단 세상사에 한 걸음 비켜서 있다.

하늘을 이불로 땅을 자리로 산을 베개로 삼고 달을 촛불로 구름을 병풍으로 바다를 술통 삼아 크게 취해 흔연히 일어나 춤을 추니 행여 긴 소매가 곤륜산에 걸릴까 염려 되는구나

이 동족은 '자연인'을 닮았다. 냉혹한 경쟁과 짓누르는 타인

의 시선, 그로써 비롯된 상처에 데어 산으로 들어간 사람들, 대지와 하늘, 바람과 구름, 나무와 더불어 숨을 쉬니 자연인이다. 나는 아직 견딜 만해서 고층의 아파트에 살며 타인의 시선에 힘들어하고 신경을 곤두세우며, 자면서 우둑우둑 이빨을 간다. 비슷한 처지의 나의 동족들도 그러할 텐데, 내가 무엇이 그다지 잘났다고, 어쩌면 삶의 속박에서 가장 자유로워진 저 자연의 동족을 업신여기는 마음을 가지는 것인가. 나는 용렬한 사람이다. 나는 나의 존엄에 회의를 느낀다. 갑자기 채찍비가 내리듯 호루라기 소리가 귀청을 울린다. 호루라기 소리가 멀리 멀리 퍼져나간다. 생각의 속도는 빛의 속도보다 빠르다.

그립고 애잔하게 아스라한 추억이 떠오른다. 그때 나는 철제 도시락에 김치와 깍두기의 동족이었다. 선생님의 질문에 누구보다 잘 답했어도 점심시간 나는 보온밥통과 계란 프라이의 동족이 아니었고 달리기가 빨랐으나 보이스카우트의 동족에 낄 수 없었다. 비애라 해도 그 시간은 짧았으나 엄마 없는 동족이 되고부터는 이토록 쓸쓸할 수 있을까 하는 공허를 겪어야 했다. 이것은 단순한 비애로 설명되지 않는 인생 실전, 나는 아금받은 청춘이 되리라, 비굴하거나 비뚤어지지 않으리라 마음을 다지고 또 다졌다. 시간은 흐른다. 경찰대학에 들어가서야 표면적으로나마 나는, '우리'와 같은 옷을 입고 같은 음식을 먹고 같은 곳에서 자는 동족이었다. 군대도 이런 점에서는 비애가 없다.

나는 지금 무엇의 동족인가. 벤츠를 타는 동족, 서울 강남

아파트의 동족은 아니다. 민족의 시대가 가고 동족의 시대가 왔다. 동족은 계급이라 해도 되겠고 개인주의라 표현해도 되겠다. 부산대에서 교편을 잡는 형은, 학생들이 북한을 민족이라 생각하지 않는다고 넋두리를 했다. 부산에서 출발한 대륙 횡단 열차를 타고 시베리아를 지나 유럽에 닿는 꿈이 그들에게는 없다고 했다. 그리고 서울 강남에서 치과를 운영하는 친구는 통일이 왜 필요하냐며 자신을 빤히 쳐다보더라고 한숨을 지었다.

소설 『토지』에 이런 대사가 나온다. "집 없는 백성이 나라 있어 뭐 하겠는가!" 부자는 부자를 지켜주는 나라가 필요하고 가난뱅이는 나라가 있건 없건 가난뱅이다. 굳은 이념도 아무리 좋은 정책도 도덕이라는 것도 개인의 영역에 들어오면 낯을 바꾸기 쉽다. 일제 시기에도 일본에 유학하여 고등문관시험을 거쳐 일제의 하수인일망정 판·검이 되고자 하는 젊은이와 독립운동에 투신하고자 상해로 만주로 연해주로 떠나는 젊은이는 같은 민족일망정 동족은 아니었다.

조재호 경정은 늘 이야기를 재미있게 하는 동생이다. 막내로 자랐다는 동생의 이야기인즉 경주벌판에서 남부럽지 않은 집안에 태어났으나 부친의 불우로 집안이 기울었다. 부친의 유언으로 대구 누나 집에서 숙식하게 된 고등학교 유학 생활은 예상과 달리 고약했다. 꼬맹이 조카들이 "삼촌, 너그 집에 가라~" 며 빈정댔고, 밥상에 앉으면 계란 프라이를 못 먹게 젓가락으로 방해를 했다. 꽃노래도 한두 번이다. 아무리 어린 조카들이라지만 아직 여물지 않은 소년의 마음이 상처받지 않았을 리 없다. 소동이 일자 누나가 "니도 마, 그거 안 묵으면 되지!"라고 했을 때 그 서운했던 감정은 불도장으로 동생의 마음속 깊이 박혔다. 그때 동생은 더부살이의 동족이었다.

동생이 결혼하고 제수씨가 차린 밥을 먹을 때였다. 동생은 덩치가 커서 먹성이 좋다. 엄마였으면 고슴도치의 귀여움이겠건만 동생의 먹성이 제수씨에게 볼썽사나웠나 보다. 제수씨가 먹성을 나무랐을 때 마음속 깊이 내장돼 있던 울분이 고개를 들었다. 밥상이 흔들거렸다. 그릇이 바닥으로 떨어졌다. 동생은 "내가 번 돈으로 밥도 맘껏 몬 묵나!"라고 일갈했다.

이야기를 재미있게 또 안타깝게 듣고 있던 나는 감동적인 결론을 기대했다. 평소 제수씨는 참말로 수더분하고 사람 좋은 현모양처이기 때문이다. 제수씨는 당황스럽고 슬픈 표정을 지으며 밥상을 수습하고는 "여보, 내가 미안해, 당신의 상처를 미처 몰랐어!"라고 말했어야 했다. 한데 예상은 빗나갔다. "내가 결혼을 잘못했다, 이렇게 상처가 많은 사람일 줄은…."

익살맞게 이야기를 꾸려가는 동생 덕분에 배꼽 잡고 웃기도 하고 짠한 추억에 젖는다. 김치와 깍두기의 동족이 아니면 우리는 통할 수 없다. 부잣집 도련님과는 같이 웃을 수는 있어도 울다가 웃다가는 되지 않는다. 과거는 무의미한 것이며 없는 것이며 죽은 것이 아니다. 과거는 수백 수천의 갈래로 다시 현재로 이어져 나와 부딪힌다. 그리하여 애수에 젖는 시간, 이것을 우리는 추억이라 한다. 최영철 시인의 시 「호루라기」의 일부다.

시퍼런 청춘을 목에 걸고 힘차게 불어제끼면
먼 산이 일렬횡대로 뛰어오고
졸고 있던 새들이 푸드덕 날아올랐지

노숙자 여인의 가슴에도 호루라기 소리가 들려 새처럼 뭔가 푸드덕 날아올랐으면 한다. 그녀에게 닥쳤던 인생의 시련들, 어느 순간 거미줄에 걸려 정지해버린 시간, 그래도 그녀에게 빙긋이 웃는 힘은 남았다. 아니 그녀도 웃는다. 웃을 줄 안다. 명예가 높아도 가시 같은 시간을 부여잡고 있는 사람, 화려한 집에 몸을 뉘어도 칠흑 같은 밤을 헤매는 사람도 많다. 행복은 비대칭이다.

이제 거의 엄마 없는 동족으로 수렴되는 나이, 이번 추석에 호루라기를 꼭 쥐고 엄마 있는 하늘을 향해 힘차게 한번 불어볼까, 이생에 화려하고 빛나기만 한 역할이 있으랴만 연극 같은 세상사라고 하면 내 엄마는 너무 일찍 세상을 하직하는 배역을 맡으셨다. 볼품없는 배역을 완벽히 연기해내신 엄마, 내가 호루라기를 불면 어떤 말씀을 주실지.

나이가 들어도 호루라기를 불 힘은 있을 것이다. 소리만 있는 호신용이 아니라 피리처럼 아슴푸레한 낭만과 든든한 한말씀을 가진 어른이 되기 위해 나는 호루라기 하나 마음에 묻어놓고 가볍게 쓰지 않으리라 마음먹는다.

주례를 거부하라

"기억과 사진보다 기록이 더욱 선명하다."

같이 근무한 적이 있는, 몇 년 전 퇴직하신 윤용태 경감님이 연하장에 적은 글귀다. 퇴직 후 20년 넘게 써온 일기장과 사진첩을 정리하는데 지난 시절 써온 일기를 읽으며 그날의 미세한 감정까지 되살릴 수 있었다고 한다. 윤 경감님은 재직 중에도 휴직하고 낯섦을 만나러 외국에서 살다 오는가 하면 삶에 변화를 주기 위해 부산을 떠나 지금은 경기도 일산에 살고 계시다.

윤 경감님은 행동하는 사람이다. 다소 가냘프게 보이는 외모에 어떻게 저런 도전정신이 샘솟는지 모르겠다. 자기 삶을 생각대로 드리블하는 사람은 흔치 않다. 정신분석학자 라캉은 우리 욕망의 대부분은 자신의 욕망이 아니라 '타자의 욕망'이라 진단했다. 윤 경감님은 자신의 의지대로 살고 있고 타자의 욕망을 학습하는 무리에 속하지 않는다.

윤 경감님으로부터 지금까지 다섯 번 받은 연하장은 정성이 깃들었다는 측면에서 나에게 독보적이다. 속지에 한 바닥 깨알 같이 써 내려간 글을 읽노라면 일부 자치단체장들이 보내는 복사된 연하장의 우표 값이 예산 낭비처럼 느껴진다. 아랫사람에게 맡겼을 터이므로 별 감사한 마음이 들지 않기 때문이다.

돌이켜 보면 외출이 제한됐던 경찰대학 일학년 시절 누구로부터 편지 한 통 받는 게 꿀 떨어지는 일이었다. 그냥 지나치지 못하고 꼭 우편함을 열어보곤 했었지만 어디에 닿아 있지 못한 캄캄한 내 외로움만 되새길 뿐이었다. 문자로 간단하게 안부를 전하는 요즘, 아마 윤 경감님은 가슴속에 품은 사람들에게 그만의 아날로그 방식으로 사랑의 노크를 하는 것이리라. 글자 한 자에 추억을 되살리며 글자 한 자에 그만큼의 외로움을 지우면서.

감사해서 나는 또 수필을 쓴다. 윤 경감님은 나를 붕 띄운다. "나이는 나보다 몇 살 어리지만 고맙고 감사하며 형님 같은 과장님이다."라고 일기장에 한결같이 적혀 있다며, 보이지 않는 곳에서 늘 응원한다고 적었다. 공적인 관계나 이익 관계가 없는 상태에서의 감정 표현, 달콤하고 진솔하게 다가온다. 이로써 나는 내가 살아온 방식에 조금 더 확신을 얻는다. "이봐, 이래 봬도 나, 팬이 있는 사람이야!" 이런 느낌으로 말이다.

올해 초에 받은 연하장에는 이렇게 적혀 있었다. "자유인이 되려면 혼자 있어도 외롭지 않을 수 있어야 한다고 생각합니다. 그렇지만 솔직히 고백하자면 외롭지는 않지만 가끔은 조금 심심함을 느낍니다. 특히 젊은 세대와 대화할 기회가 거의 없다는 게 가장 아쉬움으로 남습니다." 마지막 구절에 눈길이 머물렀다.

나도 어언 50대 중반이 되면서 청사 내에서 나보다 나이 든 직원을 찾기 어렵다. 엘리베이터에서 만나는, 머리카락부터 힘이 세 보이는 풋풋한 젊은 직원들은 우선 표정이 밝다. 그리고 우리 세대가 후진국에서 태어나 가졌었던 주눅이라든지 그늘이 없다. 이 유신세대(유럽으로 신혼여행 가는 세대)는 제신세대(제주도로 신혼여행 갔던 세대)보다 확실히 키가 크고 외모도 세련돼 보인다. 이런 젊은이들과 대화할 기회가 거의 없다는 게 아쉬움이라고 말하다니, 이렇게 말한 사람이 처음이기에 윤 경감님의 말은 신선하게 다가온다.

누가 주례를 부탁했었다. 나는 손사래를 쳤다. 그 성스러운 결혼식에 내가 주례를? 내가 일생에 아내에게 한 저지레를 생각하면 이것은 가당치도 않은 일이었다. 그런데 누가 주례사를 좀 써달라기에 써 준 적은 있다. 요약하면 이런 내용이었다.

결혼은 침대를 같이 쓸 사람을 구하는 것이 아니라 냉장고와 화장실을 같이 쓸 사람을 구하는 것이다. 천하장사 강호동의 결혼식 때 주례를 섰던 개그맨 이경규는 "결혼은 3주를 만나고 3개월을 사랑하고 3년을 싸우고 30년을 참는 일이다."라고 했다. 싸워도 슬기롭게 싸워야 한다. 탈무드는 시집가는 딸에게 이런 이야기를 한다. 만약 네가 남편을 왕처럼 존경한다면 그는 너를 여왕처럼 받들 것이다. 물론 반대도 마찬가지다. 건강하고 훌륭한 사랑

공화국을 건설하기 바란다.

결혼은 너무 신중하고 이혼은 너무 쉽게 하는 세상이다. 연애, 결혼, 출산을 포기하는 삼포세대라는 신조어가 생긴 지도 오래됐다. 서른다섯 먹은 후배가 자기 친구들 절반이 아직 결혼하지 않았다고 해서 왜 그러냐고 물었더니 조건을 너무 잰다는 답이 돌아왔다. 사랑하는 사람이 나타나지 않아서거나 한눈에 반하는 사람이 없어서가 아니라 조건을 재느라 애를 둘 낳아 키울 나이인데도 독신으로 불혹을 바라보고 있다는 거다.

삼포세대에서 N포세대가 되었다가 벼락 거지가 되었다가 영끌족이 되었다가 또다시 무엇으로 불릴지 모를 젊은이들이 측은하다. 알고 보면 그들은 포기한 적이 없고 벼락 거지도 아니고 돈에 영혼을 바치지도 않았다. 시대가 달라진 것이지 사람이 달라진 건 아니다. 그들을 뭉뚱그려 함부로 규정하고 삿되게 이름 부른 자들은 누구인가. 이자들이야말로 결혼과 육아를 겁먹게 하고 인구감소의 위험을 불러오는 주범이다.

젊은이들이여, 기성세대의 욕망이 투사된 네이밍(naming)에 위로받았는가, 속고 말았는가. 기성세대는 믿을 게 못 된다. 때로는 아주 얄궂고 포악하기까지 하다. 그렇기에 기성세대의 앞잡이 같은 사람들이 주례를 서는 건 가당치도 않다. 단단히 위선을 각오하고 낯짝을 두껍게 하지 않으면 주례의 임무를 수행하기 어렵다.

청춘들이여, 타인과 비교하지 말고 삶을 너무 재지 말기를, 사랑에 주저하지 않기를, 노자는 안 좋은 것에서 좋은 것이 태어난다고 했다. 하나도 포기하지 말라. 생각한 바에 인생을 거는 바보가 되고 공든 탑을 쌓아 끝내는 부자가 되고 정갈한 영혼을 더해 기품 있는 인간으로 나아가기를 멈추지 말라.

결핍은 힘이 있다. 소리 없이 조용하고 낮게 살면서도 생의 힘을 가진, 일산에 사는 윤 경감님 같은 분을 닮아야 한다. 인생은 짧다. 목동은 해가 질 때쯤 돌아가는 것이지 양과 소가 얼마나 배를 채웠는지를 일일이 확인하지 않는다. 주례를 거부하라. 그대들의 삶을 길잡이 할 주례사를 직접 써라. 그대들의 생각이 바로 주례사이다. 윤 경감님의 나이쯤 되어 그대들의 성취와 아쉬움이 무엇일지 모르겠으나 그대들의 마음의 눈금에 그 무엇이라도 반짝거리게 하라. 마음의 브로치에 새길 '그 무엇'을 만들어가는 여정, 거룩한 주례사는 그렇게 완성된다.

별의 순간

무언가 확 바뀌는 순간이 '별의 순간'이다. 시대가 달라지고 사람의 운명이 바뀌고 사랑이 달아오를 때가 그렇다. 이른바 '혼노지의 변'으로 주군 오다 노부나가가 죽었다는 소식을 듣자마자 사흘 낮밤을 말을 몰아 달려갈 때의 도요토미 히데요시의 눈빛이 그랬을 테고 위화도에서 회군할 때의 이성계의 눈빛이 그랬을 테다. 첫사랑을 조우할 때의 눈빛도 그러하다. 별의 순간은 태동이다. 새로운 세상의 출현이기에 기존의 구조에 얹힌 기왓장 몇 개를 차지하려는 비실비실한 배짱으로는 별의 순간은 언감생심이다. 통찰과 배짱, 모든 것을 거는 용기가 별의 순간을 뚫는다.

모든 현상은 무상(無常)이다. 지붕이 삭기도 전에 '별의 순간'도 낡은 구조로 전락하고 번영을 상징하는 화려한 기둥에도 이끼가 낀다. 오백 년 도읍지를 필마로 돌아드는 야은 길재의 눈빛은 낙조의 무상이었으리라. 하지만 시인 윤동주의 별은 영원히 빛나는 별이다. 「별 헤는 밤」의 별은 스스로를 성찰하는 별이고 「서시」의 별은 "별을 노래하는 마음으로 모든 죽어가는 것을 사랑해야지"라는 자기 다짐의 별이다. 이 늘 푸른 별은 빛나되 번쩍거리지 않는 광이불요(光而不耀)의 별이다. 사람의 눈을 어지럽히지 않고 해를 끼치지도 않는다. 바라보지 않아도 늘 우리의 마음을 떠받친다.

경찰조직에도 별의 순간이 있었다. 저 먼 이무영 경찰청장 시절 '4조 2교대 근무'로의 코페르니쿠스적 전환이 그렇다. 경찰관이 마소(馬牛)에서 사람으로 태동하는 순간이었다. 이무영 청장은 균형감각을 가진 분이었고 미래를 보는 분이었다. 시대에 길든 군계(群鷄)와는 다른 일학(日鶴)이었다. 닭이 홰를 치기도 전의 어둠을 뚫고, 이무영 청장의 혜안과 결단이 경찰조직에 스몄다. 그가 경찰 역사상 존경받는 별이 된 이유다.

2017년 또 다른 별의 순간이 있었다. 수십 년간 경찰관의 삶의 질을 갉아 먹던 토요일 회의가 일거에 없어졌다. 비합리적이라고 느끼고 있었으나 그 누구도 나서서 고양이 목에 방울을 달 생각을 하지 못했던 구조였다. 애석하게도 이 경우는 진정한 별의 순간은 아니었다. 경찰조직 스스로의 사유로 쌓아 올린 탑이 아니기 때문이다. 나는 '민망함'으로 이 기억을 소환한다. 토요일 회의는 경찰이 경찰로 존재하는 본질로 여겨졌고 그 루틴은 일요 예배의 신앙과 같은 위치에 있어 누구도 의심하지 않았으며 한 번도 진단되지 않은 구조였다. 지인들이 고개를 갸우뚱하며 묻던 말, "토요일 회의를 왜 하지?" 이 말의 이면에 약간의 비아냥이 감춰져 있다는 걸 나는 느끼곤 했다.

'별의 몰락'도 있었다. 공관병 갑질 사건의 여파로 일선 지휘관인 경찰서장들의 전용차량이 회수됐다. 당시 경찰청에서는 그러한 조치가 불러올 치안력 약화와 부정적 파급효과에 대해 아무런 반론이나 대책이 없었다. 시류의 전봇대 뒤에 숨어 물끄러미 관망하는 느낌이었다. 당시 어느 서장의 냉소적인 귓속말이 떠오른다, "복지부동하라는 이야기지!" 아니나 다를까, 시간이 좀 지나자 경찰서장 지휘관 전용차량을 24시간 적극 사용해 지휘권을 확립하라는 지시가 내려졌다. '성스럽고 걸출하다'는 뜻의 한자 聖(성)이 '약삭빠르다'는 뜻도 가지는 것처럼 극과 극의 전도 현상이었고 서글픈 한 편의 코미디였다.

내 몫의 사유의 무게를 버거워하고 내 몫의 두려움을 회피한다면, 꽃이 지는 건 한순간이다. 별의 순간은 '벌의 순간'으로 싹 얼굴을 바꾼다. 이성선 시인의 「별을 보며」라는 시의 첫 구절이다.

내 너무 별을 쳐다보아
별들은 더럽혀지지 않았을까

예수님은 '마음이 가난한 자는 복이 있다'라고 하셨다. 양심을 가진 자는 복이 있다는 뜻이다. 별을 바라보며 늘 눈물로 마음을 헹구는 시인, 마음의 가난을 간구하는 시인의 기도 앞에 숙연해진다. 누구라도 시인의, 저 별을 우러르는 성찰이 있다면 언제라도 별의 순간이다. 나의 별은 얼마나 더럽혀져 있을까.

비망록

　나는 고요히 비망록에 적는다. 아이들의 죽음 앞에선 아무 말도 할 수가 없다. 묵묵히 어깨를 어루만지고 같이 슬퍼할 뿐. 자식을 잃은 단장의 슬픔은 그 어떤 슬픔보다 고통스럽고 그 어떤 무게보다 무거워 말로도 글로도 표현할 수 없을 것이다. 이태원 사고에 경찰이 잘못 짚은 맥락은 무엇이었나.

　BTS가 부산 아시아드 경기장에서 엑스포 유치 기원 공연을 할 때 소속사인 하이브 측은 공연의 흥을 깬다는 이유로 공연장 내부 경찰 배치에 난색을 표했다. 부산 남부경찰서를 새로 지을 때 집값이 떨어진다는 이유로 인근 주민들의 반대기류가 있었다. 집 옆에 경찰서가 있으면 든든할 텐데 님비(Nimby) 현상이 생긴 것이다. 이태원 상인들은 경찰력 배치 자제를 요청한 게 아니라 위화감을 조성할 수 있으니 골목이나 안 보이는 곳에 차량을 주차해 달라고 요청한 것뿐이라고 해명했다.

　코로나 이후 처음 맞는 노 마스크 핼러윈 데이에 제복을 입은 경찰의 길거리 통제는 아무래도 자유로운 분위기를 저해할 수 있다. 영업 매출에도 영향을 줄 것이다. 이 지점에서 경찰의 판단이 달라날 여지가 있다. 누구라도 주민 의견을 수렴하지 않는 지휘관, 과잉배치를 일삼는 지휘관이라는 평판을 원하지 않는다. 또 면밀한 대처로 아무 일이 일어나지 않았다 해도 일어나지 않은 일로 칭찬받지는 않는다. '굳이 그렇게 하지 않아도'라는 볼멘소리는 남는다. 눈에 보이지 않는 위험보다 귀에 들리는 평판에 판단의 기준이 쏠리는 게 인지상정이다.

대부분 지휘관이 운 좋게 위험의 다리를 건넌다 해도 허술한 다리는 결국 성수대교처럼 무너진다. 러시안룰렛 게임의 총알이 격발되는 거다. '열 명의 범인을 놓치더라도 단 한 명의 억울한 사람을 만들어서는 안 된다'는 법의 정신은 어떤 비용을 치르더라도 단 한 명의 억울한 희생자가 없어야 한다는, 안전 불감증 치유의 교범이 될 만하지만. 어쩌면 우리 사회는 암묵적으로 한패가 되어 거대한 러시안룰렛 게임을 해왔는지 모른다. 안전비용에 대한 후진적 인식, 효율성을 이유로 한 느슨한 입법, 자유가 반짝이는 활기찬 거리가 늘 내게 주어질 거라는 순진한 생각에 갇혀 있었다는 지적에 반박하기는 어렵다.

112 신고는 과장신고가 많다. 사람마다 상황에 대한 인식이 다르고 언어의 전달에는 왜곡이 일어난다. 죽이려 한다는 신고도 사소한 말다툼일 때가 있고 그 반대의 경우도 있다. 이태원 핼러윈 데이마다 '압사가 우려된다'는 112 신고가 있었다고 한다. '말이 압사지 설마 그런 사고가 날까!' 하는 경찰의 경험칙이 되레 독이 됐다. 아무리 사소한 신고라도 집중도를 유지해야

하지만 경찰도 사람인지라 양치기 소년의 "늑대가 나타났어요!" 하는 이솝 우화처럼 태세가 무뎌질 수 있다. 동시다발로 상황이 발생할 때는 집중도가 더 낮아진다. 이로써 이태원 인파 밀집의 위험성은 경찰의 시야에서 사라졌다.

역사는 오판과 실수투성이로 굴러간다. 모두 안이하게도 '설마'라는 착시에 빠졌다. 사자성어 읍참마속의 주인공인 삼국지 촉한의 마속은 제갈량의 지시를 듣지 않고 산 위에 진을 쳤다가 물 부족과 보급로가 끊기는 바람에 군사들은 전멸한다. 임진왜란 때 왜군의 한양 진격을 저지하기 위해 신립 장군은, 여진족과 싸움에서 기병을 이용해 승리한 경험만 믿고 탄금대 근처 달천평야에서 왜군의 선봉장 고니시 유키나가에 맞선다. 참혹하게도 1만 6천 명 조선군은 전멸한다. 비가 내려 땅이 젖으면 기병이 전혀 활약하지 못한다는 점을 간과한 것이다. 마속은 '별일 없겠지'라는 '설마'에 의존했고 신립 장군은 상황의 변화에 무감각했다.

전국 자치경찰위원장협의회에서는 자치경찰의 완전한 이원화를 주장한다. 자치단체장이 자치경찰을 직접 지휘하게 되면 안전 문제에 대한 최종 책임은 자치단체장에게 있다. 자치단체장은 선거를 의식해서라도 안전 시스템 구축에 심혈을 기울일 것이다. 일각에서는 한 경찰서에 경찰서장을 세 명쯤 둬야 할 시대가 왔다고 한다. 서장 한 명이 24시간을 어찌 감당할 수 있느냐는 현실적인 지적이다. 안전이 담보되려면 효율성은 저해될 수밖에 없다. 프레임을 뜯어고치거나 과감한 사고를 하지 않으면 인간은 지금을 받아들이고 마는, 놀라운 적응능력이 있다. 돌이킬 수 없는 지난날의 참사를 망각하지 말자는 이야기다.

경찰은 소파에 앉아 포도주를 마시며 전쟁을 지휘하는 귀족도 아니요 평온하게 포도주를 음미하며 감별하는 소믈리에도 아니다. 심장이 뛰고 포연이 가득한 최전선, 포도밭의 폭풍우에 맞서 고군분투해야 하는 직업이다. 그러니 무결점의 대응을 기대하기는 어렵다. 잘 해야 본전이라는 이야기다. 그만큼 늘 '기본과 원칙'에 충실해야 한다. 하지만 경찰의 기본과 원칙은 수학처럼 정확한 해답이 나오는 차원의 문제가 아니다. 상황의 불분명, 정보 부족과 전달의 오류, 자원과 시간의 한계, 독선의 개입 등 장애물은 수없이 존재한다. 경찰 현장은 재판이나 논문처럼 수정될 기회가 없다. 비약하자면 경찰은 노히트 노런의 투수, 10할 타자가 아니면 박수 받을 수 없는 플랫폼에 서 있다. 선택적 도전이 아니라 예고 없는 총성에 맞서야 하기 때문이다.

사회의 건강성 내에 경찰의 건강성이 존재한다. 건강한 경찰은 출, 퇴근에 강한 경찰이 아니라 위기에 강한 경찰이다. 경찰이 관행에 가스라이팅되어 생각의 힘을 잃어버린 건 아닌지, 침묵의 편안함에 빠져 치열한 질문의 힘을 잃어버리지는 않았는지 돌아봐야 할 때다. '주눅'이라는 운명론적 수동성에 팽팽히 맞서고 있는지도 살펴야 한다. 조직의 규모가 너무 큰 탓도 있겠지만 프로페셔널로의 지향은 경찰 내부의 이해관계로 방해받아서는 안 될 일이다. 해장국집에서 교통정리로 수고한 경찰관의 밥값을 이름 모를 시민이 대신 내주고 갔다는 게 뉴스가 되는 한 경찰은 감성의 수혜자로 박제된다. 일회성의 사건에 감동적 색채를 입히려는 시도에 경찰은 동의하지 않아야 한다. 위기가 오면 감성은 가장 먼저 가치를 잃는다.

　현장은 일사분란하게 돌아가지 않는다. 포도밭의 폭풍우 속에 포도밭 위를 날아가는 검은 새 한 마리는 시야에 잘 들어오지 않는다. 이 지점에서 경찰의 헌신은 빛나기도 하고 빛을 잃기도 한다. 욕조 물이 더러워지기까지 그 물의 이력을 우리가 '헌신'이라고 한다면 현장 경찰관의 존재는 바로 이와 같은 것이다. 좀 더 사려 깊게, 진중한 방식으로 현장의 어려움을 해석하는 것, 현장 경찰관에게 이보다 더 든든한 심리적 뒷배는 없다. 어떻게?라는 질문은 여전히 남는다. 경찰은 늘 시험을 치르는 중이다.

결정은 용기의 신발을 신는다

사람은 하루에 보통 150가지 정도의 결정을 한다. 와이셔츠를 하루 더 입을지 말지 따위를 잠시 고민한다. 결정에 있어 '할지'와 '말지'의 힘겨루기는 꽤 팽팽하다. 골초가 담배를 끊거나 술꾼이 석양 무렵 음주의 유혹을 뿌리치는 따위의 작심(作心)은 늘 시험에 들며 풍전등화 신세가 된다. 파계의 유혹이 덫을 놓고 끈덕지게 기다리고 있다. 그래서 결정은 자주 교통사고를 일으킨다. 뒤의 결정이 앞의 결정을 부숴버린다. 물론 이미 마음먹은 것은 절대 바꾸지 않는 독종도 있다.

지족 선사의 30년 면벽 참선도 황진이에 의해 무너졌고 '김질'이라는 조선 선비도 단종복위를 꾀하다 겁먹은 나머지 당시 영의정이었던 자신의 장인 정창손에게 일러바친다. 인간의 의지와 결심이 이렇게 여반장인 것을 보면 "우리를 시험에 들게 하지 마옵시고~"라는 주기도문은 구도의 본질이라기보다 인간의 나약함과 가벼움을 꿰뚫어 본 신앙적 유인장치다.

이른바 단지동맹(斷指同盟)은 이런 점에서 위대함이 있다. 1909년 안중근 장군을 비롯한 열두 명의 조선 젊은이들이 블

라디보스토크 주변 그라스키노 지역에 모여 항일투쟁의 의지를 다지기 위해 왼손 넷째 손가락 첫 관절을 잘라 혈서로 '대한 독립(大韓獨立)'을 썼다. 독립운동의 뜻을 오롯이 품기 위해 인간 의지의 허약성을 단칼에 자른, 스무 살 안팎 젊은이들의 서슬 퍼런 기개에 절로 고개가 숙여진다.

인간의 약속은 자주 부도가 난다. 그래서 인간에게는 생각이나 말을 보증하기 위한 모종의 장치가 필요하다. 남명 조식 선생이 늘 차고 다녔다는 경의검이나 조선 여인들이 지녔다는 은장도도 같은 맥락이다. 가훈이나 좌우명, 경구나 각서를 잘 보이는 곳에 붙여두는 이유도 그렇다. 일깨우는 것이다. 당신의 결심을 잊지 말아요.

사실 우리가 내리는 대부분의 결정은 사소하다. 옷 색깔을 고르고 졸리면 잠을 청하고 오늘 술 한잔하자고 친구에게 전화하는 따위의 일상에 관한 결정이다. 그런데 미래가 좌지우지되는 결정은 그 선택에 따라 인생이 송두리째 바뀌기도 한다. 90년대 "그래, 결심했어!"라는 멘트로 인기를 끌었던 개그맨 이휘재의 〈MBC 인생극장〉은 순간의 선택에 따라 확연히 달라지는 두 종류의 결말을 보여주는 단막극이었다. 잘못된 결정에는 뼈저린 후회가 따랐다.

모든 인연은 결정이 빚어낸다. 인간의 탄생도 110미터 허들 경기처럼 수많은 결정의 난관을 넘어야 한다. 내가 잉태된 그날 선친께서 막걸리 몇 병을 더 드시고 귀가했다면 나는 이 고약한 세상과 맞닥뜨리지 않았을 것이다. 마침 막걸리가 동이 나는 바람에 선친은 만취하지 않고 귀가하셨다. 그렇다면 도가에 미리 막걸리를 주문하지 않은 주인장의 게으름은 나의 탄생과 밀접한 연관을 가진다. 하기야 그다음에라도 나 비슷한 놈이 태어났겠지만.

나이가 들수록 지혜롭고 통찰력 있는 결정을 해야 한다. 재판관도 결정을 하고 조직의 지휘관과 CEO도 그렇다. 높은 지위와 크고 많은 권한은 고뇌에 찬 결정을 하라고 주는 도구이다. 그럼에도 보신주의자는 쉬운 결정에 안주해버린다. 새로운 지평으로 나아갈 시도조차 하지 않고 논란을 일으킬 만한 문제는 거들떠보지 않는다. 높은 지위와 크고 많은 권한은 사욕과 사심의 도구로 전락한다. "대임(大任)을 무사히 마치고 떠난다, 여러분들 덕분에~"라는 이임사에 대해 정도언 서울대 명예교수는 "겸손하게 들리지만 도전을 회피해서 실패했음을 스스로 인정하는 것"이라고 꼬집는다.

20세기 철학 사조 중에 구조주의(構造主義)라는 게 있다. 구조주의는 세상을 보는 견해를 철저하게 파헤치며 이렇게 주장한다. "우리는 늘 어떤 시대, 어떤 지역, 어떤 사회집단에 속해 있으며 그 조건이 우리의 견해나 느끼고 생각하는 방식을 기본적으로 결정한다. 우리는 생각만큼 자유롭거나 주체적으로 사는 것은 아니다. 오히려 대부분의 경우 자기가 속한 사회집단이 수용한 것만을 선택적으로 '보거나, 느끼거나, 생각하기' 마련이다.

그리고 그 집단이 무의식적으로 배제하고 있는 것은 애초부터 우리의 시야에 들어올 일이 없고, 우리의 감수성과 부딪치거나 우리가 하는 사색의 주제가 될 일도 없다."

노벨문학상 수상자인 엘리아스 카네티는『군중과 권력』에서 "사자의 포효에 놀란 짐승의 도주는 겉으로만 자발적일 뿐이다."라고 말했다. 이렇게 구조주의는 겉으로만 자발적으로 보이는 인간의 결정과 세계관을 통렬히 꼬집고 있다. 현대인들은 신을 제거하고 인본주의의 자유를 만끽한다고 생각할 테지만 자신들의 생각만큼 자유롭거나 주체적으로 살고 있지 않다. 뒤를 돌아본다. 내가 내린 결정은 진정 나의 것이었을까.

"충신은 불사이군이요, 열녀는 불경이부"라는 유가(儒家)의 윤리관이 있다. 지금 기준으로 보면 허무맹랑한 이야기다. 두 임금을 섬겨도 백성을 이롭게 하면 될 일이고 청상과부에게 지아비가 생기면 누이 좋고 매부 좋은 일이다. 사육신의 죽음이나 평생을 수절하겠다는 청상과부의 결정이 당시 지배적 윤리관을 따랐을 뿐이라면 주체적이고 자발적인 결정이 아니다. 수양대군이 단종을 내쫓고 왕위에 올랐을 때 백성들은 선비들의 반응을 빤히 지켜보고 있었다. 선비들은 '결정'이라는 절벽 끝에 외통수로 내몰린 상황이었다. 충신은 불사이군이라는 지배적 이데올로기를 철저히 내면화한 선비일수록 침묵은 수치스럽고 그 양심의 고통은 컸을 것이다.

사르트르는 '실존이 본질에 앞선다'라며 인간은 주체적인 존재고 끊임없이 선택하며 삶의 의미를 만들어간다고 했지만 삶은 그리 녹록한 상대가 아니다. 내가 열여덟 겨울을 지나고 있을 때 당시 경찰대학 1차 시험에 합격했던 다섯 명의 고등학교 친구들은 키다리 교감 선생님께 호출되어 그 책상 앞에 죄지은 것마냥 고개를 푹 수그리고 서 있었다. 교감 선생님은 경찰대학을 포기할 것을 압박했다. 학교의 S대 합격률을 높이려는 의도였다. 당시 경찰대학 2차 시험이었던 체력검정 일정과 2학기 중간고사 시험일정이 겹쳤었다. 교감 선생님은 우리가 체력검정을 보러 간다면 중간고사 시험은 모두 빵점 처리 하겠다며 엄포를 놓았다.

나는 고개를 수그린 채 내 감정의 절벽에 서 있었다. 그때 내 눈에 비친 구멍 난 양말이 선명히 기억난다. 도저히 일반대학에 진학할 형편이 안 됐다. 가정형편은 나를 구조적 선택으로 내몰고 교감 선생님은 주체적 선택을 압박했다. 아니 교감 선생님의 압박 또한 가정형편과 비견한 또 다른 구조의 모습이었다. 나도 경찰대학에 가고 싶진 않았다. 나는 나도 모르게 한 마디를 뱉고 교무실을 나와 버렸다. "빵점 처리 하십시오!" 감정의 끝에서 뛰어내린 열여덟의 실존이었다.

2013년 경찰청장은 공식회의에서 이런 멘트를 했다. "휴가를 가라 할 수도 없고, 가지 말라 할 수도 없고, 여하튼 휴가도 가지 않고 지난 100일 동안 열심히 4대 악(惡) 근절에 매진해 준 여러분께 감사드린다." 무언의 압박 분위기가 조성된 탓에 직원들은 오랫동안 휴가를 가지 못했다. 눈치껏 내린 결정이 자발적인 결정으로 둔갑하며 경찰청장은 어물쩍 비난의 화살을 피해가려 했으나 옆을 둘러보니 모두들 쓴맛을 다시고 있었다.

결정은 늘 가면을 쓰고 있다. 관행과 관성, 무지와 아집, 두려움과 이기심, 위선과 간사함, 소심함과 우유부단함이 가면 뒤에 도사리고 있다. 때가 되면 가면은 그 생명을 다하고 실상이 고스란히 드러난다. 시간을 이기는 결정은 없다.

참되고 의로운 결정이 경찰 역사에 있었다. 80년 광주민주화운동 당시 안병하 전남 경찰국장은 시위대에 강력대처 하라는 서슬 퍼런 신군부의 지시를 따르지 않는다. 계엄사령관은 경찰이 총을 들고 앞장서서 도청을 진압하라는 지시까지 한다. 안국장은 시민을 향해 무기를 사용할 수 없다며 이를 거부하고 무기 소산 지시를 내린다. 이로 인해 직무유기 혐의로 합수부에 연행되어 8일간 혹독한 고문을 당하고 그 후유증으로 88년도에 영면에 든다. 두려움을 넘어 개인의 안위를 역사의 제단에 바친 이런 빛나는 결정이 없었더라면 경찰의 역사는 오욕으로 얼룩진 누더기가 되었을 것이다.

결정은 고뇌를 먹고 태어나고 지혜의 응원이 필요하며 용기의 신발을 신어야 하는 인간의 고매한 정신작용이다. 결정은 가끔씩 떫은 감 맛과 같아 슬픔을 잉태하여 후회의 눈물을 낳기도 하지만 시간이 흘러 기쁨의 무리를 이끌고 오기도 한다. 결정은 성긴 입구를 부수고 철벽을 치기도 하며 그럴싸하게 활개 치다가 홀연히 사라지기도 한다. 크고 굳은 결정은 우유부단하거나 시시한 사람의 접근을 거부하며 역사의 주인공이 된다. 어떤 결정은 너무 강하고 공고한 추종세력이 있어 다른 결정이 덤빌 수 없다. 수백 년을 괴물로 존재하기도 한다. 향기가 나고 심금을 울리는 고귀한 결정에도 배신의 씨앗은 자란다.

오영근 한양대 명예교수는 서울신문에 이런 글을 썼다. "품격 있는 조직은 적법한 행위에 만족해서는 안 되고 좀 더 바람직한 행위를 지향해야 한다."

'결정'이라는 주사위는 늘 던져진다. 치졸하고 어처구니없는 결정이 얼씬거리지 않도록 단호하고 빛나는 결정의 탑을 쌓아가야 한다. 결론은 품격이다. '좀 더 바람직한 행위'가 무엇인지 치열하게 고민하지 않는다면 미래에 뼈저린 후회의 청구서가 날아올 것이다.

그냥 해

예술이나 스포츠의 세계는 실력에 따라 가치가 매겨진다. 에누리 없다. 어떤 분야라도 탁월한 사람이 있다. 이들을 우리는 거장, 프로, 명장, 명인, 달인, 마에스트로, 선수, 도사, 기린아라고 부른다.

순우리말로는 '꾼'이다. 일꾼, 재주꾼, 살림꾼, 파수꾼, 사냥꾼, 소리꾼, 사랑꾼처럼 긍정적인 뜻도 있으나 사기꾼, 염탐꾼, 호색꾼, 술꾼, 투기꾼처럼 사람을 낮잡아 부를 때도 두루 쓰인다. 이 '꾼'이라는 단어에 최고의 존중을 부여하지 않은 것은 아마도 능력이 아니라 신분이 사람의 기준이었던 시대의 영향을 받은 것이 아닌가 여겨진다. 내 아내도 꾼이라면 꾼이다. 아끼는 데에는 일가견이 있어 살림꾼, 가정을 지키는 파수꾼, 내 표정을 살피는 염탐꾼(?)이다.

이 경우에는 뭐라고 호칭해야 할까. 이분은 동래구 모 병원 경비원으로 일하면서 병원 맞은편 현금인출기 주변을 유심히 살펴, 수상한 사람이 있으면 112 신고를 해 2년간 무려 여섯 번이나 보이스 피싱 전달책의 덜미를 잡았다. 그때마다 경찰 포상금을 받았고 연말에는 신한금융그룹에서 수여하는 서민경제 수호 영웅상과 3백만 원의 포상금까지 안았다. 자기 분야가 아님에도 탁월하고 놀라운 능력을 보였다. 비결을 물었더니 별거 없단다. 일반적인 고객은 현금인출기 앞에서 두리번거리거나 고개를 들어 은행 이름을 확인하지는 않는다는 거다. 이분은 그냥 감탄 조로 '와~'라고 불러드려야겠다. 영어로는 어메이징.

여기서 우리는 삶의 자세 하나를 깨닫는다. 문외한이라고 깔보지 않아야 한다. 나만큼 배우지 못한 '아래'라고 백안시하지 않아야 한다. 시선이 구름 위에 있는 사람은 너희들이 하늘의 구름 길을 아느냐 하겠지만 구름 아래 세상의 잡초는 그 사람의 일거수일투족을 보고 있다. 정치경제학자 홍기빈은 말한다. 전문가들도 단순 실수를 저지르고 관습적 사고의 노예가 되어 있을 수 있으며 유형, 무형의 각종 이권과 이득에 암묵적, 명시적으로 엮여서 한편이 되는 경우가 있다고. 소위 전문가라고 하는 사람들을 맹신해서는 안 되는 이유다. 이로써 우리는 여론이나 집단지성이 얼마나 중요한지 깨닫게 된다. 문외한, 비전문가, 백성들, 구름 아래 세상 잡초의 눈은 매섭다. 이것이 민심의 바다이다.

사회생활에서 상대방을 프로라고 불러 줄 때가 있다. 상대방을 인정하고 존중한다는 뜻이다. 나도 스크린 골프장에서는 닉네임이 '소프로'다. 조선시대를 양반으로 가르지 않고 프로와 아마추어로 갈랐다면, 조선은 일본에 합방되지 않고 연합군의 주요국으로 추축국 일본의 야욕을 물리칠 수 있었을 것인가. 아! 이런 가정법은 무의미하다. 바다가 없었다면? 당신과 나 사이에/저 바다가 없었다면/쓰라린 이별만은/없었을 것을, 사람들은 툭하면 '탓'을 한다. 바다는 이별의 이유에 대한 은유이겠지만 이별은 자기가 해놓고 바다 탓을 해 쌓는 거다. 그래서 어쨌단 말인가. 바다가 아니라면 기차를 타고 갔을 것이고, 바다가 있건 없건 비행기를 타고 갔을 것을, 바다는 핑계라는 것을 실연당한 쪽은 가슴 아프게 알고 있다.

프로의 사전에는 변명이 없다. 성숙한 사람은 삶에 가정법을 두지 않는다. 최선을 다하되 핑계를 대지 않는다는 거다. 뜻하지 않은 변수라도 종이 한 장 차이라도 그것이 실력이라는 것을 깔끔하게 받아들인다. 돌아서서는 더 높은 경지를 향해 치열하게 나아간다. 천의무봉, 일필휘지, 쾌도난마, 백발백중의 능력에 다가서기 위하여 낙숫물이 바위를 뚫는 노력을 한다. 보통 사람의 눈에 무림 고수의 몸놀림은 자연스럽고 간결하게 보인다. 불세출의 가수는 쉽게 노래하는 것처럼 보인다.

어느 날 아내가 던진 말이다. 내가 무심결에 내일의 일을 걱정하자 "당신은 똑같은 일을 30년 동안 하고 있는데도 걱정되는 게 있나요!"라고 했다. 질문도 폄하도 아니었다. 그런데 허를 찔린 것처럼 뭔가 허전했다. 내게 남은 게 없다. JP 선생은 정치는 허업(虛業)이라고 했다. 대학 졸업 후 제너럴리스트로 살아오면서 내가 신앙했던 것은 결국 신기루 같은 '소속감'이었다는 걸 쓸쓸하게도 인정하지 않을 수 없다. 내게 프로페셔널한 게 있냐고 묻는다면 답할 자신이 없다. 운이 무척 좋아서 별 실력 없이 갑진년 대한민국의 공무원으로 산다. 월급 따박 따박 받아가면서.

2차 세계대전에 독일 롬멜 장군의 전차군단에 맞서는 영국군 병사 레이 엘리노는 "운이 무척 좋다면 해가 지는 걸 보겠지!"라는 생각이 들었다고 회고한다. 내가 로마 시절 생사의 결투에 나서는 콜로세움의 검투사였다면? 역모의 누명으로 능지처참의 위기에 처한 선비였다면? 쇼군으로부터 자결의 명을 기다리는 사무라이였다면? 아, 생각만 해도 무섭다. 오늘을 넘긴다는 것이 저렇게나 어려운 시대에 태어나지 않아 다행이다. 지금 내 삶의 '전투는 누워서 떡 먹기다. 따로 용기가 필요 없다. 장점을 공유하니 질투가 되고 단점을 공유하니 약점이 되는, 이놈의 세상 질서에 걸맞게 좀스럽게 처신하는 게 좀 어렵기는 하지만.

제너럴리스트인 공무원의 열정은 되레 본인에게 흠으로 돌아올 때가 있다. '탁월함에 대한 추구'는 누가 더 일반적이냐를 경쟁하는 제너럴리스트의 가치가 아니기 때문이다. 그래서 관가에는 명장, 덕장, 용장보다 운이 좋은 운장(運將), 복이 많은 복장(福將)이 최고라는 우스개가 있고 유사시 공무원들은 '관운'이라는 기준으로 상황을 단순히 해석해버리는 경향이 있다. 누구보다 업무에 열심이었던 어느 선배님의, 촌철살인의 말씀이 떠오른다. 열정이 있으면 주장을 낳고 주장이 있으면 갈등을 낳는데, 이는 복지부동 세력의 적이 될 뿐이라는 조언이었다.

Just do it(그냥 해), 나이키의 슬로건이다. 젊은 후배들이 진지하게 묻는다면 무엇을 하라고 이야기해야 할까. 누가 나에게 선배님, 어떻게 살아야 합니까, 라고 물은 적이 있다. 그때 나는 심드렁하게 그냥, 네 ×대로 살아, 라고 해버렸다. 웬걸, 반응은 대박이었다. 후배의 눈에 눈빛이 반짝하며 결연한 새 얼굴이 들어서 있는 거다. 아, 이게 불교에서 말하는 돈오(頓悟)의 '깨달음' 비슷한 것인가. 역시 나이키는 세상을 휩쓸 만한 탁월한 스페셜리스트다. Just do it이라니, 백만 발의 총알이 날아와도 요리조리 피할 수 있는 단 하나의 명답이다. 환생이 있다면 다음 생에는 진정한 프로로 훨훨 이 세상을 누비는 삶을 살아보고 싶다. 이생에는 이 눈치 저 눈치 너무 많이 보았다. 나의 소주 맛은 늘 똑같고 너무 앉아 있었다.

환생/소진기

부산진구 선암사
처마 밑 풍경(風磬)은 물고기다
천적을 만났는데
살기 위해 죽은 척하다
스스로 박제되었다

바람을 따르는 숭배
한 백 년 허공에 앉으면
바람이 불지 않아도
득음을 할까
땡그랑 땡그랑
퍼덕거리며
살아나는 환생(還生) 있을까
그렇다고
틀림없다고
나무아미타불 관세음보살

3장

파도처럼 부서지며 왔다

나는 당신이 어린 시절의 나를 쓰다듬었듯
아버지의 뺨을 쓰다듬으며 죄송하다고,
정말 죄송하다고, 다음 생에는
훨훨 빛나는 인생이기를 빌고 또 기도했다.

파도처럼 부서지며 왔다

결혼 30주년을 맞았다. 서양 풍속에서는 이를 기념하는 의식으로 진주혼식(眞珠婚式)이라 하여 부부가 서로 진주로 된 선물을 주고받는다고 한다. 천연진주가 보석으로 인정받기 위해서는 수천 겹 이상 진주층이 쌓여야 하고 그러한 진주가 발견될 확률은 몇만 분의 일이라 하니 결혼 30주년이야말로 대충 지나칠 일이 아니다.

몇 개월 전부터 아내는 은근히 특별한 선물을 기대한다는 뉘앙스를 던졌다. 음, 어쩌면 아내의 기억 속에 자리하고 있을 평소 못마땅한, 남편으로서 무심함을 일거에 날려버릴 좋은 기회이기도 했다. 자칫하면 쪼잔한 녀석으로 각인되어 그 푸념이 다시 나에게 야금야금 돌아올 수 있다. 부부라는 것은 밖으로는 이성이지만 안으로는 감성이다. 판세는 임영웅의 노래 〈별빛 같은 나의 사랑아〉와 같은 맥락에 닿아 있었다. 드디어 허세를 부릴 때가 왔다. 전군! 돌격 앞으로.

나는 기꺼이 패전했다. 아내에게 승전의 기쁨을 안겨주는 방식으로, 그녀가 로마 콘스탄티누스 개선문을 통과하는 개선

장군처럼 만면에 미소를 띠며 지난 30년간 결혼 전쟁의 상흔을 말끔히 잊기를 바랐다. 전설의 엘도라도 섬에 데려다주거나 미국 스미소니언박물관에서 본 빛나는 다이아 목걸이를 걸어주지는 못했으나 아내는 전리품을 들고 입가에 알듯 모를 듯 흐뭇한 미소를 지었다.

이야말로 나의 전략이었다. 아시아태평양 전쟁 종전 이후 맥아더 장군과 천황은 나란히 서서 사진을 찍었다. 맥아더는 두 손을 엉덩이에 걸쳐 뒷짐을 졌고 히로히토는 두 손을 내린 차렷 자세였다. 누가 봐도 누가 위에 있는지가 분명했다. 맥아더는 이를 노렸다. 맥아더는 히로히토를 처벌하지 않고 일본 국민을 다독거리는 방법으로 우월적 위치를 공고히 했고 히로히토는 순응하며 자신의 안전과 지위를 보장받았다. 나는 맥아더가 되기 위해 히로히토의 순응을 택했다. 이로써 평화는 유지될 것이고 나는 늘 그래왔던 것처럼 맥아더처럼 뒷짐을 지고 약간 불성실한 가장으로서 지위를 유지할 수 있을 것이다.

정작 결혼기념일 당일에는 퇴근 무렵까지 까마득히 까먹고 있었다. '아뿔싸! 다 된 밥에 재를 뿌릴 뻔했군!' 나는 부랴부랴 꽃다발과 케이크를 준비했다. 엘리베이터를 타면서 아무도 만나지 않기를 바랐는데 다행히 엘리베이터는 논스톱으로 올라갔다. 가방을 메고 한 손에는 꽃다발을 한 손에는 케이크를 든 내 모습을 나는 왜 쑥스럽게 느꼈을까. 일생일대의 승전을 기념하기 위하여 무기를 내려놓고 한 손에는 평화를 한 손에는 식량을 들었는데 말이다.

휴, 여하튼 진주처럼 영롱한 날을 기념하는 식장으로 나는 화동이 되어 들어섰다. 아내는 풍성한 조공을 바치는 사신을 알현하는 황제처럼 엷은 미소를 띠고는 탁자에 꽃다발을 두고 요리조리 사진을 찍었다. 세월이 빠르기도 하지, 설운도 형님을 스타로 만들어 준 〈잃어버린 30년〉의 첫 구절이 생각난다. 비가 오나 눈이 오나 바람이 부나 부부였던 30년 세월이었다. 날름거리는 불안을 견디며 초라한 제비집을 끝내 받쳐 온 저 여인에게 우아하다는 헌사를 어찌 아낄 수 있으리. 그러면서 나는 인생의 허들을 또 한 번 넘는 느낌을 가지며 앞으로 몇 개의 허들이 남았을까를 생각했다. 아! 문득 깨달았다. 그래서 쑥스러웠구나, 꽃다발과 케이크는 참 잘했어요, 라는 도장을 받기 위한 숙제였구나.

약간 쑥스러움을 타는 사람이 있다. 이런 유형의 사람들은 섣불리 나서지 않지만 미세한 더듬이가 발달되어 있다. 성 주위의 해자(垓子)처럼 감정의 경계에 공간을 두고 안팎을 살피는 이 고단함을 시 한 수로 위로받는다. 최승자 시인의 「올여름의 인생 공부」라는 시다.

그러므로, 썩지 않으려면
다르게 기도하는 법을 배워야 했다.
다르게 사랑하는 법

감추는 법 건너뛰는 법 부정하는 법

그러면서 모든 사물의 배후를

손가락으로 후벼 팔 것

절대로 달관하지 말 것

절대로 도통하지 말 것

언제나 아이처럼 울 것

아이처럼 배고파 울 것

그리고 가능한 한 아이처럼 웃을 것

한 아이와 재미있게 노는 다른 한 아이처럼 웃을 것.

　그래, 뻔뻔하지 않으면 된다. 아프로디테의 사랑을 받았으면 멧돼지에 받혀 죽어 아네모네 꽃으로 피더라도 영원히 기껍고 마땅한 긍정이리라. 아내여! 이 세상의 아내여! 사랑으로 빛나는 보석을 선사하지 못해도, 천 원짜리 상품숍 다이소에서 영화 〈귀여운 여인〉에서의 리처드 기어처럼 "맘껏 골라 봐~" 하고 너스레를 떨어도 남편들을 밉상이라 생각지 말라. 그대도 그 운명을 선택하지 않았는가. 시들어가는 장년의 사내들에게, 벅찬 허들을 넘는 지친 병사에게 나머지 허들을 넘을 수 있는 격려를 주오. 풀 죽은 아네모네 꽃에 입김을 불어 넣어 다시 미소년 아도니스로 태어나게 하여 재미있게 노는 아이처럼 웃게 하여 주오.

　어느 기자 부부가 있다. 박화병 형님께 들은 이야기다. 남편이 출근하면서 자고 있던 아내의 귀에 오늘이 결혼기념일이라고 속삭였다. 그랬더니 아내가 뒤척이며 하는 말, "그기 무슨 기념할 일이가!" 아, 이런 달관과 도통의 관점, 멋지다. 아이처럼 눈을 반짝거리는 것보다 때로는 이러한 시큰둥함에 어른의 매력이 있다. '~척하지 않는 것'이 진짜 달관과 도통의 경지가 아닐까. 시인은 그 '~척'의 고달픔을 경계하는 것이다. 삶에 지나치게 매달리지 않아야 삶이 보인다. 역시 사안을 통찰하는 기자의 객관적 거리두기라고 해야 할지.

　뒤를 돌아보면 늘 그대로 그 자리에 있는 것, 이것이 진정한 '서로'일 것이다. 메흐틸트 그로스만이라는 평범한 독일 할머니가 쓴 책 『늦게라도 시작하는 게 훨씬 낫지(부제: 80이 넘어 깨달은 것들)』의 내용을 떠올린다. 할머니는 남편 울리 할아버지의 임종을 지키며 "나는 울리의 손을 잡고 그의 가슴을 쓰다듬으며 '이제 가도 돼요, 안 잡을게요!'라고 반복해서 말했다."라고 썼다.

　내 인생에 갑작스러운 종말이 찾아왔다. 더는 변기를 구분할 수 없어 울리가 집안의 냉장고에 오줌을 싼 날이었다. 소변에 젖은 당근을 야채 칸에서 꺼내 쓰레기통에 던져 넣으며 나는 목이 메었다. 역겨움 때문이 아니었다. 외로움 때문이었다. 40여 년 동안 인생의 중요한 고비를 나와 함께 넘어왔던 남자가 더는 거기에 없다는 사실을 불현듯 깨달았기 때문이었다.

늘 그대로 그 자리에 있는 서로일지라도 인생은 홀로 부서지는 것이다. 하느님도 어쩌지 못하는, 상대의 부서진 파편을 보듬고 이제 가도 된다고 말할 때 우리의 '올여름의 인생 공부'는 완성되고 있으리라. 젊은 시절 끼적거린 시다. 지금 나에게 바다를 응시할 자격이 있을까.

바다를 응시할 자격

바다는
파도처럼 부서지라는 뜻
파도는 부서져야 빛나는
자결 같은 것
꿈쩍 않는 바위에 대항하라는 뜻
깊음을 무기로 하여

바다를 무례하게 바라보지 말 것
바람은 바다의 통역사
파도소리와
고래의 언어에 귀 기울일 것
바람을 허무맹랑하다고 생각지 말 것
종횡이 없다고 생각지 말 것
바람처럼 색깔을 없앨 것

나의 뼈에

석탄 같은 이야기를 묻어 두고

끝내 자백하지 않는 독종의 사랑으로

홀로 부서지며 갈 것

다정도 병인 양하여

비둘기 몇 마리가 뒤뚱뒤뚱 사이좋게 걸으며 먹이를 찾다가 푸드덕 나무 위로 날아오른다.

"비둘기처럼 다정한 사람들이라면 장미꽃 넝쿨 우거진, 포근한 사랑 엮어 갈 그런 집을 지어요"라는 노래처럼 역시 집이라는 것은 서로 다정한 사람끼리 사는 곳이리라.

가을에 접어드니 여기저기 결혼 소식이 있다. 청첩장에는 평생 사랑으로 가득한 집을 짓겠다는 젊은 건축학도들의 맹세가 확고하다. 이들이 비둘기처럼 다정하게 살아가도록 시인들은 허무나 이별을 멋 내지 말고 사랑의 건축공법인 다정함에 대해 좀 더 가르쳐야 한다.

다정했던 사람이여 나를 잊었나
벌써 나를 잊어 버렸나
그리움만 남겨놓고 나를 잊었나
벌써 나를 잊어버렸나

_노영심, 〈그리움만 쌓이네〉 중에서

"내가 세상에 나서 석이처럼 나한테 잘 해준 사내는 없었다. 언제나 너를 대하면 마음이 편했어. 어딜 가도 어느 누구랑 있어도 어찌 그리 마음이 안 편했을까."

소설 『토지』에서 기생이 된 봉순이가 석이(정석)에게 한 말이다. 마음이 편하다는 것은 상대방이 참으로 다정하다는 것, 한데 애석하게도 그 다정함이라는 것은 힘이 약하다. 초등학교 때였다. 하굣길에 어찌 된 셈인지 비둘기 몇 마리가 날지도 못하고 퍼덕거리고 있었다. 나는 그놈들을 가방에 넣고 또 안고 집으로 와서는 보금자리를 만드는 엄마처럼 헛간에 지푸라기를 깔고 다정하게 놓아두었다. 아뿔싸, 뒷집 고양이 녀석의 습격, 다음 날 비둘기는 온데간데없고 비둘기 털만 무성히 떨어져 있었다. 나의 어설픈 다정함은 비둘기의 운명을 장악하지 못했다. 석이가 다정함만으로 봉순이의 운명에 개입하지 못했듯이.

글도 다정한 글이 좋다. 소설가 스티븐 킹은 『유혹하는 글쓰기』에서 "소설의 목표는 독자를 따뜻이 맞이하여 이야기를 들려주는 것, 가능하다면 자기가 소설을 읽고 있다는 사실조차 잊게 만드는 것"이라고 했다. 빤한 글, 지루한 글이 다정하게 느껴질 리가 없다. 다정하면서도 매혹적인 글쓰기는 쉽지 않다. 그런 사람 되기가 어려운 것처럼.

어떤 엄마는 아들을 부를 때 코맹맹이 소리로 '아들~'이라고 다정하게 부른다. 그 아들이 고약한 짓을 저지르면 급전직하 '~놈'으로 전락하지만 그럴 때마저도 그 아들에게 세상에서 가장 다정한 사람은 그 엄마다. 모정의 세월은 결국 그 다정함으로 늘 거룩하여도 세월이 흐른 다음에라야 추억될 뿐이다. 자식들에게서 부모의 다정함이야말로 죽은 후에라야 되새겨지는 대표적인 역주행이다. 그러니 살아 있는 동안은 내리사랑뿐이다. 내리사랑이 없으면 인류가 유지되지 않기에 신은 특별한 다정함을 창조하신 거다.

아버지도 가족들에게 좀 더 다정스러워지고 싶다. 평생 형사로 뼈를 묻은 박정배 형사과장님은 범인 잡는 꿈을 꾸다가 발로 차서 몇 번이나 부인을 침대 밖으로 우아하게 떨어뜨린 적이 있다. 그리고 아이들이 자랄 때 다정하게 쓰다듬어 주기보다는 '~하지 마라'는 금지의 언어를 많이 쓴 게 후회된다고 하면서 직업의식의 발로라고 했다. 그래서 막내아들 생일에 다정함을 듬뿍 담아 손편지를 썼다고 한다. 이어지는 넋두리, "다른 아버지는 돈이나 기술을 물려주기도 하는데, 이건 뭐 도둑놈 잡는 법을 물려줄 수도 없고…."

가정엔 소홀했으나 범인 잡는 일에 다정했던 아버지, 순경에서 특진에 특진을 거듭한 형사, 아버지들 박람회에 내놔도 결코 시시한 아버지가 아니다. 아버지는 다정할 겨를이 모자랐으나 가족이라는 울타리는 아버지에게 다정했다. 그 다정의 힘으로 무궁화는 하나씩 어깨에 꽃피었으리라. 다만 우리가 놓치지 않아야 할 점은 다정함은 자칫 쑥스러움으로 변한다는 사실이다. 그러니 쑥스러움이 얼씬거리지 못하게 다정한 감정의 꼬리라도 잡고 있다가 다정해야 할 때 즉시 다정해야 한다. 술에 취하면 다정해지는 무뚝뚝한 사내들이 있다. 나 또한 그런 편인데 집에서는 딱 질색을 한다. 이것을 행동심리학적으로 '안 하던 짓을 한다'고 표현한다.

이육사는 「고란(皐蘭)」이라는 수필에서 다음과 같이 말한다.

"아직도 자연에 뺨을 비빌 정도로 친하여지지 못함은 역사의 관계가 더 큰 것도 같다. 다시 말하면 공간적인 것보다는 시간적인 것이 보다 더 나에게 중요한 것만 같다."

육사는 공간적인 것보다는 시간적인 것에 더 다정한 사람이다. 과거로부터 현재로 이어져 미래로 흐르는, 그러니까 맥락이 뒤틀려져 있는 상황을 못 견딘다. 사계절 변하는 조국 산천의 자연이 아무리 아름다워도 찬미하지 않는다. 그 공간은 빼앗긴 들에 불과하여 관심 안에 들어오지 못한다. 시간과 역사에 다정했던 사람, 그의 독립운동에의 헌신은 필연적이었다.

동래경찰서장으로 있을 때 경승이신 동래구 자비암 자관스님께서 점심 공양을 청했다. 산채비빔밥과 된장국을 먹고 스님은 우리에게 염주와 홍차를 선물했다. 답례를 해야겠기에 내가 무심코 경찰서 홍보 물품인 드라이기를 몇 개 보내드리겠다고 하자 자관스님은 두 손을 머리에 올리고는 "우리는 머리카락이 없는데"라며 짐짓 당황해하셨다. 문제는 옆에 동석했던 임홍란 경무과장님의 웃음보가 터진 것이었다. 그 바람에 나도 하마터면 웃을 뻔, 가까스로 참고 "공양주 보살님이나 신도들에게 나눠주시면 되지 않겠습니까!"라고 눙치며 위기를 넘겼다.

공양에 초대받았으면 적절한 답례의 선물을 미리 마련했어야 했다. 그랬다면 자칫 결례되는 우스꽝스러운 장면도 없었을 것이다. 다정하다는 것은 정성을 들인다는 함의도 있다. 나도 경무과장님도 다정하지 못했다. 우리가 뭘 부탁하는 입장이 아니어서 무심했던 거다.

다정한 부부는 집을 나설 때 배우자가 옷매무새를 만져주며 등에 가볍게 손을 대는 추임새를 한다. 다른 가족이나 아이들에게도 마찬가지다. 미소 짓기, 부드러운 음성으로 말하기, 맞장구쳐주기, 편들어 주기, 거북한 질문 삼가기, 눈치 보기, 가려운 데 긁어주기도 다정함의 또 다른 얼굴이다. 세상이 달라졌다. 자식의 버릇이 나빠진다고 금기시했던 것이 좋은 교육법으로 인정되고 기존에 정형화된 관계의 패턴은 수정되고 있다. 사람에게 있어 이 다정함을 빼고 우리 삶에 무엇이 남을는지, 좋은 삶이란 다정이 병이 되는 삶이리라.

아버지의 앞모습

마을 앞 다리 위에서 코트 차림에 중절모를 쓰시고 주머니에 손을 깊숙이 찔러 넣은 채 서 계시던 큰아버지 모습이 눈에 선하다. 내 생전 그렇게 멋진 노인의 모습은 지금까지 보지 못했다. 너무 생각난다.

아버지를 주제로 쓴 「박꽃 피고 기러기 날면」이라는 나의 수필에 같은 마을에서 자란 사촌 누님이 단 댓글이다. 나는 이 몇 줄의 글을 늘 기억해왔다. "너무 생각난다."라는 말에 고향에 대한 누나의 짙은 페이소스가 느껴졌고 내게는 초라한 농부의 모습으로 자리한 아버지가 누나의 마음속에 멋진 노인으로 살아 있는 반전을 담았기 때문이다. 누나의 기억법에는 엄부의 훈육이나 잔소리 같은 게 들어 있지 않을 테고 큰아버지로서의 자애로운 미소만 담겨 있을 터라 아버지는 누나의, 기억의 둥지에 흑백영화에 나오는 중절모의 신사처럼 멋지게 각인되었다.

「아버지의 뒷모습」이라는 수필이 생각난다. 중국의 유명한 수필가 주쯔칭(朱自淸)의 글로, 고등학교 교과서에 실린 글이다.

필자는 북경대 학생이다. 할머니 장례식을 마치고 남경으로 직장을 구하러 가는 아버지와 동행하기로 한다. 가세는 기울었고 아버지는 실직 상태였다. 남경에서 하루를 머물고 필자는 기차역에서 다시 북경으로 돌아온다. 배웅을 나온 아버지는 한사코 철로 맞은편에서 파는 귤을 좀 사 오겠다고 한다. 필자는 검은색 중절모를 쓰고 검은색 마고자에 남색 두루마기를 입은 아버지의 뒷모습을 본다. 아버지는 철로 변을 약간 휘청거리면서도 천천히 살펴서 간다. 철로를 다 건너서 저쪽 플랫폼에 오르려고 할 때 몸이 중심을 잃고 왼쪽으로 기우뚱하며 몹시 힘겨워하는 모습이 역력하다. 필자는 순간 가슴이 뭉클하며 눈가에 눈물이 글썽인다. 아버지가 볼까 봐 얼른 고개를 떨궈 눈물을 훔친다. 아버지는 귤 한 꾸러미를 내려놓고는 도착하면 편지하라는 말을 남기고 돌아선다. 아버지의 뒷모습이 인파에 묻히자 필자는 다시 눈물을 쏟는다.

주쯔칭에게 아버지의 뒷모습이 있다면 나에겐 아버지의 앞모습이 있다. 두 장면을 합치면 가난한 아버지의 모습이다. 꽃샘추위가 맹위를 떨쳐 발끝과 손끝이 얼어붙던 1986년 2월 28일, 경찰대학 입학식을 위해 대운동장에 도열해 있던 나는 행여나 하고 뒤를 돌아보았다. 우연이었다. 꽤 멀리 관중석에 앉아 계시던 아버지 모습이 줌인(zoom-in)되어 바로 포착되었다. 순간 가슴이 뭉클했다. 누구에게도 위협적이지 않은, 내가 나고 자란 고향의 풍경이 거기에 고스란히 옮겨 와 있었다. 인파 속에 아버지는 외로운 섬보다 더 외롭게, 하지만 외로움이 숙명이라는 듯 무채색으로 홀로 앉아 계셨다.

입학식을 마치고 마주 앉아 학교에서 제공한 설렁탕으로 점심을 먹고 내가 쓰는 생활실을 구경한 후 아버지는 얼마간의 용돈을 쥐어주시고는 태연히 돌아서 가셨다. 그 순간의 쓸쓸함이란 이루 말할 수 없어 나는 멀거니 아버지의 뒷모습을 바라보았다. 내내 멀뚱멀뚱하게 별 대화는 없었다. 부자지간이 대체로 서먹하기도 하거니와 주위 삼삼오오 가족 단위의 화기애애함에 기우뚱한 우리 부자의 모습은 위축돼 있었다. 돌아서 가시는 아버지의 등에서 김해평야의 누런 벼 이삭이 금방이라도 우두둑 떨어질 것만 같았다. 아버지는 이후 몇 통의 편지를 보내오셨다. 아들 보아라, 하고 시작하는 세로로 쓰인 편지는 심신을 갈고 닦아 국가에 충성하라는 내용이었다. 그 편지들을 지금까지 간직하지 못한 게 참 아쉽다.

나는 운이 좋게도 아버지의 임종을 지킬 수 있었다. 아버지는 숨을 몰아쉬며 천천히 마지막 말씀을 남기시더니 동백꽃 지듯이 오른쪽으로 마지막 숨을 툭 놓으셨다. 내 나이 스물여덟이었다. 당신께서 한 많은 지상의 삶을 마감하는 순간 나는 나도 모르게 깊은 통곡이 터져 나왔지만 그건 나의 설움이었을 뿐 아버지는 듣지 못하셨다.

집에서 장례를 치렀다. 조문객이 끊기고 사위가 조용해졌을 때쯤 나는 병풍 뒤로 들어가 조용히 관 덮개를 열었다. 코와 입을 솜으로 막고 수의 한 벌 입으시고 예절 교육받는 유치원 어린이처럼 두 손을 모은 아버지는 평화로이 누워계셨다. 이제 나의 말을 해야 할 차례였다. 일찍이 호주(戶主)가 되어 온갖 풍상 다 겪으며 평생 정직한 밥벌이를 해 온 한 사나이에 대한 아들로서의 마지막 예의였다. 나는 당신이 어린 시절의 나를 쓰다듬었듯 아버지의 뺨을 쓰다듬으며 죄송하다고, 정말 죄송하다고, 다음 생에는 훨훨 빛나는 인생이기를 빌고 또 기도했다.

프로이트의 심리학 이론 중 '오이디푸스 콤플렉스'라는 게 있다. 아들이 어머니의 사랑을 의식하고 아버지를 경쟁자로 보아 반감을 갖는 경향 또는 무의식중에 경쟁자인 아버지로부터 거세에 대한 공포를 느끼는 현상을 말한다. 나는 이 이론에 동의하지 않는다. 사내로 태어나는 순간 세상의 모든 사내는 잠재적 경쟁자로 존재한다. 모세도 태어나자마자 나일강에 버려져 하마터면 죽을 뻔했고 왕위계승의 역사에서 어린 왕자는 해코지의 표적이었다. 사우디 빈 살만 왕세자는 일명 '구타의 밤'을 일으켜 배다른 왕자들을 구금하고 재산을 몰수해버렸다.

프로이트는 '어머니의 사랑을 의식하고'라는 전제를 둔다. 이 전제가 4~6세의 남자아이에게만 적용되겠는가. 어머니의 사랑이 아버지 말고 다른 사내에게로 향하면 성인이라도 질투를 느낀다. 인간은 질투하는 존재다. 사랑 앞에서는 더 그렇다. 이 이론은 인간의 보편적 특성일 뿐이지 '아버지라서'가 아니다. 그리고 아버지로부터만 거세에 대한 공포를 느끼는 게 아니다. 어려서부터 세상은 위협적이다. 초등학교 5학년 때 선생님의 무자비한 폭력은 나를 짓이겨 존재 자체를 지우려는 것 같았고, 불혹의 나이를 넘어서도 권위적인 여성 상사 앞에서 나는 이미 거세되어 있었다. 나만이 그러할까. 현대인은 전 생애를 걸쳐 반감과 질투와 압박감을 느낀다. 이게 세지면 분노나 적의, 공포로 자라는 것이다. 무슨 콤플렉스라고 명명한다면 아마 수십 개는 만들 수 있지 않을까.

친구 사이에 우정이 있듯이 아버지에게는 부정(父情)이 있다. 자식의 안녕을 위해 불구덩이도 마다하지 않는 아버지를 두고 반감이니 공포니 하는 설명어는 허울 좋은, 이론을 위한 이론에 불과하다. 세상 모든 아들은 아버지에게 마땅히 의리를 지켜야 한다. 자식이란 아버지의 원수도 갚아야 하지만 아버지의 죄도 속죄해야 하는 숙명적인 존재다. 어느 시점이 오면 아버지의 삶 전체를 대신 아파해야 하는 것이 아들의 의리이다. 좋은 아버지가 아니어서 원망과 혹여 분노까지 남아 있을지라도 그 모든 것을 버무려 긍정하고 아파하는 것, 남자가 나이가 들고 성숙할수록 아버지는 대등한 사내로 다가오고 묘한 우정이 자란다. 내가 아버지의 뺨을 쓰다듬었을 때 나는 나의 모든 감정을 버무리고 있었을 것이다. 한 사나이의 삶 전체를 오랫동안 대신 아파하기 위해.

86년 2월 28일, 아버지는 내 입학식에 부를 수 있었던 유일한 사람이었다. 그리고 아버지는 거기 앉아 계셨다. 나의 기도가 간절했으므로 윤회가 있다면 아마도 지금은 다시 이 세상에 태어나 엄마보다 더 예쁜 여자를 만나 빛나는 삶을 살고 계시리라 믿는다. 왠지 정감이 가는, 발랄한 여성과 걸어가는 저어기 저 젊은이인가. 세상에서 내게 가장 성심성의를 다해주신 사람이다. 나는 아버지의 아들이다.

아버지의 이름 +1

　코로나가 오기 직전 대만으로 해외여행을 갔다. 우리 가족은 흩어져 살았다. 큰애는 고등학교 때부터 집을 떠났고 작은애는 학교에서 살았고 아내는 집에서, 나는 주로 집 밖에서 살았다. 한자리에 모여 밥을 먹은 적도 가물가물하다. 언제였던가, 네 명이 집에서 밥을 먹는데 오순도순하기보다는 약간 어색함이 흘렀다. 아버지인 내가 그렇게 느꼈으니 애들은 교장 선생님 앞에 앉아 있는 기분이 들었을 거다.

　작은애까지 대학에 들어가고 각자의 과업이 어느 정도 정리되었을 무렵 아내는 '남들 다 가는 해외여행'을 제청했다. 나는 잠시 '남들 다 가는'이라는 형용 문구에 시비를 걸 뻔했으나 멈칫, 그럴 형국이 아니었다. 살며시 안색을 살폈을 때 내 편은 없었다. 3+1이었다. 세상일은 토끼에게 풀 한 줌 주는 작은 일조차도 동의하거나 동의할 수밖에 없을 때 이루어진다. 다만 나는 여행지를 오사카에서 대만으로 바꿨다. 'NO JAPAN'에 동참한다는 애국심의 발로였다.

　공항 수하물 위탁소 직원의 고개가 갸웃했다. "고객님은 출국하실 수 없습니다. 대만은 6개월 이상 여권 유효기간이 필요합니다. 나가시더라도 대만에서 입국이 불허될 겁니다." 그 순간 열 개의 시선이 따가울 정도로 일제히 내 얼굴에 꽂혔다. 그중 두 개의 시선은 당시 공항경찰대장으로 근무하던 후배 김종규 총경의 큼지막한 눈이었다. 후배는 배웅하러 나와 애들 용돈까지 챙겨줬기에 내가 약간 의기양양해지는 데 일조하고 있었다. 그리고 대만 타오위안 공항에서도 입국시간에 맞춰 한 가족이 마중을 나오기로 돼 있었다. 모든 것이 완벽하다고 느낀 순간 벌써 내리막길은 시작된다. 인생은 원래 그렇다.

몇 초의 정적이 흘렀다. 분명 불교방송 문광스님이 늘 설법하시는 언어, 문자가 끊어진 자리였다. 오, 주여! 나는 일단 가족들을 출국 게이트로 들여보내고 후배와 점심을 먹었다. 하늘 저 멀리 창공을 날고 있을 가족들이 생각났다. 가수 문주란 누님이 부른 공항의 이별은 남녀의 이별이었건만 나는 아주 색다른 이별을 겪고 있었다. 하~.

"나는 그냥 여기서 혼자 놀란다."

"형, 그래도 무조건 가야죠, 방법이 있을 겁니다."

산울림의 〈내 마음에 주단을 깔고〉라는 노래가 있다.

내 마음에 주단을 깔고

그대 길목에 서서

예쁜 촛불로 그대를 맞으리

향그러운 꽃길로 가면

나는 나비가 되어

그대 마음에 날아가 앉으리

후배의 한마디가 내 마음에 주단(綢緞)을 깔았다. 그때부터 기나긴 여정이 시작됐다. 먼저 여권을 만들어야 했다. 임시여권 발급처가 부산에는 없고 인천국제공항에만 있었다. 나는 김포공항으로 날아가 부랴부랴 택시를 타고 인천국제공항으로 갔다. 여권용 사진을 찍기 위해 이리저리 헤매고 임시여권 발급처를 찾아 겨우 신청을 했지만 두 시간 가까이 기다려야 했다. 항공편이라든지 부수되는 일은 후배가 맡아주었다. 오랜 기다림 끝에 임시여권과 대만행 티켓을 손에 쥐었다. 그냥 오사카로 갔으면 이런 고생은 없었을 텐데, 나의 애국의 길은 약간의 후회가 아니라 긴 그늘을 드리우고 있었다.

공항 이곳저곳을 기웃거리며 서성이다 오랜 비행 끝에 자정 즈음 드디어 대만 숙소에 닿았다. 큰애가 호텔 입구에 마중을 나와 있었다. 훗날 큰애는 회고한다. 그때가 자기 인생에 아버지가 가장 반가운 순간이었다고. 내가 방에 들어선 순간 박수갈채와 환호가 동시에 터졌다. 폭죽과 꽃다발만 없었지 나는 올림픽 금메달리스트였다. 일생에 한 번 개선장군 되기도 하늘에 별 따기처럼 어려운데 아, 매일 이런 환대를 받으면 좋으련만 생각하면서도 나는 별일 아닌 것처럼, 막 퇴근해서 집으로 돌아오는 아버지의 표정을 지으려 애썼다. 하지만 아무래도 멋쩍고 우스꽝스러운 얼굴이었을 거다.

하루 일정을 잘 소화하고 맥주 파티를 벌이고 있던 3의 표정이나 분위기로 봐서 이미 그들은 완전체였다. 나는 +1로서 완전체 3에서 떨어졌다가 천신만고 끝에 겨우 3+1이 되었다. 내가 군이 애써 여기 오지 않아도 이 여행은 행복할 수 있는 여행이었다. 출국 게이트에서 공항의 이별을 할 때 아내의 표정이 그리 낙담한 표정이 아니었던 이유이기도 했다. 나도 그것이 다행이었다. 내가 이 점을 지적하자 아내는 의표를 찔린 듯 치아를 드러내며 웃었다.

일견 나의 애국심은 적지 않은 가외 경비와 시간의 손실을 초래했지만 얻은 것이 많았다. 지체되어 서성였던 시간만큼 사색할 수 있었고 정말 반가웠던 아버지의 추억을 선사할 수 있었으며 쓸쓸한 낙오병에서 하루 만에 개선장군의 환대를 체험할 수 있었다. 무엇보다 가족들에게 잊지 못할 추억이 되었다. 게다가 이 한 편의 수필마저 얻었다. 〈내 삶의 이유 있음은〉이라는 노래는, '아픔 속에서도 슬픔 속에서도 꽃은 피고 새는 울고 사랑이 있다'라고 노래한다.

언제나 꽃은 피고 새는 울고 사랑이 있다. 슬픔의 무리가 찾아와도 뒤에 서 있는 기쁨의 무리를 바라보며 잘 어루만져야겠다. 삶의 빛과 그림자는 똑같은 지분을 가지고 일희일비는 인생사에서 늘 반복된다. 긴 하루, 첫 잔의 맥주는 기억에 남을 정도로 달콤했다. 아버지라는 존재는 가끔씩 어설프다. 그날 하루 도마뱀 꼬리 같은 아버지였지만 아버지의 길이 무엇인지는 분명했다. 끈기 있는 하루가 선사한 행복한 피로를 느끼며 나는 스르르 시체처럼 쓰러져 잠이 들었다.

어버이날 풍경

어버이날 하루 전 아내가 한마디 툭 던졌다.

"낼 애들 전화 오겠어요? 둘째는 공부하느라 바쁠 테고…."

나는 대꾸했다.

"뭐, 어버이날 애들이 꼭 전화를 해야 하나!"

나 또한 어버이날 장모님께 전화 드리는 게 늘 어색한 숙제였으므로 그런 틀에 전적으로 동의하는 바는 아니었다. 아니나 다를까, 오후 네 시까지 전화는 오지 않았다. 이 표현은 결과론적일 뿐 나는 연락이 오기 전까지 어버이날임을 잊어버리고 있었다. 네 시가 넘어가자 가족 단톡방으로 동시에 카톡이 왔다. 아내가 지청구하였으리라.

그날 점심을 같이한 경찰서 노승권 강력팀장의 통화를 옆에서 듣게 되었다. 벨이 울리자 노 팀장은 휴대폰 발신자를 확인하고는 무뚝뚝한 목소리로 "왜?"라고 하더니 "알았다!" 하며 바로 전화를 끊었다. 전화한 아들의 말은 "어버이날이어서요!"였다고 했다. 사나이들의 이 뜨거운(?) 대화에 옆에 섰던 우리는 한바탕 웃었다.

원하지도 않았는데 낳고 길러준 일이 자식으로서 그리 고마운 일일까. 심지어는 왜 낳았냐고 대드는 일까지 있다. 이제 어버이날의 의무에서 자식들을 해방하자. 서로 어색한 일은 하지 않으면 된다. 어버이날이 오면 어버이가 먼저 전화를 하자. 미안하다고, 물어보지도 않고 낳아서.

어느 의사가 말했다. 부유했던 부모보다 가난하게 고생하며 산 부모가 임종할 때 대체로 그 자식들이 더 슬퍼하더라고. 가난한 어버이가 가지는 역설의 힘이다. 요즘의 어버이날은 궁핍과 가난이라는 스토리가 깔려 울컥한 마음을 자아냈던 과거의 어버이날과 대등할 수 없다. 배고플 때 짜장면 한 그릇의 추억이, 차비가 없어 먼 길을 걸어가던 추억이, 궁핍이 쓰라림으로 다가왔던 추억이 이렇게 그리움으로 자랄 줄은 나도 몰랐다.

나의 어버이는 하늘에 두 분, 어버이날 지상은 텅 비어 있다.

고맙다고 말하기에는 너무 가까운 사이

미국에서 간호사로 일하는 동갑내기 사촌으로부터 6년 만에 연락이 왔다. 딱 그 세월만큼 얼굴에 주름 하나를 더한 거 외에 생글거리는 표정과 밝은 목소리는 여전했기에 미국 살림살이가 오히려 가뿐한가 싶었다. 그런 측면도 있을 거다. 이민은 불편한 인간관계를 초기화시키는 강력한 거리두기가 될 수 있다.

이야기꽃이 피었다. 대학에 들어간 쌍둥이 아들의 전공이 적성에 맞는지 모르겠다는 걱정, 미국 병원은 열정적으로 일해도 누가 알아주는 사람이 없더라, 딱 월급 받는 만큼만 일하는 곳이더라는 푸념과 맞장구가 오갔다. 부산 용호동 바닷가에 사뒀던 아파트값이 올라 미국에 집을 장만하게 됐다는 스토리에 우리는 일제히 오!라는 감탄사를 뱉었다. 한국의 경제 상황이 외국 이민자에 미치는 영향이었다. 그리고 "진기, 스타일 아직 괜찮네!"라는 사촌의 접대성 멘트에 고무된 나는 미국 아줌마가 알아주는 영화배우 조지 클루니 스타일 아니냐며 너스레를 떨었다. 그러자 아내는 표정까지 일그러지며 손사래를 쳤고 친구 재곤이도 아니 이 무슨 망발이냐는 표정으로 나를 쳐다봤는데 적절한 표현이 생각나지 않는지 입술만 약간 달싹거렸다.

　아내와 친구는 헤아리지 못할 것이다. 네모난 탁자에 마주 보고 앉아 함께 수다를 떨었으나 사촌과 나 사이에는 소리 없는 마음이 오고 갔었다. 우리 둘의 인수분해 값은, 시골 한 동네에서 비슷한 결핍의 성장기를 보내며 서로를 측은하게 여기고 응원하는 마음이었다. 서울로 가는 중학교 졸업여행 때 고속도로 휴게소에서 사촌이 칠성사이다 한 캔을 들고 와서 나에게 건네주었다. 내게는 이 장면이 북한 이웅평 대위가 미그기를 몰고 넘어왔을 때 전쟁이 났다고 말하는 기술 선생님의 황망한 표정이나 오사마 빈 라덴에 의해 세계무역센터가 넘어지는 것만큼이나 인상 깊게 남아 있다. 우리는 같은 초등학교와 중학교를 다녔다. 사촌은 내가 제주도로 대학 졸업여행을 갈 때도 청바지와 체크무늬 티셔츠를 사줬다. 왜 그랬겠는가. 그것은 어떤 이념이나 주의보다 우선하는 핏줄의 실존이었다.

　가수 이문세를 좋아하던 소녀는 이제 먼 이국땅에서 간호사로서 또 아이들의 엄마로서 그렇게 늙어갈 것이다. 이번 생에서 몇 번쯤 더 볼 수 있을까. 따듯하게 들렸던 스타일 괜찮네, 라는 말은 많이 변하지 않아서 고맙다는 말, 여기까지 온다고 고생했다는 말, 더 늙지 말라는 예쁜 덕담이었을 거다. "가을아 가을, 오면 가지 말아라~" 같은 노래였을 거다.

　사촌은 한국의 거리풍경을 보면 거리에 돈이 넘치는 것 같다면서도 그것이 언제까지일지가 중요하지 않겠냐고 실물 경제학자처럼 말했다. 우리 세대만 해도 몸이 가난을 기억한다. 아무리 그러지 말아야지 해도 스킨, 로션 듬뿍 바르기가 쉽지 않고 좋은 옷을 입거나 비싼 물건을 쓰게 되면 왠지 모를 부담감과 희미한 죄의식을 느낀다. 사촌은 허세 없는 검소한 차림과 진솔한 말투에서 벌써 자신의 말에 신뢰감을 부여하고 있었다. 나는 이것을 지성이나 교양이라고 표현하고 싶다.

가을 은목서 꽃향기가 아파트 앞 산책로에 향긋하다. 아내와 산책을 하면서 그 꽃향기를 맡아보라고 했다. 언젠가는 우리 모두 세월을 따라 떠나가니 살아가는 것에 대해 너무 심려하지 않았으면 좋겠다고 했다. 그리고는 사촌이 생각났다. 우리는 "잘 가!" 하며 내일 또 볼 것처럼 가볍게 헤어졌다. 아무리 몸이 가난을 기억한다 해도 이제 미국 뉴욕쯤은 언제라도 티케팅 할 수 있다는 자신감, 삼겹살과 소주로 다져진 대한민국 50대 아저씨의 탄탄한 뱃심이 담백한 작별인사를 만들었다.

대한민국 아줌마는 세계 어디 내놔도 엄마로서 모성이 깊고 헌신적이다. 누구에게 의지하지 않고 자신의 삶을 주도적으로 개척해 온 한국 아줌마 소남순 여사는 어디에서건 주어진 삶을 당당하고 똑 부러지게 그리고 품격 있게 완성해 낼 것이다.

나는 상상한다. 그녀가 좋아했던 이문세의 〈광화문 연가〉에서처럼 그녀의 마음속에는 언덕 밑 정동 길, 눈 덮인 조그만 교회당이 있어 고향이 그립거나 사는 게 힘들 때면 늘 청아한 종소리가 울려 그녀를 위로해주리라는 것을. 그리고 남순아, 기억했

으면 좋겠어! 옛날 어릴 적 부산 강서구 가락동 용등마을, 너의
집 담벼락 밑에 피고 졌던 봉선화, 채송화, 맨드라미를.

붓꽃의 꽃말

꽃순이를 아시나요, 용필 형님의 구슬픈 노래가 내 어린 시절의 기억 하나를 소환했다.

꽃처럼 어여쁜 꽃순이
나의 눈에 이슬 남기고
내 곁을 떠나간 꽃순이
어디가면 찾을까요 첫사랑
꽃순이 내 사랑 꽃순이
꽃피는 봄이 돌아오면은
내 곁에 오려나 꽃순이

꽃순이 누나는 나보다 대여섯 살 위의 마을 누나였다. 얼굴이 달덩이처럼 허옜다. 어느 날 키가 크고 얼굴이 훤칠한 낯선 청년이 마을을 두리번거렸다. 마을 허리쯤 위치한 누나의 집이 웅성댔다. 동네 형들은 그 청년을 둘러싸고 뭇매를 가했다. 유독 한 사람의 기세가 등등했다. 청년도 쉽게 물러서려 하지 않았다.

얼굴에 피가 흥건했다. 꽃순이 누나는 어찌할 줄 모른 채 퍼질러 앉아 울었다. 누나의 눈물에 어떤 사연이 담겨 있는지 물을 만큼 나는 자라 있지 않았다.

자녀의 수를 곧 노동력으로 여기던 시절이었다. 맏딸은 살림 밑천이라고 했다. "아들, 딸 구별 말고 둘만 낳아 잘 기르자"라는 출산 제한 정책이 있기 전 시골에는 보통 한 집에 네다섯 명의 아이들이 있었다. 제 먹을 것을 갖고 태어난다 했으나 가난은 그림자처럼 끈질기게 아이들을 쫓아다녔다. 누나들은 제대로 교육의 기회를 갖지 못한 채 생활전선으로 떠나야 했다. 92년 MBC 드라마 〈아들과 딸〉의 후남이(김희애)는 남루한 삶을 살아 낸, 그때 그 시절 누나들의 상징이었다. 후남이가 봉제공장에서 일하면서 "난 쓰러지지 않아"라며 스스로를 격려하는 독백은 시청자들의 가슴을 아리게 했다.

섬유공장 버스는 먼지를 일으키며 마을마다 돌아다녔다. 어른들은 해질녘까지 들에서 일했고 어린 우리는 온 마을을 쏘다녔다. 친구 집에서 놀다가 도시에서 버스 안내양으로 일하는 금순이 누나가 사 온 딸기를 얻어먹었다. 처음 본 과일이었다. 백설탕이 옆에 놓인 그 빨간 딸기는 자본주의의 풍요를 상징함과 동시에 누나의 땀이 밴, 눈물 젖은 빵이기도 했다. 학교에 가면 하루가 다르게 아이들의 입성이 달라졌다. 메이커 운동화와 비싼 옷들이 등장했다. 77년은 수출 백억 불을 달성한 해였다. 그러나 여전히 나는 없는 색깔이 있는 색깔보다 더 많은 몽땅 크레파스를 들고 다녔다.

내가 좀 더 자라자 누나들은 꽃 지듯 사라졌다. 꽃순이 누나도 금순이 누나도 복희 누나도 마을에서 보이지 않았다. 부모가 정한 혼처로 마음에도 없는 시집을 갔다는, 어른들이 나누는 아랫마을 처녀의 이야기를 나는 귀가 쫑긋 엿들었다. 손광성의 「누나의 붓꽃」이라는 수필이 있다.

"함이 들어오던 날 밤 누나는 이불을 쓰고 누워버렸다. 누나의 울음은 깊은 밤 강물이었다. 누나의 강물은 내 가슴속으로 이어져서 흘렀다. (중략) 누나는 며칠이 지나서 병석에서 일어났다. 하지만 그 예쁘던 얼굴에는 표정이 없었다. 내가 아무리 웃겨도 누나는 웃지 않았다. 표정 없는 얼굴처럼 슬픈 것은 다시 없다는 사실을 그때 너무 일찍 알아버리고 말았다."

시인 노천명은 「이름 없는 여인이 되어」라는 시에서 이렇게 읊었다.

기차가 지나가버리는 마을
놋양푼의 수수엿을 녹여 먹으며
내 좋은 사람과 밤이 늦도록
여우 나는 산골 얘기를 하면
삽살개는 달을 짖고

내 좋은 사람과 함께였더라면 여왕보다 행복했을 아랫마을 처녀는 저를 흔드는 것이 제 조용한 울음인 것을 까맣게 모른 채 갈대처럼 흔들리며 살아갔을까, 어쩌면 남몰래 눈물지으며 잠 못 이루다 토끼 같은 자식을 낳고 같이 울고 웃는 한 쌍의 원앙이 되었을까.

고생만 하다가 시집간 작은누나의 결혼식장에서 나는 울컥 목이 메었다. 내가 대학에 입학했을 때 서울 사는 큰누나는 내가 갈 때마다 정성스레 밥을 지었고 용돈을 꼭꼭 챙겨주었다. 졸업할 때는 양복점에서 남색 스트라이프 무늬로 된 근사한 양복 한 벌을 맞춰주었다. 내 생애 첫 양복이었다. 내가 의령서장으로 부임했을 때 그곳에서 다육이 농장을 하시는 고향 마을 누님께서 서장실을 방문했다. 내 시야에서 사라진 누나들은 어디에서건 뿌리를 내리고 터전을 일구며 고향의 길에 닿아 있었다. 그 길은 한여름 뙤약볕에 소금물 한 모금 들이켜고 다시 햇볕 속으로 일하러 나가시던 내 엄마의 흔들림 없는 발걸음 같은 것이었으며 지금의 우리를 지탱하게 한 모정의 길이었다.

북구 만덕동에는 고향 마을 친척 누님께서 조그만 중국집을 하고 계신다. 10년 전 북부경찰서 과장으로 근무할 때 찾아뵈었다. 다시 서장으로 취임하고 케이크를 사 들고 인사를 드리러 갔다. 딸 다섯에 둘째로 일찍이 삶의 전장에 나섰던 힘든 시절의 고난이 나와의 만남에 스쳐 가서일까. 누나는 나를 본 순간 눈가에 살짝 눈물이 맺혔다. 열심히 살아줘서 고맙다는, 고향 동생을 통해 당신의 삶을 직면하는 누나의 얼굴 앞에 나는 이보다 더 고요한 인내는 없을 거라는 생각이 들었다.

누나! 여기까지 온다고 정말 고생 많으셨어요, 어떤 곡절과 슬픔이 있었다 해도 그건 누나의 잘못이 아니었지요. 그리고 그 누구의 잘못도 아니에요. 지나간 세월, 그냥 아름다웠다고 생각해요. 그리고 이제 저 붓꽃처럼 예쁘게 사시길 바랍니다. 누나는 살림 밑천이 아니라 붓꽃의 꽃말처럼 존재 자체가 좋은 소식이니까요.

어머니

다시 안중근을 위해

일곱 개의 별을 품은 남자

눈 내리는 하얼빈 역에서

썩은 조선을 쏘았네

분노의 조준은 이토의 심장을 뚫고

일곱 발의 총탄은

조선 백성의 기억을 날아

의주로 몽진 가는 선조와

기름진 을사오적의 몸뚱이에

백성의 울음이 되어 박혔네

역사를 포박한 능욕의 결박을 깨고

짓눌린 겨레의 숨통을 틔운

서른하나 청춘이었네

보내지 못하겠네

조선의 눈물이 닿지 못하는

여순 감옥의 하늘에

저 형형한 눈빛과 숨소리를

보내지 못하겠네

창살 밖으로

만주의 비바람이 쓸려 갈 때

다홍치마 아내와 꽃 같은 아이들을 생각하네

가슴을 풀어 대한독립을 써도

손가락을 자른 곳 추위에 아리네

어머니 조마리아는

한 땀 한 땀 당신의 살을 저며

아들의 수의를 만들었네

어미보다 먼저 죽는 것을

불효라 생각지 마라 실 때

청계동의 겨울바람은 문풍지를 때리며

중근의 목소리로 울고 갔네

모두가 살고자 할 때

자신의 존재를 멸하더니

역사의 창문에 불멸의 눈빛을 던져 놓고

이승의 마지막 날 미세한 떨림도 없이

위국헌신군인본분을 써 내려간

이보게 중근이

자네도 사람 아니었던가

용서할 것은 다 용서하고
살아남은 우리
다시 또 안중근이 오면
지나간 일이 어찌 되었냐고
누가 답하리

안중근 평전을 읽고 쓴 시다. 안중근 장군의 어머니 조마리아 여사는 독립운동을 위해 고국을 떠나는 아들에게 집안일은 생각지 말고 남자답게 최후까지 싸우라고 격려한다. 또 이토 히로부미를 죽이고 안중근 장군이 사형을 언도 받자 수의를 지어 보내며 어미보다 먼저 죽는 것을 불효라 생각지 말고 나라를 위해 당당히 죽으라는 내용의 편지를 쓴다.

여자는 약하지만 어머니는 강하다는 말이 있다. 조마리아 여사는 어머니로서도 한 인간으로서도 강했다. 죽음을 앞둔 아들을 면회하지 않은 그 깊은 속내를 미루어 짐작할 뿐이지만 청계동의 겨울밤, 수의를 지으며 홀로 오열했을 그 '어머니'라는 것을 생각하면 가슴이 저민다.

이육사 시인의 「절정」이라는 시의 일부다. 조국 독립의 제단에 목숨을 바친 이들, 그 핏줄의 심정이 이러했을 것이다.

하늘도 그만 지쳐 끝난 고원
서릿발 칼날진 그 위에 서다

어데다 무릎을 꿇어야 하나

한 발 재겨 디딜 곳조차 없다

이육사 시인의 본명은 이원록, 1904년 안동에서 나셨다. 안중근 장군이 서거하시기 6년 전이다. 조선은행 대구지점 폭파사건에 연루되어 대구형무소에 투옥됐을 때 수인번호가 264였다. 이를 따서 호를 육사라 했다. 광복 한 해 전 서거하시기까지 40년의 파란만장한 생애 동안 열일곱 번 옥고를 치르셨다.

선생은 시인이라기보다 독립투사였다. 시는 독립운동의 방편으로 여겼다. 「계절의 오행」이라는 산문에서 선생은 그의 시를 말한다.

나는 정면으로 달려드는 표범을 향해서는 한 발자국도 물러서지 않는 내 길을 사랑할 뿐이오. 그렇소이다. 내 길을 사랑하는 마음, 그것은 내 자신에게 희생을 요구하는 노력이오. 나는 내 기백을 키우고 길러 금강심에서 나오는 내 시를 쓸지언정 유언은 쓰지 않겠소. 무릇 유언이라는 것을 쓴다는 것은 팔십을 살고도 가을을 경험하지 못한 속배들이 하는 일이오. 그래서 나는 이 가을에도 유언을 쓸려고 하지 않소. 다만 나에게는 행동의 연속만이 있을 따름이오. 행동은 말이 아니지만 내가 시를 쓰려는 것은 그것도 행동이 되는 까닭이오.

이 무서운 성실(誠實) 앞에 한 종지도 안 될 나의 삶의 의지는 보잘것없이 초라하다. 일생 잘 먹고 잘살아 팔십 즈음 자식들에게 재산 분배의 유언장이나 쓰려는 속배, 나도 그것이다. 가을을 경험한다는 것, 선생의 가을은 붉은 단풍으로 온 세상을 아름답게 물들이고 이 척토에 지려는 의지이다. 가을의 관찰자가 아니라 가을 자체이고자 하는 금강의 마음이리라.

달려드는 표범에 한 발자국도 물러서지 않으려는 선생의 실천적 의지로부터 다음의 일화는 선연히 이해된다. 선생은 군사학교 동기이자 자신의 아내 안일양의 오빠인 안병철이 만주에서 독립운동을 하다 투옥되어 고문을 이기지 못한 자백으로 여러 사람이 체포되어 죽거나 다치자 크게 분노해 안병철의 뺨을 때리고 장인과 처삼촌에게 두루마리 여섯 장이나 되는 편지를 보내 더러운 피의 일족인 사람(아내)을 더는 받아들일 수 없으니 데려가라고 하였다. 아! 이렇게 고약한 사내, 저 불같은 성미였기에 독립에 대한 절절한 의지가 서린, 시리도록 아름다운 시 「청포도」를 낳았다.

내 고장 칠월은
청포도가 익어가는 시절
이 마을 전설이 주절이주절이 열리고
먼 데 하늘이 꿈꾸며 알알이 들어와 박혀

하늘 밑 푸른바다가 가슴을 열고

흰 돛단배가 곱게 밀려서 오면

내가 바라는 손님은 고달픈 몸으로

청포를 입고 온다고 했으니

내 그를 맞아 이 포도를 따 먹으면

두 손은 함뿍 적셔도 좋으련

아이야 우리 식탁엔 은쟁반에

하이얀 모시 수건을 마련해 두렴

육사 선생의 어머니는 허길 여사이시다. 평소 여섯 형제에게 허물없는 우애를 강조하였다. 앞서 말한 조선은행 대구지점 폭파사건 때 잡혀간 네 형제는 모두 20대였다. 달구어진 쇠꼬챙이로 불 지짐을 하고 거꾸로 매달아 고춧물을 코 안으로 넣는 온갖 참혹한 고문을 당할 때도 형제들이 서로 나를 고문하라고 일경에게 대들었다고 한다. 안동 이육사 문학관 옆에 선생의 생가가 복원돼 있는데 여섯 형제의 우애를 기려 육우당(六友堂)이라고 명했다. 조국 독립의 제단에 삶을 바친 형제들, 이러한 힘은 어디에서 발원되었을까. 허길 여사는 자식들에게 다음과 같이 분부했다.

"너희들은 내가 죽어도 울지 마라. 조국이 광복되었을 때 마음 놓고 울어라."

먼 길 떠나는 아들에게 최후까지 남자답게 싸우라고 고무한 조마리아 여사의 기개와 마찬가지다. 세상을 만드는 것은 남자고 남자를 만드는 것은 여자라 했다. 이 위대한 어머니들의 가르침은 안중근과 육사의 영혼을 더욱 단단하게 벼렸을 것이다.

결은 다르지만 범상치 않은 어머니가 있다. 배우 이병헌, 송혜교가 주인공을 맡은 드라마 〈올인〉의 실제 주인공 차민수의 어머니다. 차민수는 프로 바둑기사 겸 프로 포커플레이어다. 차민수가 미국에서 사업을 벌이다 카지노와 마약에 손을 대기 시작하면서 사업은 말아먹고 이혼까지 당한 후 귀국하여 빈털터리로 어머니를 찾아왔다. 그 어머니는 냉담히 아들을 내쫓는다. 책 『올인』에 나오는 그 어머니의 대갈일성은 이러하다.

"너는 장성해서 떠난 자식이다. 내 집에 되돌아올 이유가 없다. 당장 돌아가. 가서 네 재산 찾아서 살아. 윤 기사, 얘 가방 대문 밖으로 내보내고 문 잠가요!"

이후 차민수는 미국으로 돌아가 굳은 마음으로 재기하게 된다. 세상 모든 어머니는 좋은 어머니, 나쁜 어머니로 구분 지을 수 없다. 모든 어머니는 누군가를 낳았고 어머니라는 자격만으로도 훌륭하기 때문이다. 다만 우리는 여러 어머니를 살피면서 뭔가를 깨닫고 배울 수 있다. 무엇을 얻는가는 각자의 몫이다. 내 마음의 갈피에 고이 묻어 둔 나의 어머니 손경순 여사께 김초혜 시인의 시 「어머니」를 바친다.

하늘과 땅은 갈라져 있어도 같이 있듯
저승에 계신 어머니는 자식의 가슴에서 이승을 함께 하시고
아플 일 아니어도 아프고 아파도 아프지 않은 마음
저가 어미 되어 알고 깊이 웁니다.

어머니는 내가 초등학교 6학년 때 하늘나라로 가셨다. 푸르고 굵고 긴 오이를 궤짝에 담아 리어카에 가득 싣고 김해읍 '난장'에 팔러 가셨다. 나는 뒤에서 힘껏 리어카를 밀었다. 흥정이 끝나고 물건이 건네지자 말투가 사나운 여자 상인이 돈을 속였다. 나는 그때 곱셈을 배워서 여자 상인의 셈이 틀렸다는 걸 알았지만 개입하기에는 너무도 어린 나이였다. 기세가 등등한 여자 상인에게 어머니는 오이 한 궤짝을 도둑맞았다. 내가 얍삽한 사람을 극도로 싫어하는 이유가 아마 이 사건 때문일 수 있겠다. 부모는 자식들에게 맛난 음식을 먹이고 좋은 옷을 입힐 때 기쁨을 느낀다. 나의 어머니는 그 기쁨을 누리지 못하셨다. 그리고 배우지 못하여 당한 오이 한 궤짝, 나는 그 어머니의 설움을 이 글로나마 지워드리고 싶다.

엄마!
엄마의 친손녀가 K대 영문학과를 들어가고 엄마의 외손녀가 Y대 영문학과를 들어갔어요. 이만하면 그 설움, 반쯤은 지워지겠지요. 나이 들수록 왜 가슴 아팠던 일만 새록새록 생각이 나는지 모르겠

어요. 엄마 옆에 서 있던 까까머리 그 촌스러운 아이가 경찰서장이 되었어요. 난장의 나쁜 여자 상인이 되지 않으려 무척 노력했지요. 엄마에 대한 예의, 그게 내 엄마에 대한 예의였으니까요. 그리고 작가가 되어 이렇게 글을 쓴답니다. 내 어머니 이야기, 절절한 그리움의 이야기를 말이죠. 부디 평안하세요.

아름다운 항해

순풍에 돛 달고 가는 인생은 없다. 겉으로 뻔쩍거리는 삶을 사는 듯 보여도 누구나 결핍이 있고 짐이 있다. 그 결핍에 맞서 짐을 지고 인생은 나아간다. 단단한 공력과 인내로 결핍과 싸우며 짐인 줄 잊고 그 짐과 일체가 되어 오는 사람은 설강화처럼 아름답다. 어떤 이는 늘 순풍에 돛 달았거니 여겨 인생을 수정하지 못하다가 삶의 느닷없는 공격에 중상을 입기도 한다. 결핍과 짐은 삶을 수정하게 만든다는 점에서 인간의 시야를 넘어서는 오묘한 아이러니의 힘이 있다.

일본의 전성시대를 열고 경영의 신이라 일컬어지는 마쓰시타 고노스케는 가난하고 못 배우고 병약했기에, 부지런하고자 했고 늘 배우려 노력했고 허약 체질을 벗어나기 위해 운동하는 습관을 기를 수밖에 없었다고 말한다. 이야말로 결핍의 힘이 시사하는 좋은 예다. 물론 결핍을 결핍으로 여기지 않는 사람에게 결핍은 힘을 만들지 못한다.

서정주 시인도 「자화상」에서 나를 키운 것은 팔 할이 바람이었다고 읊었다. "애비는 종이었다/(중략)/흙으로 바람벽 한 호롱불 밑에/손톱이 까만 에미의 아들"이라는 시구는 팔 할의 바람이 모진 결핍의 세월이었음을 말한다. 그는 결핍을 버무려 시를 만들었다. 피가 도는 시를 위해 "볕이거나 그늘이거나 혓바닥 늘어뜨린/병든 수캐마냥 헐떡거리며 나는 왔다"라고 적는다.

페르시아 군대가 쳐들어왔을 때 아테네는 병력에서 열세였다. 승전보를 알리기 위해 병사 필립피데스는 40킬로미터 마라톤 벌판을 숨이 끊어질 듯 헐떡거리며 달려와 외쳤다. "우리가 승리했다. 아테네 시민들이여, 기뻐하라!" 아테네가 병력에서 우세였다면 그렇게 헐떡거리며 승전보를 전하지는 않았을 것이다. 아이러니하게도 '열세'라는 결핍이 마라톤을 낳았다.

친구 석이는 올 초에 부고를 알렸다. 예비역 엄 중령께서 천수를 누리시다 96세를 일기로 세상 밖으로 가셨다. 18년 전 엄 중령께서 막내아들인 석이에게 엄숙한 제안을 하신다. 막내아들이 다른 자식보다 편하셨을까. 이 대목에서 친구 석이의 성정을 살펴볼 필요가 있다. 오형제 중 막내로 어머니의 사랑을 받고 자라며 초등학교 때는 전교 어린이회장에 당선되는 기염을 토하지만 어쩌다 그가 열고 들어간 문은 앙드레 지드의 좁은 문이 아니었다. 석이 왈, 고 3 어느 날 문득 눈을 뜨니 서면에서 좀 노는 학생이 되어 있더라는 거였다.

그의 삶의 자세가 일대 전환을 하게 된 건 둘째 형 덕분이었다. 말없이 동생을 이끌고 간 곳은 동아대 무용과 강의동 앞, 예쁘고 날씬하고 귀티까지 나는 한 무리의 여학생들이 지나갔다.

형이 말했다. 대학에 들어가면 저런 여학생들을 사귈 수 있다. 지금 네가 서면에서 보는 애들하고는 격이 다르지 않으냐! 석이 눈에 자각의 불꽃이 튀었다. 그날로 머리를 싹싹 밀고 암기 과목 위주로 파고들어 동아대 도시공학과에 합격하는 기염을 다시 토하게 된다.

말하자면 스펙트럼이 넓고 갑갑함이 없는 친구다. 반항아에서 범생이까지 그만큼 수용력이 크다고 할 수 있겠다. 부창부수, 석이는 복도 많아서 낮고 지적인 목소리에 늘 얼굴에 미소를 띠는 문희 씨를 만났다. 홀아비가 된 엄 중령께서 예리한 군인의 눈으로 전방 수색을 마친 결과 둥지를 틀 곳은 아마 명약관화하였을 것이다.

"네 어미도 죽고, 이제 너와 좀 살아야겠다! 대신 아파트 평수는 늘려주마, 내가 앞으로 살아도 십년 더 살겠냐!"

세월은 빠르다. 지내 놓고 보면 더 빠르다. 이윽고 십 년이 흘렀다. 장난끼가 발동한 석이가 십 년 살겠다고 하신 약속을 왜 지키지 않으시냐고 엄 중령을 도발했다. 아버지의 장수를 기뻐하는 막내아들의 재롱이었다. 그러자 엄 중령께서는 미안하셨던지 "야 이놈아, 그게 내 맘대로 되냐!"라며 군인으로서 몸에 밴, 각진 태세를 조금 풀었으나 아주 수세적으로 밀리지는 않고 진지를 사수하겠다는 표정이었다. 88세 미수에 이르리라고는 너도나도 예상을 못 했기에 약속을 어긴 것은 아니라는 논리였다. 역시 인명은 재천이고 인간의 예상을 뛰어넘는 일이 가끔 일어난다는 게 인간의 예상일 뿐이다.

여기에서 엄 중령의 성정도 살펴볼 필요가 있다. 어르신은 초등학교 교편을 잡으시다 공병 장교에 임관하여 군인의 길을 걸으셨다. 해외여행은 국부유출이고 외식은 돈 낭비, 정상적인 투자도 투기로 치부하며 특히 빚을 내서 하는, 영끌 같은 투자는 망하는 지름길이라고 철석같이 믿는 분이시다. 석이가 대출을 내서 상가 건물을 샀을 때 손녀 주원이에게 "너그 아빠 빚이 얼맨 줄 아나, 그거 못 갚고 죽으면 그 빚 너그가 다 떠안는다"라고 자못 진지하게 말씀하시는 바람에 주원이가 한동안 아빠에게 말도 못하고 고민이 깊었다고 했다. 이런 에피소드를 전하며 석이는 "문디 영감재이~"라며 껄껄 웃었다.

티격태격 군인과 장사꾼의 대결, 일조 점호에 익숙한 군인은 술 먹고 늦잠 자는 장사꾼이 탐탁지 않았으며 빚도 자산이라는 개념을 인정하지 않았고, 장사꾼은 사람이 어떻게 모두 걸어 다니는 시계인 칸트가 될 수 있는지, 이불은 따뜻하게 덮고 개켜놓으면 되는 것이지 거기에 왜 이불 각이 서 있어야 하는지 동의하지 않았다.

화이트와인을 닮은 남자와 레드와인을 닮은 남자의 중간에 역시 로제와인을 닮은 문희 씨가 있었다. 아침 여섯 시경 아침상을 받으시고 엄 중령께서는 군인회관이나 부산진구에 있는 보훈회관으로 행차하여 목욕도 하고 이발도 하고 바둑도 두며 이리저리 전우들과 소일하시다 저녁 여섯 시경 귀가하신다. 문희 씨는 또 시간에 맞춰 저녁상을 올린다. 문희 씨는 서면에 이불점을 운영하고 있다. 동선을 최대한 짧게 해야 1인 3역이 가능하므로 집도 가게도 마음도 부전동에 있다. 18년 동안 이렇게 반복된 생활을 했다. 강산이 두 번 변하도록 군 생활을 한 거나 마찬가지다.

석이네 가족들은 다 같이 놀러가 본 적이 거의 없다고 한다. 결국 문희 씨에게서 나오는 대답은 늘 "아버지 밥은?"이었다. 시아버지의 조석 차림을 누구에게 대신하게 할 수 없다는 뜻을 완곡하게 나타내는 것이었다. 그것은 봉양이라기보다는 종교적 제의(ritual)에 가까웠다. 문희 씨에게 묻는다면 그것은 짐이 아니라 신앙이었다고, 늘 믿어주고 사랑해주는 시아버지의 눈빛은 오히려 힘이 되었다고 하리라. 아니라면 그렇게 한결같을 수 없다. 사람은 떠나도 신앙은 사라지지 않는다. 18년간 새벽달과 함께 일어나는 몸의 기억은 아직도 문희 씨를 뒤척이게 만든다고 한다.

석이도 조문에 대한 감사 글에 이렇게 썼다.

"오랜 세월 말없이 조석으로 선친을 봉양해준 어진 아내 덕분에 저는 부끄럽게도 효자 소리를 듣곤 했습니다만 갑작스레 되돌리지 못할 이별의 날을 맞고 보니 바쁘다는 핑계로 무뚝뚝하게 서로 못다 한 부자의 정이 저도 모르게 눈물이 되어 흘러내렸습니다."

엄 중령의 결핍은 두 손녀의 천진한 웃음소리와 문희 씨의 나긋함과 정성스러움으로 채워졌다. 봉양이라는 짐은, 문희 씨가 짐으로 여기지 않고 가슴으로 받아들였기에 아이들에게는 할아버지의 추억이 되었고 마음의 씨알을 키울 수 있었던 든든한 언덕일 수 있었다. 49제를 마치고 술자리에서 취기가 올랐을 무렵 임지훈의 〈꿈이어도 사랑할래요〉를 읊조리며 눈에 눈물을 머금던 석이, 나에게 말했다. "이제 엄 중령, 승진시키자. 엄 대령으로!"

삶이란 벌떡 일어서서 툴툴 털고 다시 가는 것이다. 어떤 결핍과 짐이어도 '하필이면'이라고 자조하지 않고 생색내지 않는 사람들, 선장 허문희, 선원 엄희석, 엄주원, 엄소원의 아름다운 항해였다.

4장

내 슬픔을 등에 지고 가는 사람

내가 서 있는 곳이 외면할 수 없는 현실이고
내가 바라보는 곳이 가야 할 길이다.
내가 곧 철새고 내가 곧 물새인데
밀리는 파도와 몰아치는 비바람을
누구에게 물어볼 수 있을까.

12월의 편지

초겨울 산행 길, 수북이 쌓인 바싹 마른 낙엽들을 밟고 간다. 젓가락에 바스라지는 김처럼 낙엽은 등산화 밑에서 바스락바스락 소리를 낸다. 프랑스 시인 구르몽은 발로 밟으면 낙엽은 영혼처럼 울고, 날개와 여자의 옷자락 소리를 낸다고 했지만 나는 이 소리가 평생을 소식(小食)하여 바싹 마른, 자연을 닮은 어느 노스님의 다비식 같다는 생각을 한다.

그리고 구르몽이 한국 시인이었다면 "시몬, 너는 좋으냐 낙엽 밟는 소리가"라는 구절은 "철수, 너는 좋으냐 낙엽 밟는 소리가"라고 되었을 거라 하니 일행들이 까르르 웃는다. '시몬'은 프랑스에 흔히 있는 이름일진대 우리나라의 '철수'쯤에 해당한다. 그 웃음소리가 높고 푸른 가을 하늘에 튕겨 멀리 퍼진다.

12월은 어김없이 돌아왔다. 때로는 지쳤고 가끔씩 지루했다. 그럴 때마다 내 엉치를 더듬어 태엽을 감았고 나는 곧잘 뒤뚱뒤뚱 걸어나갔다. 머지않아 세상의 도시에 반쯤은 태엽으로 움직이는 인간이 등장할 수도 있겠다. 유발 하라리는 사이보그의 세상이 올 것이라고 했다. 태엽으로 움직이든 희망과 동경(憧

懺)으로 움직이든 사람은 하루도 헛되이 살아서는 안 되는 거라고 이 세상은 늘 들볶는다.

심장은 24시간 뛰고 지구도 쉬지 않고 사계절과 낮밤을 만들고 물류는 톱니바퀴처럼 맞물려 돌아간다. 이것이 세상의 구조다. 이 구조에 가장 충실한 인간은 개근상을 받는다. 그래서 세상을 바꾸자는 구호는 일단 불온하다. 인간들은 끊임없이 구조에 맞서고 새로운 구조를 만드는 꿈을 꾸지만 시대는 바뀌어도 구조는 바뀌지 않는다.

나 또한 나를 옥죄는 구조에서 잠시라도 벗어나기 위해 디오니소스의 술잔을 늘 들고 다녔고 실력이 엇비슷한 친구 석이와의 골프시합에 신나게 노는 어린이처럼 재미를 불어넣었다. 아쉬운 것은 쇠가 자석에 달라붙으려는 '동경'이라는 에너지는 점점 여릿여릿해져 간다는 점이다. '동경'이라는 것은 치열함이나 의지라고 해석해도 좋으리라.

그래도 좋다. 술은 여전히 맛있고 친구들과 깔깔댔으며 진제스님의 '매 순간 뼈에 사무치게 화두를 챙겨라'는 말씀이 쇼펜하우어의 '지상에서 지속적인 평정을 얻을 수 있는 사람은 아무도 없다. 의지(意志)의 부정은 끊임없는 투쟁을 통해 언제나 새로이 쟁취되어야 한다'는 말과 일맥이 상통함을 알게 됐으니 나쁘지 않은 한 해였다.

이제 부자와 권력자를 동경하기보다는 나는 나를 동경해야겠다. 내가 나에게 가장 밀착될 때 나는 나로서 제대로 선다. 나와 가장 친한 나, 나를 위해 가장 애쓰는 나, 이런 나에게로의 동경이 무르익을 때 얼굴에 인품이 새겨질 것이다.

12월의 밤은 춥다. 산책을 나설 때면 목도리에다 두툼한 방한복까지 껴입는다. 간혹 불어오는 바람이 지상의 낙엽을 몇 걸음쯤 옮겨놓고 심술궂은 바람은 휙 모자를 벗겨버린다. 몇 년 전 태백산 겨울 산행에서 서서히 손가락이 얼기 시작했다. 아무리 입김을 호호 불어도 역부족, 핫팩을 준비 못 한 투미함을 자책하는 동안 눈 내린 겨울 산의 비경은 눈에 들어오지 않았다.

헐벗은 병자호란의 겨울은 오죽 추웠을까. 김훈의 『남한산성』을 읽은 이후 날씨가 추워지면 칼바람 부는 남한산성의 망루를 지키는 병사가 생각난다. 스산한 바람의 질서가 영하 수십 도를 오르내리는 남한산성의 겨울 풍경, 추위의 본진이 몰려왔다. 따뜻한 거위털 방한복 속에서 나는 시간을 건너뛰어 추위에 오돌오돌 떨고 있는 열여섯 병사가 된다.

임금은 이 어린 병사에게 나라를 지키라는 거창한 명분만 씌워놓고 정작 추위를 막을 의복은 주지 않았다. 그 병사는 알고 있었을까. 내가 나라를 지키는 게 아니라 양반들의 세상을 지키고 있음을, 내가 죽고 이 성이 무너져도 양반들의 세상은 무너지지 않는다는 것을. 추위가 살갗을 파고든다.

어릴 적 어느 겨울 아침 마을 앞 낙동강은 꽁꽁 얼어 수백 마리 오리 떼가 강 중간에 웅크려 있었다. 강 가장자리에 살그머니 발을 내디디어 단단함을 확인하고 오리 떼 쪽으로 조심조심 나아갔다. 오리 떼는 강추위에 몸이 얼어서인지 아예 날지를 못하고 퍼덕거리기만 했다. 색깔이 화려하고 덩치 큰 놈 두 마리를 골라 양손에 쥐고 마을 어귀로 들어서자 건달끼가 있던 동네 형이 눈독을 들였다. 동네 형은 힘이 약한 조선에서 말과 황금을 빼앗고 사람들을 잡아간 청 태종 홍타이지나 다름없었다. 나는 오리 두 마리를 고스란히 빼앗겼다. 병자호란에서 패한 조선은 수많은 백성이 심양으로 끌려가 노예로 팔렸다. 소현세자도 인질로 끌려갔다. 쇠락의 계절을 지나는 12월, 헐벗은 1636년 조선의 겨울은 지독한 패배의 계절이었다.

"설마 이 추운 겨울에 쳐들어오겠느냐!"

조정의 관료들은 설마 했고 도원수 김자점은 비상봉화가 올랐을 때도 대응을 게을리하여 5일 만에 수도 한양이 함락되었다. 대서(大暑)는 몹시 심한 더위라 말한다. 대한(大寒)도 몹시 심한 추위라 설명하지만 지독한 추위라고도 표현한다. '지독한' 패배를 들고 이 겨울을 지나고 있는 사람들이 있다. 태극기 상단 우측이 겨울을 뜻하는 감괘(坎卦)이다. 양쪽에 음을 뜻하는 끊어진 막대기가 있고 중간에 양을 뜻하는 끊어지지 않은 막대기가 있다. 아무리 지독한 겨울이라도 이미 봄을 잉태하고 있다는 의미이다. 봄이 머지않았다. 삶의 강령 중 하나, 더 지독한 냉철함으로 지독한 것들을 무찔러야 한다.

재빨라서 영리하게 보이는 다람쥐도 도토리를 묻어두고 깜빡 까먹는다고 한다. 12월에 들어서며 깜빡 잊은 약속이나 뒷전으로 미뤄뒀던 일은 없는지 톺아보자. 다람쥐의 기억법도 괜찮겠다. 어차피 사람은 기억을 묻어두고 사는 법이니까. 잊히는 건 잊고, 잊지 말아야지 하면서 잊고, 무척 그리다가 잊는다.

낙엽에서 시간을 빼면 푸른 추억이 되고 기억에서 시간을 빼면 모든 게 지금 이 순간이다. 12월이면 늘 누구에겐가 편지를 쓰고 싶은 충동이 인다. 뜨거운 커피를 조금씩 마시는 것처럼 천천히 시간을 거슬러 올라 불쌍한 오리 두 마리도 푸드덕 창공을 날게 하고 나에게 다정했던 그대도 충분히 추억한 연후라면 내 힘으로 너끈하게 다시 새해를 맞을 수 있을 것이다.

천수를 다 누리고 떠나는 사람은 새털처럼 가볍다. 바싹 마른 낙엽은 임무를 완벽하게 수행한 전사의 모습이다. 낙엽 한 잎을 들어 자세히 들여다본다. 잎맥이 서울지하철 노선도보다 복잡하지만 아름다운 질서가 있다. 낙엽에는 인간의 삶이 들어 있는 거다. 이효석은 「낙엽을 태우며」라는 수필에서 낙엽을 태우면 갓 볶아낸 커피 냄새와 잘 익은 개암 냄새가 난다고 했다. 낙엽 지는 것을 보고 낙엽 밟는 소리를 듣고 낙엽 태우는 냄새를 맡으며 낙엽을 닮으면 좋겠는 마음으로 그대를 생각한다.

내 뜰에 잠깐 머물렀던 당신, 12월의 지금은 어디쯤 가고 있나요.

인간의 조건

봄이 잔치를 벌인다. '따분하고 우울한 사람은 다 오시오'이다. 춘열(春熱)을 앓는 여인들의 표정이 왁자지껄 밝다. 이 찬란한 봄에 심드렁해서는 죄가 될 터, "지구는 둥그니까 자꾸 걸어 나가면/온 세상 어린이들 다 만나고 오겠네"와 같이 누구의 손이라도 맞잡고 벚꽃 나무 아래를, 걸을수록 아까운 봄 길을 눈부신 달밤에 이르도록 거닐어 볼 일이다.

피가 잘 도라…
아무 병도 없으면 가시내야
슬픈 일 좀, 슬픈 일 좀 있어야겠다

_서정주, 「봄」 중에서

천형의 벌을 받아 하늘에서 가장 멀리 멀리만 다니는 뱀도 동면에서 깨어나는 계절, 피가 잘 도는 처녀에게는 슬픈 일 좀 있어야 봄이 치유되겠다. 강물도 출렁출렁 목이 메는 짝사랑이어도 좋고 영화 〈타이타닉〉 잭과 로즈의 낭만적인 사랑이어도 좋겠다.

지금 우리는 어떤 술을 빚어 인생의 무화과가 시들어가는 날에 지난 삶을 위로할 것인가. 백 년을 살아 본 김형석 교수는 "사랑이 있는 고생이 행복이었다"라고 말한다. 사랑은 사랑할수록 서정주 시인이 말한 '슬픈 일'이 된다. 사랑에는 미움과 연민이라는 감정이 자라고 세월이 흘러 그것이 행복이었음을 깨닫는다. 사랑의 감정은 변증법적이다. 미움과 연민의 감정이 잘 녹아들어야 사랑의 술은 그윽한 향을 품는다.

봄은 포용의 시간이다. 방방곡곡 꽃이 흐드러지게 핀 대지에 꽃들도 노래하고 가인(歌人)도 노래한다. 막걸리와 동동주에 파전이 익어가는 대동의 축제가 열린다.

미운 놈, 고운 놈, 알랑방귀 뀌는 놈, 뜯어보는 놈, 핀잔주는 놈, 마음 졸이는 놈, 씹는 놈, 촉이 있는 놈, 깔보는 놈, 지껄이는 놈, 시치미 떼는 놈, 지저분한 놈, 조곤조곤한 놈, 우쭐대는 놈, 지긋지긋한 놈, 석연치 않은 놈, 다그치는 놈, 야살스러운 놈, 꼬나보는 놈, 자질구레한 놈, 너저분한 놈, 짓누르는 놈, 조바심 내는 놈, 들볶는 놈, 징징거리는 놈, 태연자약한 놈, 성가신 놈, 용렬한 놈, 껄끄러운 놈, 무모한 놈, 구차한 놈, 쩨쩨한 놈, 시시풍덩한 놈, 아금받은 놈, 대뜸 화내는 놈, 우기는 놈, 불길한 놈, 자빠져 자는 놈, 어이없는 놈, 군림하는 놈, 간족거리는 놈, 앙칼진 놈, 신경이 곤두선 놈, 야비한 놈, 비겁한 놈, 음흉한 놈, 느물느물한 놈, 얍삽한 놈, 쪼잔한 놈, 깜냥이 안 되는 놈, 야누스적인 놈, 한주먹 거리도 안 되는 놈, 까불거리는 놈, 하찮은 놈, 보잘 것없는 놈, 방자한 놈, 비열한 놈, 촐랑대는 놈, 큼직한 놈, 왜소한 놈, 쓸모없는 놈, 허접한 놈, 삐딱한 놈, 얌체 같은 놈, 허세 부리는 놈, 천연덕스러운 놈, 한가로운 놈, 달갑지 않은 놈, 인색한 놈, 말 많은 놈, 조무래기들과 왕 노릇 하는 놈, 불량스러운 놈, 어쭙잖은 놈, 시시한 놈, 치사한 놈, 제 꾀에 제가 당한 놈, 업신여기는 놈, 성가신 놈, 어림짐작하는 놈, 구시렁대는 놈, 쫄쫄 굶은 놈, 솜씨 서투른 놈, 남루한 놈, 안 낄 데 끼는 놈, 멋쩍은 놈, 넙죽 인사하는 놈, 우스꽝스러운 놈, 기겁한 놈, 쌤통인 놈, 허무맹랑한 놈, 말짱 도루묵 된 놈, 애꿎은 놈, 어기적거리는 놈, 뭉그적뭉그적하는 놈, 죽치고 앉아 있는 놈, 못마땅한 놈, 헐뜯는 놈, 비린내 나는 놈, 맵찬 놈, 눈물이 글썽한 놈, 원한이 사무치는 놈, 따복따복 쌓는 놈, 엄두가 나지 않는 놈, 허둥지둥하는 놈, 심사가 뒤틀린 놈, 흘깃거리는 놈, 안달복달하는 놈, 무심한 놈, 태연자약한 놈, 꽁무니 내뺀 놈, 꿋꿋한 놈, 덜미를 잡힌 놈, 실팍한 놈, 탁월한 놈, 담백한 놈, 갈채 받는 놈, 자지러지게 웃는 놈, 옥신각신하는 놈, 으르렁대는 놈, 고약한 놈, 새침한 놈, 망신당한 놈, 거스르는 놈, 수군대는 놈, 벅차오르는 놈, 모함하는 놈, 통곡하는 놈, 씩 웃는 놈, 질겁하는 놈, 추근거리는 놈, 대담무쌍한 놈, 망설이는 놈, 따돌림 당하는 놈.

남녀노소 모두 모두 다 같이 어울리라는 봄의 명령이다. 전라도와 경상도를 가로지르는 섬진강 줄기 따라 화개 장터도 부산 삼락생태공원과 온천천, 여의도 윤중로 벚꽃 길도 모두에게 열려 있다. 이야말로 사람이 곧 하늘이라는, 영생을 말하지도 신을 내세우지도 않는, 대지의 주인인 사람을 섬기라는 수운 최제우의 동학사상이다.

봄은 사람을 섬긴다. 마더 테레사 수녀처럼 모든 지상의 인간을 고귀하게 대우한다. 나무라지 않고 빼앗지도 않고 대지와 하늘의 조화로 날 선 것을 무디게 하고 급한 것을 더디게 하고 못된 것을 착하게 한다. 연분홍 치마가 봄바람에 휘날리며 봄날은 간다. 지난밤 큰바람에 꽃잎이 다 떨어져 권력을 잃어버리고 우두커니 서 있는 왕벚나무를 본다. 부자였다가 망하거나 선거에 실패한 후보자처럼 보이다가도 화두를 들고 정진하는 여여한 수도승 같기도 하다. 내년에 한 소식이 오리라.

아무리 세상이 덧없다 해도 빛나고 또 빛나는 뭔가가 있다. 영화 〈타이타닉〉에서 삶의 끝에 다다른 로즈 할머니는 늘 지니고 있던 다이아 목걸이를 바닷속으로 던진다. 평생 당신을 그리워했노라고 영혼의 '잭'에게 통신하는 것이다. 로즈 할머니는 영원한 사랑을 손에 쥐고 눈을 감는다. 생애 단 한 번의 봄, 그 빛나는 사랑은 노래와 시에 담겨 전승된다. 윤수일 형님의 〈사랑만은 않겠어요〉는 사랑에 대한 최고의 반어법이며 심수봉 누님의 〈사랑밖에 난 몰라〉는 사랑에 대한 영원한 간구(懇求)이다. 프랑스 시인 막스 자코브의 「지평선」이라는 짧은 시가 있다. 이걸 더 줄이면 '사랑밖에 난 몰라'가 된다.

그녀의 하얀 팔이

내 지평선의 전부였다

쇼펜하우어는 인간의 이기심을 "바다의 물 한 방울에 불과
한 그 자신을 단지 조금이라도 더 오래 유지하기 위해서는 세계
도 없애버릴 용의"라고 정의했다. 폐부를 찌른다. 나 또한 담배
를 피우면서부터는 꽁초를 버리며 '이 정도 갖고 뭐 어때서' 하
며 자기 합리화를 하게 된다. 정몽준 의원이 단일화 파기 선언
을 했을 때 사나이가 의리가 없다던 아내도 그분이 이사장으로
있는 고등학교에 큰애가 입학하자 슬며시 우호적으로 돌아섰
고 검사가 된 경찰대학 출신이 "경찰이 수사권이 왜 필요하지!"
라고 반응하는 것을 보면서 아, 인간은 작게는 입장차이, 크게는
진영싸움, 더 크게는 전쟁을 할 수밖에 없는 숙명적인 존재라는
사실을 깨닫는다.
　　우리 사회가 진영싸움이 문제라고 지적하는 것은 이러한 인
간의 조건을 과잉 문제시하는 것이다. 어리석은 비평가는 자신
이 언제 어디에서건 싸우기를 멈추지 않는 대표적 인간이라는
사실을 망각하고 진영싸움이 문제라며 태연히 훈장질을 하고
다닌다. 앙드레 말로는 『인간의 조건』에서 "우리는 망각하고 망
각하려 애쓰고 망각에 의해 파멸된다"라고 했다. 이 이기적인 인
간이 태어나자마자 전치 80년의 고통이 기재된 진단서를 받아

들고 자신의 피와 살을 보호하기 위해 가장 친절하거나 가장 잔혹하게 이 세상을 살아간다. 아, 그런데 봄이라니, 세상의 제단에 바쳐진 저 고운 꽃들이라니, 이렇게나 아름다운 상상이라니.

그래, 봄에 자살률이 높다고 봄을 탓할 순 없듯이 인간은 그저 인간일 뿐이라는 사실을 흔쾌히 여유로운 마음으로 받아들이자. 인간의 이기심과 이중성과 모순만을 떼어내어 인간을 분석하고 다그치는 것은 헛된 감정 소비다. 그러면 마음에 칼이 자라 스스로 상할 뿐이다.

그래도 나에게 기쁨은 너였고 남이었고 타인이었다. 우연이었지만 생각나는 사람, 영웅의 승전보, 악당의 패배, 파도와 바람을 담은 노래, 감동적인 영화, 짝사랑, 누군가 전해 준 따스한 말, 배려 받은 추억, 반가운 기별, 남이 만든 술과 음식, 힘이 된 책, 배꼽 빠지게 웃기는 사람, 보고 싶다고 말해 준 사람, 지켜지지 않을지라도 마음이 웅장해지는 약속, 이 따스한 봄날까지 너였고 남이었고 타인이었다. 얼마 전 타계하신 가수 현미 누님의 노래 〈왜 사느냐고 묻거든〉은 톨스토이 단편 「사람은 무엇으로 사는가」의 메시지와 같다.

왜 사느냐고 누가 묻거든
못다 한 사랑 때문이라고
그래도 다시 묻거든
그때는 우리 모두 죽는 날까지

사랑하기 때문이라고

시를 썼다. 짙은 외로움을 들키기 싫어서 메아리처럼 늘 반
응하는 너를, 나는 알고 있다. 이 봄날의 모든 고통을 잠재우고
부디 벚꽃과 따스한 봄바람과 함께 쾌유하기를 바란다.

메아리의 이유

구름을 뼈대 없는 쓸쓸한 존재라 하면
내 마음에 먹구름이 밀려오고
뭉게뭉게 피어오른다 하면
내 마음에 흰 구름이 두둥실 떠서 간다

먹구름이었다가 뭉게구름이었다가
있었다가 사라졌다가
바람이 불었다가 잦아들었다가
내 안에 내가 늘 있는 게 아니다
나에게 나는 절반이나 될 것인가

한때 나를 사랑한다던 소녀는
나를 내 거라고 했는데
반에 반도 가지지 못했다

나는 사라진 나를 찾아 구름 한 점 없는
청명하늘을 바라보고 있었다

내가 둥근 앞산처럼 매번 메아리를 내는 건
누가 나를 부를 때
나를 불렀는지 나 아닌 나를 불렀는지
어느 쪽을 불렀는지 누구를 찾고 있는지
새벽어둠처럼 깜깜하기 때문이다

꿈이었다가
꿈이 아니었다가
진담이었다가 농담이었다가
순풍인지 역풍인지 휘도는 바람처럼 종잡을 수 없는 것
그 허공을 쥐려고
나는 좋은 사람이었다가
그렇지 않은 사람이었다가
편지를 다 쓴 사람이었다가
쓰고 지운 사람이었다가
빨간 우체통까지 갔다가
차마 부치지 못한 사람이었다가
그 서러움을 실컷 울지도 못하다가
이 옹색한 나이에 다다랐다

허물은 모두 내 것이 될지라도
나 아닌 나도 있음을 너에게 일러둔다
짙은 외로움을 들키기 싫어서
메아리처럼

벚꽃 엘레지

만우절이다. 북부경찰서 정문 옆으로 벚나무 몇 그루가 찬연히 꽃을 피웠다. 2층 서장실에서 멍하니 바라보는 저 풍경이 거짓말처럼 느껴진다. 이 계절에 닥쳐온 코로나 19도, 내가 내 것이라 여겨 저 하늘에 적었던 나만의 이야기도 홀연히 느껴진다. 벚꽃은 권력자의 꽃이다. 일본 소설 『대망(大望)』에서 도요토미 히데요시가 자신의 위세를 과시하려 개최한 다이고의 벚꽃놀이가 뇌리에 남아 있다. 책을 읽으며 나는 진해 군항제 때 본, 검은 밑둥치를 가진 우람한 벚나무들을 연상했다.

권불십년(權不十年)이라 했다. 마찬가지로 벚나무도 일 년에 열흘 남짓 화려할 뿐이다. 권력을 쥐는 데 고난이 따르듯 벚나무도 꽃이 피지 않는 시절에는 병충해에 시달린다. 수피 안에 흐르는 맛난 수액 때문에 진딧물, 깍지벌레, 하늘소까지 수많은 곤충이 찾아든다. 나무 의사 우종영의 『나는 나무에게 인생을 배웠다』에 나오는 설명이다. 추운 겨울이 지나고 드디어 권력을 쥔 벚나무가 만신창이 된 몸을 일으켜 저리도 화려하게 일시에 피어올랐다. 벚꽃 왕국이 건국되었다.

이 꽃길을 두고 가수 장범준의 〈벚꽃 엔딩〉은 "알 수 없는 이 떨림과 둘이 걸어요"라고 노래하고, 장사익의 〈꽃구경〉은 아득한 고려시대 어느 늙수그레한 사내의 입을 빌려 늙은 어머니에게 "제 등에 업히어 꽃구경 가요"라고 말하듯 노래한다. 벚꽃은 저렇게 가슴 시리도록 아름다운데 로마 신화의 나라, 저 먼 이탈리아에는 코로나 바이러스로 많은 사람이 죽어 나간다. '죽기에 딱 좋은 날씨'라는 영화 〈신세계〉의 명대사가 벚꽃잎과 같이 흩날린다. 문명의 교양이 있다고 믿어 의심치 않았던 서양의 사재기 보도에 살짝 느껴지는 우월감, 보잘것없어 보이는 백인의 동양인 혐오에 발끈하는 우리의 날 선 감정, 삶이 던지는 핍진한 언표들까지 무성한 벚꽃 아래 표표히 머물고 있다. 하지만 언제 불거질지 모르는 전쟁의 파멸과 무참한 살육의 이력을 가진 인간의 광기를 생각하면 코로나 바이러스 따위는 인간의 호들갑이나 엄살에 불과하리라.

초연(超然)함은 자연의 무기이므로 벚꽃을 바라볼 때는 가능한 한 무심히 바라보는 게 좋다. 아카데미 시각효과상을 수상한 샘 멘데스 감독의 전쟁영화 〈1917〉에는 민가 주변에 벚꽃이 흐드러지게 피어 있고 영국군 병사 블레이크는 벚나무에 얽힌 어린 시절을 회상한다. 블레이크가 죽고 혼자 남은 병사 스코필드는 독일 병사에게 쫓겨 폭포로 떨어지고 휩쓸려가다 강의 하류에 즐비한 시체들을 헤치고 땅으로 기어오르는데 강물 위로 대지 위로 흩날리는 벚꽃잎의 무심함은 관객의 마음을 존재의 심연으로 밀어붙인다. 일본 사무라이 문화에 바치는 헐리우드의 경배라고 일컬어지는 영화 〈라스트 사무라이〉에도 벚꽃의 흩날림은 황홀하면서도 태연하다. 사무라이 부대를 이끄는 카츠모토 영주와 초빙 교관 네이드 알그렌(톰 크루즈 열연)은 신식 무기인 곡사포탄과 기관총탄이 쏟아지는 들판으로 죽음의 돌격을 한다. 흩날리는 무수한 벚꽃잎을 배경으로 군사들의 목숨도 총탄에 꽃잎처럼 떨어진다. 그렇게 마지막이다. 꽃은 피었으니 질 일만 남았고 사람도 이 세상에 왔으니 돌아갈 일만 남았다.

그렇다. 저 절정의 벚꽃은 인생이 무상(無常)함을 극명히 가르치고 있다. 다이고의 벚꽃놀이에서 히데요시가 자신의 늦둥이 아들 히데요리를 지그시 바라보며 눈물을 흘린다. 일본을 쥐락펴락하고 말 한마디로 사방 십 리에 일본 전역 최고의 벚나무 700그루를 옮겨 심어 벚꽃놀이를 즐길 수 있는 당대 최고의 권력자도 꽃잎은 곧 지리라는 무상을 절감한다. 이윽고 그는 5개월 후에 죽고 아들 히데요리도 20세의 나이에 오사카성 전투에서 패하고 자결에 이르게 된다. 이러한 삶의 무상은 고고하고 우아한 기품을 자랑하는 하얀 목련을 빼고 논할 일이 아니다. 봄에 듣는 양희은 누님의 〈하얀 목련〉은 쓸쓸함의 끝을 무자비하게 달린다.

하얀 목련이 필 때면 다시 생각나는 사람
하얀 눈이 내리던 어느 날 우리 따스한 기억들

언제까지 내 사랑이어라 내 사랑이어라

동백처럼 모가지를 탁 꺾지 않아도 벚꽃처럼 하늘하늘 한 잎 한 잎 화려하게 흩날리지 않아도 저 고고함과 우아함만으로 하얀 목련은 능히 우뚝하다. 생명 가진 것이 사랑에 눈물 콧물 짠다 해서 궁상맞은 일이 아니다. 복효근 시인의 「목련 후기」는 헐뜯기 좋아하는 인간을 나무라면서도 이 찬란한 봄을 울컥하게 만든다.

목련꽃 지는 모습 지저분하다고 말하지 말라
순백의 눈도 녹으면 질척거리는 것을
지는 모습까지 아름답기를 바라는가

옛사랑의 상처는 낫지 않는다. 소풍날 보물찾기에서 찾지 못한 보물처럼 뱅뱅 내 마음속을 맴돈다. 조용필 형님은 〈상처〉라는 노래에서 "아직도 가슴에 아물지 않은 지난날의 옛 상처"라고 노래했다. 옛사랑은 재림을 약속한 예수가 아니다. 빛바랜 흑백 사진의 주인공처럼 늘 태연히 과거에 머물 뿐이다. 앞으로 나아가는 시간과 거슬러 추억하는 사랑은 언제나 쨍하고 부딪힌다. 이게 사랑의 법칙이다. 오죽하면 '미스터트롯'에서 김호중이 열창했던 〈다시 한 번만〉이라는 노래는 "니가 돌아온다면 죽어도 좋아"라고 부르짖을까. 장욱조의 〈고목나무〉와 일찍이 남인수

선생의 〈애수의 소야곡〉도 옛사랑은 오지 않음을 노래한다.

저 산마루 깊은 밤 산새들도 잠들고
우뚝 선 고목이 달빛 아래 외롭네
옛사랑 간 곳 없다 올 리도 없지마는

_〈고목나무〉

운다고 옛사랑이 오리요마는
눈물로 달래보는 구슬픈 이 밤

_〈애수의 소야곡〉

그런데 이게 웬일인가. 이 찬란한 봄에 흩날리는 벚꽃잎을
사뿐히 지르밟고 돌아온 옛사랑이 있다. 이은하의 〈봄비〉다. 영
화 〈내부자들〉에서 이병헌이 흥얼거려 유명세를 탔다. 그토록
간절하여 사랑이 재림하셨다.

봄비 속에 떠난 사람
봄비 맞으며 돌아 왔네
비가 되어 가슴 적시네

소설『대망』에서 도요토미 히데요시는 다이고의 벚꽃놀이에
'오랜 풍상(風霜)을 겪어 마음속이 조용히 가라앉는 기품을 가

진 벚나무'만 준비하라는 엄명을 내린다. 풍(風)과 상(霜)을 다시 생각한다. 풍상을 겪은 사랑은 견고해진다. 풍상을 겪은 사람은 더 유연한 사람이 된다. 아프더라도 늘 지혜롭게 우아하게 아파야 한다. 추억에 잠시 머물러도 우리는 다시 지금으로 돌아와야 하니까. 하늘에 적어두었던 신경림 시인의 「낙타」라는 시를 읊는다.

낙타를 타고 가리라, 저승길은
슬픔도 기쁨도 까맣게 잊었다는 듯
낙타가 되어가겠다 대답하리라
어리석은 사람 하나 등에 업고 오겠노라고
무슨 재미로 세상을 살았는지도 모르는
가장 가엾은 사람 하나 골라
길동무 되어서

저 아득한 고려 시대의 어느 늙수그레한 사내는 어머니를 고려장하기 위해 가엾은 낙타가 되었다. 낙타의 등에 업힌 어머니는 슬픔도 기쁨도 까맣게 잊었다는 듯 벚꽃을 바라본다. 사내는 소리 없이 흐느낀다. 무슨 재미로 세상을 살았는지도 모르는 어머니와 길동무가 되어 걷는 꽃구경, 이토록 슬픈 꽃구경이 있을까. 그래, 저승길은 느릿느릿 낙타가 되어 가자. 가장 어리석고 가엾은 사람 하나 골라 다정히 길동무 되어서 가자. 먼저 느릿느릿하게 걷는 연습을 하자. 바람에 무성한 벚꽃잎이 푸르르 휘날린다. 벚꽃 왕국이 서서히 무너져 내리고 있다.

눈물의 작은 새

프랑스 철학자 알랭 바디우는 "걱정 없는 인생을 바라지 말고 걱정에 물들지 않는 연습을 하라"라고 했다. 데일 카네기도 같은 말을 했다. "걱정해도 소용없는 걱정에서 나를 해방시켜라." 철학자라는 양반들이 내 친구 석이도 할 수 있는, 하나 마나한 말을 했다. 전형적인 순환논법이다. 노래 〈그리움만 쌓이네〉에서의 아, 이별이 그리 쉬운가, 라는 노래 가사처럼 아무리 물 흐르듯 살고자 한대도 걱정에 물들지 않고 걱정에서 나를 해방시키는 게 그리 쉬운가.

걱정거리가 있으면 먼저 마음이 서성인다. 이때 마음은 사냥에 실패하고 돌아서는 짐승의 느린 걸음걸이를 닮았다. 얼굴에는 옅은 슬픔이 배어 있다. 체념과 미련이 뒤섞인 얼굴이다. 사랑을 잃어버린 자의 얼굴은 짙은 슬픔이 배어 있다. 무엇이 마음을 할퀴어 생채기가 나지 않더라도 걱정의 왕좌에는 늘 걱정이 앉아 있다. 하나의 걱정이 없어지면 또 다른 걱정이 그 자리를 차지한다. 그 자리는 도무지 비지 않는다. 걱정거리는 자기들끼리 모여 '사직(社稷)을 보존하소서'라고 외치며 끝없는 번식과

승계를 시도한다. 그래서 '이 걱정만 해결되면 더는 걱정이 없겠다'라는 말은 완벽한 거짓말이다.

걱정거리는 따개비처럼 붙어 떨어지지 않는다. 떡 자르듯 떼서 어디 버리지도 못하는 북한이나 태평양 하와이쯤으로 밀어버릴 수도 없는 일본 땅덩어리와 같다. 걱정거리는 돌아서면 홀연히 사라져버리기도 하고 며칠간 골칫거리로 존재하다가 방긋 인사를 하며 떠나고 때로는 한세월을 죽치고 앉아 있기도 하며 때로는 누대(累代)의 운명이기도 하다. 하지만 걱정거리 앞에 삶은 좀 더 꿋꿋해진다. 불안하면 인간의 세포는 대동단결하고 수축된 신경은 이완을 위해 여러 가지 전략을 구상하고 시도한다. 나무도 빛을 받기 위해 자기 몸을 구부린다. 생명은 신비한 적응능력이 있다.

한데 늘 쾌활하고 가벼워 보이는 사람이 있다. 걱정거리를 머리나 발끝에 두지 않고 어깨동무를 하고 가는 사람이다. 모래알을 감싸 진주로 만드는 조개의 담백함을 닮았다. 기억의 저편으로 사라진, 지금은 그리운, 그때 그 시절의 걱정들이 나를 단련시켰다. 문득 추억의 모서리에서 마주치는 고통이었던 날들, 두려웠던 순간들, 지금은 무채색으로 어우러진 회상들, 착한 사람들, 눈물 나도록 그립지 않은가.

살아 있다는 것 자체가 꿋꿋하다는 거다. 더 정확히 표현하면 잘 버티고 있는 거다. 때로는 어깨가 축 처진 귀가를 하며, 산다는 버거움에 깊은 한숨이 나오고 현재에 짓눌려 나도 모르게 찔끔 눈물이 나와도 어쩌겠는가, 삶의 파편들은 늘 천연덕스럽다. 걱정이라는 놈은 나를 죽이려고 작정한 듯 정면승부는 걸어오지 않는다. 어둠 속에서 불길하게 쏘아보거나 기껏해야 나의 평온을 조금씩 갉아 먹는다. 우스꽝스럽거나 졸렬할 때도 있다. 그러니 그다지 걱정할 필요가 없다. 명심하자, 아무리 백만 대군처럼 보이는 걱정이 나의 심장을 쿵쾅거리게 해도 우리는 결코 삶에 지고 있는 게 아니다. We have been good friends. 결론적으로 걱정거리는 좋은 친구였다.

이모부님은 당신의 죽음을 아무에게도 알리지 말라고 유언하셨다. 왜 그러셨을까. 사람들에게 누가 되기 싫다는, 일말의 흔적 없이 사라지려는 마지막 자존심이었을까. 그게 당신의 마지막 걱정이었을까. 이모님을 찾아뵀을 때 이모님은 태연자약하게 이모부님의 늦은 부고를 툭 던지셨다.

산을 입에 물고 나는
눈물의 작은 새여
뒤돌아보지 말고 그대 잘 가라

고 김광석이 노래한 정호승 시인의 「부치지 않은 편지」라는 시다. 나는 그때 이모부가 마술처럼 사라진 '작은 새'라는 생각이 들었다. 이 시를 인용하며 지인들에게 새해 문자를 썼다.

우리가 마치 세월을 보내는 거 같지만
우리 모두는 눈물의 작은 새이겠지요

우리는 눈물의 작은 새를 배웅하는 존재가 아니라 우리 모두가 눈물의 작은 새들이다. 양어깨에 걱정거리를 달고 쉼 없는 날갯짓을 해야 하는 운명이다. 산 하나를 지나면 또 다른 산이 나타난다. 그 힘든 여정을 위로하기 위한 언어적 장치가 '희망찬 새해'라는 표현이다. 낙관적으로 보자는 북돋움의 표현일 뿐 실상 무엇이 그리 희망적이겠는가.

장석주 시인은 말한다. "노인은 그저 나이만 먹은 사람이 아니라 생의 전 기간에 걸쳐 우여곡절과 생존 투쟁을, 역경과 파란을 견디고 승리를 거머쥔 사람들이다. 아무리 평범해도 노인은 삶이라는 전쟁을 치르고 살아서 돌아온 영웅이다." 나는 영화 〈안데스 설원의 생존자들〉을 보면서 인간의 놀라운 적응력보다는 '버티는, 삶의 고귀함'에 대한 영화라는 생각이 들었다.

희망찬 새해가 밝았다. 지구의 텃새라고 착각하며 살지 않아야지 생각한다. 걱정거리에 갇히지 마시기를, 올해도 꿋꿋하게 잘 버티시기를, 살아서 돌아온 영웅으로 다시 희망찬 새해를 맞을 수 있기를.

문득 생각이 나서

　　세상 좀 더 살았다고 후배들에게 계몽적인 이야기를 할 때가 있다. 나도 그러려고 애쓴다면서, 마음에 좋은 생각이 스쳐가면 그 마음을 미루지 말고 즉시 펼치라고 말한 적이 있다. 권택성 경정이 내 말을 귀담아들었나 보다. 그래서 형편이 어려운 누나에게 얼마간의 용돈을 보냈더랬다. 누나가 잘살 때는 친정집을 지어주었다고 한다. 누나가 전화를 해 웬 돈이냐고 물었다. 권택성 경정은 "문득 누나가 생각이 나서…."라고 말했다. 그랬더니 전화기 너머로 누나의, 울컥 목메는 소리가 들렸다. 누나는 잘살다가 못살게 되었다고 했다.

　　표현 없는 사랑은 죽은 사랑이다. 톨스토이도 "미래의 사랑은 없다. 사랑이란 언제나 지금 일어나고 있는 활동이다. 사랑을 지금 보여주지 않으면 사랑이 없는 사람이다."라고 했다. 맹자도 우물에 빠져 우는 아이의 울음소리를 듣고 측은한 생각에 그칠 것이 아니라 즉시 달려가는 것을 인(仁)이라 했다. 좋은 마음을 즉시 펼치려는 의지와 그 실현에 삶의 아름다움이 있다. 이것이 바로 불교에서 말하는 적선이고 삶의 충실이다.

한자 거짓 위(僞)는 亻(사람인변 인) 과 爲(할 위)의 합성어다. 사람이 하는 일은 모두 거짓이라는 뜻이다. 거짓이라는 글자를 만드는 데 사람을 끌어다 썼다. 사람을 야비하게만 보았다. 순자(荀子)도 인간의 본성에 대해, 인간의 참모습은 자신의 욕망을 위해 끊임없이 싸우는 악한 존재라고 하면서도 판도라의 상자에 남은 희망처럼 한 가닥 희망을 남겨놓았다. 그 악한 본성을 이겨내는 인간의 숭고한 의지는 남아 있다고 말이다.

우리 마음속에 가끔씩 좋은 마음이 생겨난다. 그 마음을 펼치지 않고 미루거나 놓아버리면 그 좋은 마음은 시들거나 생각의 다리에서 떨어져 버린다. 그 마음을 상대방에게 펼쳐 보여주게 되면 생각의 다리 너머로 사랑의 씨앗이 뿌려진다. 그 씨앗은 강한 힘이 들어 있다. 그것이야말로 삶을 추동하는 힘이다. 지치고 힘들 때 나를 일으키는 보이지 않는 손이다.

누가 누구를 생각해 주는 인간의 의지는 귀하다. 단순히 생각에 그치는 Think가 아니라 생각을 펼치는 것이 Love다. 영도경찰서에 근무할 때 정학주 서장님으로부터 들은 이야기다. 서장님께서 파출소장으로 있을 때 노점을 하며 어렵게 살아가던 모자(母子) 가정을 물심양면으로 도와주었다. 세월이 흘러 승진하여 영도경찰서장으로 가게 됐는데 우연히 그 아주머니를 조우하여 가슴 뭉클한 이야기를 들었다고 한다. "늘 우리 파출소장님, 잘 되게 해달라고 하늘에 기도해 왔습니다!" 그 아주머니는 단순히 감사히 생각하는 데 그치지 않고 오랜 기도로 그 마음을 펼친 것이다.

눈앞이 캄캄할 때가 있다. 삶이 비루하다고 느낄 때가 있다. 온몸에 힘이 쪽 빠질 때가 있다. 오빠 부대를 최초로 만든 조용필 형님의 히트곡 〈비련〉에 나오는 가사, 밀리는 파도는 물새에게 물어보고 몰아치는 비바람은 철새에게 물어보는 것, 이것이 삶의 강령이다. 내가 서 있는 곳이 외면할 수 없는 현실이고 내가 바라보는 곳이 가야 할 길이다. 내가 곧 철새고 내가 곧 물새인데 밀리는 파도와 몰아치는 비바람을 누구에게 물어볼 수 있으며 누구에게 떠넘길 수 있을까.

〈곡예사의 첫사랑〉에 나오는 가사, 울어 봐도 소용없고 후회해도 소용없는 것, 이것은 시간의 강령이다. 타이밍을 놓치면 울어도 소용없고 후회해도 소용없다. 고규태 시인은 우리 각자 등불을 들었다고 말한다.

하루 종일 밭을 맨 지호는 배가 고팠습니다
얼른 밥을 해 먹어야지! 그런데 문제가 생겼습니다
아궁이에 묻어 둔 불씨가 꺼져 있었습니다
그는 등불을 들고 밤길을 나섰습니다
십 리 밖 철수네로 불씨를 구하러 갔습니다
"그 등불 속에 불씨가 있는데 어찌 먼 길을 왔나?"
그제야 지호는 자신의 등불을 바라보았습니다

_고규태, 〈등불을 든 자화상〉 중에서

저 생각의 다리 아래 깨어진 무수한 꿈들, 미적대다 펼치지 못한 마음의 묘지가 있다. 으악새 슬피 우는 가을, 지나친 그 세월이 나를 울린다 할지라도 사랑은 아직도 끝나지 않았다. 그 인연이 저승의 뱃사공 카론의 배를 타고 망각의 강인 레테의 강을 건너기 전이면 아무도 늦지 않았다. 무엇도 늦지 않았다. 생각나는 사람, 한때나마 따듯한 체온을 나눴던 사람, 나에게 존중의 눈빛을 주었던 사람, 생명과 생명으로 만났던 그 사람의 이름을 부르자. 당장 전화를 걸자. 그리고 낮고 다정한 목소리로 말하자.

　　"문득 생각이 나서…"

장대한 사나이

『아라비안 나이트』에 나오는 신드바드의 모험 이야기 같은 재미있는 역사 이야기가 있다. 조선의 통역관 홍순언(洪純彥)에 대한 이야기다.

홍순언이 통역관으로 종계변무(宗系辨誣) 사신단에 포함되어 명나라에 갔다. 종계변무라 함은 명나라 대명회통에 태조 이성계의 아버지가 고려 권신 이인임으로 잘못 기재돼 있는 것을 바로잡으려 명나라에 파견되는 사신의 외교 목적을 말한다.

한 달을 걸어 명나라 통주에 이르렀을 때 홍순언은 이국의 밤이 주는 분위기에 이끌려 고급 유곽으로 들어갔다. 이국에서의 첫 밤을 두리번거리는 맥락이겠다. 여하튼 미모의 여인이 술시중을 들게 되었는데 소복을 입고 있어 연유를 물으니, 여인이 눈물을 흘리며 말하기를 부모가 역병으로 죽었는데 장례 치를 돈이 없어 관에만 모셔두고 있다는 거였다. 이에 측은지심을 느낀 홍순언은 가진 돈에다 공금까지 털어 여인에게 건넸다. 그리고는 이름을 묻는 여인에게 '홍'이라는 성씨만 남기고 떠난다.

여기까지 홍순언의 처사는 어이없다고 해야 할지 호방하다고 해야 할지 판단이 서지 않는다. 그런데 이렇게 스쳐 간 인연은 수천 마리의 코끼리를 끌어당기는 힘으로 변한다.

귀국하여 공금 횡령죄로 투옥된 홍순언은 세월이 흘러 다시 종계변무 사신단의 일원으로 명나라로 향하는데 북경에 당도했을 때 상상치도 못한 일이 일어난다. 옛날 통주의 그 여인이 명나라 예부시랑 석성, 지금으로 치면 외교부 차관의 둘째 부인이 되어 예부시랑과 함께 마중을 나온 것이다. 석성의 도움으로 종계변무의 외교적 난제는 깨끗이 해결되고 홍순언은 여인이 한사코 선사하는, 보은(報恩)이라 자수 된 비단 백 필을 받아 귀국한다. 이에 감읍한 선조는 홍순언에게 왕손에게만 부여되는 당릉군이라는 군호와 종2품 벼슬을 하사한다. 이후 임진왜란이 일어났을 때도 홍순언은 다시 명나라로 급파되어, 병부상서가 된 석성의 도움으로 명나라 원군의 조선 파병에 결정적 역할을 한다.

판단을 해보기로 하자. 일단 역관은 관리로서 외교 업무에 소용돼야 할 공금을 유용했다. 더군다나 종계변무라는 엄중한 책무를 맡은 관리가 이국의 밤문화를 즐기려 한 방자한 태도는 패씸죄가 추가된다. 홍순언의 행동은 곤궁에 빠진 사람을 도운 선행이었지만 그 경로와 방법이 잘못됐다. 귀국 후에 투옥된 걸 보면 공금을 갚을 능력도 없는 형편이었다. 그럼에도 그는 닥쳐올 곤란을 따지지 않았다. 일행의 조롱까지 받았다. 앞뒤 생각이 없는 우매한 사람이다. 하지만 홍순언이 이 모든 걸 예상하고 책임질 각오였다면—그래도 사신단에게 피해는 간다—대범(大凡)

하다고 아니할 수 없다. '대범하다'라는 의미는 성격이나 태도가 사소한 것에 얽매이지 않는다는 뜻이다.

개인의 곤란을 사소하게 여기는 이 대범함은 어디서 비롯되는 걸까. 조선 유교의 도덕 사상인 삼강오륜은 어버이와 자식 사이에 마땅히 지켜야 할 도리(부위자강, 父爲子綱)가 있는데 부모는 자녀에게 인자하고 자녀는 부모에게 존경과 섬김을 다해야 한다(부자유친, 父子有親)고 가르친다. 홍순언은 이 이념이 철저히 내재화돼 있었기에 내 부모와 남의 부모를 다르게 생각지 않았을 것이다. 그렇다면 홍순언은 실정법은 어겼을지언정 오히려 조선을 지탱하는 유교 이념을 분골쇄신의 자세로 떠받든 충신이 된다. 호국 훈장감이다.

홍순언은 이름을 알려주지 않으면 돈을 받을 수 없다는 여인에게 '홍'이라는 성씨만 남기고 표표히 떠났다. 이는 『금강경』에서 말하는 무주상(無主相) 보시다. 마음속에 아무런 상(相)이 없이 베푸는 보시, 누구에게 무엇을 주었으나 보답을 바라는 생각 없이 텅 빈 마음으로 베푸는 보시다. 홍순언은 여인에게 부처님이었다. 이토록 장대(壯大)한 사나이는 쉽게 만날 수 없다. 『금강경』은 설한다. 큰 사찰의 신도회장이 아무리 거금을 공양하더라도 거드름을 피우거나 위세를 부리거나 어떤 명예를 얻기 위해서라면 그 공덕은 눈 녹듯 사라질 거라고 말이다. 가난한 보살이 무심으로 불전에 올리는 단돈 몇 푼의 공덕이 크고 깊다. 그러거나 말거나 금액으로만 재는 이 자본주의는 참 고약하다.

사월 초파일이면 보시 금액이 많을수록 부처님과 가까운 거리에 등을 달 수 있다.

홍순언은 평범하지 않은, 천재형의 인간이다. 평범한 사람은 득실을 따지고 실생활에 밝다. 그의 행위를 두고 동료 역관들이 손가락질하고 조롱했다고 한다. 평범한 사람은 천재의 관점을 이해하지 못한다. 내가 근 몇 개월을 끙끙거리며 읽었던 책 쇼펜하우어의 『의지와 표상으로서의 세계』라는 책에 천재의 특성이 나온다.

> "천재는 인식력이 월등하기 때문에 의지에 봉사하는 것에서 벗어나 인생 자체를 고찰하는 데 시간을 보내며 사물의 다른 사물에 대한 관계를 고찰하지 않고 모든 사물의 이념을 고찰하려 노력한다. 그 바람에 그는 자주 인생에서 자신의 길의 고찰을 소홀히 하므로 대체로 실생활에 서투르다. 평범한 사람에게는 자신의 인식능력이 자신의 길을 비추어 주는 등불인 반면 천재에게는 그의 인식능력이 세상을 훤히 밝히는 태양이다."

홍순언에게 '대륙을 움직인 역관'이라는 치사가 붙는다. 200년 동안 그 누구도 해내지 못한 일을 그는 장대한 마음과 무주상 보시로 물꼬를 텄고 역사에 길이 남을 서사의 주인공이 되었다. 이후 병부상서 석성이 명나라 원군의 조선 파병과 관련된 정치적 문제로 투옥되자 신변에 위협을 느낀 그 식솔들이 조선으로 넘어와 선조의 도움으로 황해도 해주에 정착하게 되는데 이로써 해주 석씨의 기원이 되었다는 이야기도 가슴 울렁거리는 서사가 아닐 수 없다.

나에게 작은 이야기가 있다. 지금은 퇴직하신 박창식 형님 이야기다. 형님은 부산경찰청 교통안전계장으로 근무하다 총경 승진에 실패하고 해운대 경찰서로 발령이 났다. 형님의 마음이 어떨까를 헤아리니 가슴 시린 글썽한 마음이 나에게 감정이입 됐다. 그렇게 우리는 술잔을 기울였고 나는 승진의 꿈을 절대 포기하지 말라고 응원했다. 그게 내 진심이었다. 그해 형님은 승진하셨다.

형님이 말씀하셨다. 낙방거사가 되니 아무도 소주 한잔하자는 제의가 없었는데 눈물겹도록 고마웠다는 이야기였다. 내가 총경이 됐을 때 형님은 슬그머니 임명장 명패를 만들어 주셨고 만나는 사람마다 의리의 사나이 소진기라고 추켜세워 주셨다. 내게 허물이 있어도 형님의 덕담이 내 이름을 조금이나마 맑게 했으리라. 내가 동래서장으로 부임했을 때도 득달같이 달려와 비단 백 필보다 더 큰마음을 주고 가셨다. 아! 그렇구나, 지난날 내가 내 허세로 내 이익으로 누구에게 뭔가를 베푼다고 생각했던, 그 얕은 인식력은 참으로 보잘것없는 얍삽함이었구나.

당릉군께 경배 한 잔을 올리며 묻고 싶다. 역사의 기록에는 여인에게 준 돈이 삼백 금이라는데, 당릉군 나으리는 빈털터리 주제에 도대체 무슨 배짱이시오?

실개천이 휘돌아 나가고

　오랜만에 고향 마을에 다녀왔다. 시인 정지용이 읊은, 실개천이 휘돌아 나가고 얼룩백이 황소가 해설피 금빛 게으른 울음을 우는 곳이 아니라 마을에 드문드문 공장이 들어섰다. 부산 강서구 가락동 용등마을, 엎어지면 코 닿을 데지만 마음 내기가 쉽지 않다.

　고향 마을엔 아흔을 훌쩍 넘으신 숙부님이 계신다. 작은 집은 우리 집 바로 옆에 있다. 숙부님은 가랑잎 같은 몸을 일으켜 내 두 손을 잡으셨다. 평생 흙을 일구신 분이다. 가락면 체육대회 때 여기저기 기웃거리던 꼬맹이 나를 보고 운동장 구석 솥에서 펄펄 끓는 소고기 국밥을 사주셨고 내가 중학생 때 수학 여행비를 대신 내주셨다.

　숙부와 조카 사이, 멀지도 가깝지도 않은 사이다. 내가 숙부님 댁에 머물렀던 시간의 길이만큼, 내가 드린 용돈의 액수와 횟수만큼 딱 그 정도 사이일 거다. 마을로 들어설 때는 아버지, 엄마 생각이 났지만 돌아서 나올 때는 물기 빠진, 고색의 나무 등걸 같은 숙부님 모습에 마음이 허허로웠다. 낙동강이 더는 얼지 않는 것처럼 세월은 결심도 변명도 없이 흘러가 버렸다.

몇 년 전 이모님이 돌아가셨다. 그 몇 달 전 이모님을 찾아뵙고 그간의 격조를 만회하고자 공무원치고는 많은 용돈을 드렸었다. 부고를 받고 나는 가슴을 쓸어내렸다. 그 돈이 내 엄마 먼저 가 계시는 도솔천 가는, 이모님 노잣돈이 될 줄이야! 하마터면 엄마에게 꾸중 들을 뻔했다. 네놈이 네 살기 바쁘다고 이모 한번 안 찾아보고 그렇게 인색한 놈이었냐고. 내 어릴 적 엄마 손 잡고 나로선 마냥 신기했던 버스를 여러 번 갈아타고 마산 완월동 이모님 댁에 간 적이 있다. 언니가 왔다고 돼지고기를 사서 볶아주던 이모님과 행복해하던 엄마 모습이 기억에 사무친다.

누구나 관계가 있고 그 관계에 의지하며 산다. 그 관계는 희미해졌다가도 인상적인 한두 가지의 추억에 의해 다시 생동감을 가진다. 글썽한 눈매의 추억들, 하늘거리는 낙동강 갈대 사이로 푸드덕 청둥오리가 난다.

내 슬픔을 등에 지고 가는 사람

가수 강진이 부른 〈삼각관계〉라는 노래가 있다. 홍경민의 2000년도 빅히트 곡 〈흔들린 우정〉도 사랑과 우정의 쌍곡선을 이야기한다. 친구 하나 없이 빈털터리로 평생을 외롭게 살다 간 빈센트 고흐라는 사나이도 있었다. 우정이란 무엇일까.

> 사랑을 고집하면 친구가 울고
> 우정을 따르자니
> 내가 우네 사랑이 우네
>
> _강진, 〈삼각관계〉 중에서

부자 친구는 부르면 가고 가난한 친구는 부르기 전에 가라, 인도 속담이다. 움찔할 정도로 사람 마음을 정확히 찌른다. 이를 적중(的中)이라 하면 부르지도 않았는데 부자 친구 주위를 얼쩡거리는 경우는 '알랑방귀'라고 하면 적절한 표현이겠다.

인도 속담에 뜨끔한 나는 남루의 세월을 견뎠을 친구에게 전화한다. 불운이었다. 졸지에 큰 농장을 날린 형님과 사람이 살면서 한 번쯤 있음 직한 실수로 뜻을 접은 고등학교 친구, 그들의 선한 눈매는 내 마음속에 있어도 바쁘다는 핑계로 무심했으니 나는 철새인가. 탈무드는, 친구인 체하는 사람은 철새와 같아서 날씨가 추워지면 야속하게 곧 곁을 떠난다고 한다.

사마천은 말했다. "죽고 사는 문제가 걸려야 비로소 참된 우정을 알 수 있고 거액이 걸려야 비로소 우정의 깊이를 알 수 있고 귀천이 현격해질 때에야 우정의 본 모습이 드러난다." 한데 사람이 살면서 죽고 사는 기로에 서거나 거액이 걸리거나 귀천이 현격해지는 경우는 거의 드물다. 오히려 작가 이석원의 말이 피부에 와 닿는다. 그는 수필집 『우리가 보낸 가장 긴 밤』에서 "아쉬울 것이 없는 상황에서 그 사람이 나를 대하는 태도, 거기서 그 사람의 진짜를 보는 거다."라고 했다. 나는 떠난 적이 없고 친구의 손을 뿌리치지도 않았지만 미안해진다. 진짜 친구는 세상 사람들이 다 떠날 때도 오직 나를 찾아오는 사람이다. 나는 그들에게 아쉬울 것이 없는 감감무소식 친구였던가.

그리스 철학자 에피쿠로스는 우정은 음모(陰謀)라 했다. 든든한 공감의 진지라는 뜻이다. 영화감독 박찬욱은 집안 가훈이 콜(Call)이라고 한다. 음모를 꾸미고 서로 두둔해주고 같이 죽치고 앉아 있어 주는 것, 우정에는 이런 공감 마인드가 뼈대로 서야 한다. 이를 작당(作黨)이라 해도 무방하겠다. 친구를 만나면 다들 한통속이 되니 말이다. 유사 이래의 이 작당은 강령도 당수도 없다. 눈치껏 함께 노를 젓는다. 서로에게 노련한 집사나 극진한 종, 얌전한 들러리가 되어 주기도 하고 시간마다 소리음을 내는 목각인형이 되어 주기도 한다. 낄낄거리며 웃을 수 있는 편안함이야말로 유일한 강령이다.

신영복의 『감옥으로부터의 사색』에 이런 말이 있다.

"인간관계란 철저한 자기 인식을 바탕으로 타인을 이해하는 것입니다. 타인을 이해한다는 것은 그 사람이 자기 할 말을 다 하게 하는 위치에 앉혀 놓는 것을 말합니다. 상대를 소리 없이 사라져가는 엑스트라가 아니라 죽을 때 죽더라도 자기 할 말을 다하는 영화 속 주인공처럼 대해야 한다는 것이지요."

이러한 배려가 없는 친구는 서서히 멀어진다. 들러리만 서려고 할 사람은 없다. 영화 〈친구〉에서 동수는 도끼눈을 뜨고 "내가 니 시다바리가?"라고 준석에게 말한다.

극진한 종에게 우정이 자라기도 한다. 도요토미 히데요시가 오다 노부나가의 시종이었던 시절, 추운 겨울 아침 오다의 게다짝을 품에 안아 따뜻하게 했다는 일화에서 우리는 아첨도 극진하면 우정을 만들 수 있음을 배운다. 오다 노부나가는 이런 도요토미 히데요시를 초고속으로 승진시켜 주었다. 오다 노부나가의 이 마음은 일종의 우정이 아니었을까. 고 김대중 대통령께서도 어느 정치인이 가장 훌륭한 정치인이냐는 동아일보 김선주 기자의 질문에 빙긋이 웃으며 "나한테 잘해주는 정치인이 최고지요!"라고 답했다.

시간마다 소리음을 내는 목각인형 같은 친구는 늘 '나 여기 있다'라고 근황을 전하고 용건 없는 안부를 묻는 친구다. 밥상을 장악하는 힘은 없어도 김치처럼 친근해서 없으면 허전해진다. 친구가 친구에게 사납게 굴 때 목각인형 친구는 뻐꾸기 소리를 낸다. 충고가 아니라 걱정이라고, 하늘에 보름달이 떴으니 서로 싸우지 말라고.

모택동은 군자의 사귐은 물처럼 담담하다고 했다. 이러한 담백한 격조는 쌍스러움이 없고 야박함이 없고 서로 깔보지 않는다. 허물이 없다는 이유로 쌍스러운 말을 자주 쓰는 것은 친구에 대한 존경도 사랑도 연민도 없어서이다. 기억한다, 95년 방영된 드라마 〈모래시계〉 엔딩 신에서 사형 집행 직전 친구 태수에게 "금방 끝날 거야!"라고 말하던, 우석의 그 깊은 연민의 눈빛을! 무엇보다 그들은 내내 쌍스러운 말을 섞지 않았다. 사상가 함석헌은 「그 사람을 가졌는가」라는 시에서 뼈아프게 묻는다.

탔던 배 꺼지는 시간
구명대 서로 사양하며
"너만은 제발 살아다오" 할
그 사람을 그대는 가졌는가.

구명대를 양보하는 우정은 누구라도 자신할 바 못 되지만 최소한 애송이나 얄팍한 자를 친구로 사귀어서는 곤란하다. 이들과는 시시껄렁한 이야기는 나눌 수 있어도 작당을 할 수는 없다. 애송이는 내 마음에 닿을 수 없고 얄팍한 자는 아니나 다를까 내 마음을 팔아먹는다. 주식은 손절하면 그만이지만 친구라고 믿었던 친구 때문에 자칫 삶이 와르르 무너져 내리기도 한다. 공자는 편벽된 사람, 우유부단한 사람, 아첨만 늘어놓는 사람을 손자삼우(損者三友)라 하여 사귀면 손해가 되는 세 친구라 했다.

같은 맥락에서 『법구경』에서는 나보다 나을 것이 없고 내게 알맞은 벗이 없거든 차라리 혼자가 되라 한다. 미국의 정치가 벤자민 프랭클린도 남자의 세 가지 충실한 친구로 함께 늙어가는 조강지처, 함께 늙어가는 개, 언제든지 사용할 수 있는 현금만 거론했을 뿐이다. 일찍이 고산 윤선도는 「오우가」에서 수(水), 석(石), 송(松), 죽(竹), 월(月) 이 다섯 가지 벗 외에 더 두어서 무엇하리, 라며 아예 사람 친구는 거론도 하지 않았다.

맞다. 차라리 같이 늙어가는 개에 만족하는 것도 나쁘지 않겠다. 개만큼 나를 반겨주고 긍정한다면 기꺼이 붕우(朋友)라 할 것이고 위험에 빠졌을 때 나를 위해 짖어준다면 유신(有信)이라 할 것이니 견(犬) 선생이 삼강오륜에서의 붕우유신보다 못할 게 없다. 그러함에도 조강지처나 개나 현금이 어찌 작당의 붕우를 대체할 수 있으랴. 우정은 나의 조강지처를 존중해주고 금슬을 더 좋게 만들어준다. 나의 개를 예뻐해주며 서로 현금을 나눠 쓰는 사람이다.

중국 근대의 사상가 담사동은 "오륜 중에서 사람이 살아가는 데 아무런 해가 없이 유익한 점만 있는 것, 정말로 털끝만큼의 고통도 없고 오직 물처럼 담백한 즐거움만 있는 것은 붕우뿐이다."라고 했으며, 연암 박지원도 "붕우가 오륜의 맨 끝에 자리 잡은 것은 결코 비중이 작아서가 아니라 오륜 모두를 통괄하기 때문이다. 붕우는 오륜 가운데 가장 핵심적인 덕목이다."라고 했다.

친구는 생기는 것인가, 삼는 것인가, 얻는 것인가. 처음 학교에 들어가면, 친구는 생기는 것이다. 이것을 '우리 반 동무들'이라고 한다. 생각의 깊이와 결이 갖춰지는 대학생쯤 되면 내가 좋아서 친구로 삼는데 이를 조선의 선비들은 허교(許交)라 했다. 이후에는 그런 친구의 친구를 같이 친구로 맺는 것이 친구를 얻는 것이다. 의사 친구가 있다. 전문의를 딴 이후 처음에는 저절로 생긴 친구들을 주로 만났다. 그런데 친구들이 사는 게 힘들다, 너는 돈 많이 벌어 좋겠다는 식의 넋두리와 하소연을 자주 늘어놓더라고 한다. 의사도 공감 받고 위로 받고 싶다. 진료와 힘든 수술을 해야 하고 내부의 질서에 의한 스트레스도 있다. 즐거워야 할 자리가 점차 즐겁지 않고 오히려 스트레스를 받게 되더라는 거다. 늘 술값까지 내면서 말이다.

친구를 얻는 것은 몸 밖의 근육을 얻는 것이다. 친구의 안목을 믿고 친구의 친구와 자연스레 어울릴 수 있다. 그러니 첫 친구를 잘 삼아야 한다. 내가 안목이 없거나 생각의 품질이 낮으면 편의점의 '원 플러스 원'일 수밖에 없다. 이 경우를 '도토리 키재기, 그 나물에 그 밥, 끼리끼리 논다'라고 표현한다. 때로는 저절로 생긴 친구가, 때로는 삼은 친구나 얻은 친구가 오래도록 진짜 친구가 된다. 그 친구가 내 슬픔을 등에 지고 간다. 서로의 슬픔을 짙게 알기 때문이다.

친구를 두다, 라는 말이 있다. 어떻게 친구가 되었건 그 친구를 내가 어디쯤 두고 있는지 생각해보자. 염두에 두지 않는다면 이미 내왕의 다리는 끊어진 것이다. 이것은 절교보다 더 나쁘다. 다다익선이라 해서 고객관리 하듯 친구를 맺으면 부지불식간에 실없는 사람이 된다. 한 번 친구는 영원한 친구라고 하는데 영원히 어색한 사이가 되어버리는 것이다.

어떤 이는 생애 친구가 하나면 족하고 둘이면 과하고 셋은 불가능하다고 한다. 빈센트 고흐가 친구 하나 없이 평생을 외롭게 살다 갔다는, 용필 형님의 노래 〈킬리만자로의 표범〉의 가사는 오류다. 37세에 생을 마감한 빈센트 고흐는 900여 점의 유화를 그렸지만 단 한 점밖에 팔리지 않았다. 그는 생전 친동생 '테오'와 수백 통의 편지를 나누었으며 경제적 도움도 받았다. 그에게도 벗이 있었다. 인생의 유일한 벗, 동생이었다.

5장. 정의는 굼벵이의 속도로 온다

정의로운 세상은 존재한 적이 없다.
정의를 가장한 자들의 세상일 뿐이다.
그러나 굼벵이가 산을 넘어올 것이라는
믿음은 살아 있다.

매화가 피었다

아파트 앞 산책로에 매화가 피었다. 아직 겨울인데 찬바람을 뚫고 올해도 저렇게 우아하게 매화는 핀다. 자그마하고 어여쁜 여인이 오백 원짜리 동전 크기의 흰 모시에 꽃 모양의 수(繡)를 놓아 매달아 놓은 거 같다. 향기를 맡아 본다. 있는 듯 없는 듯 은은하다. 육사는 시 〈광야〉에서 이를 "매화 향기 홀로 아득하니"로 표현했다. 아득하다는 말, 기막히게 멋진 표현이다.

몇 걸음 옮기면 느티나무가 있다. 동구 밖에 서서 천년을 사는 나무다. 겨울에 모든 잎사귀를 떨구고 나목이 되어 있다. 좌탈입망(坐脫立亡)하신 스님의 생애처럼 여여하다. 손으로 만지니 피목이 얇아서인지 그 단단함이 몸속으로 묵직하게 스며온다. 창대하게 발복할 천년의 세월이 웅크려 있다. 이 감정은 경외심이다. 탁월한 사람의 놀라운 업적이나 천문학적인 재산 같은 것이다. 십장생 중의 하나인 학도 천 년을 산다고 하지만 실은 몇십 년 정도라고 하는데 느티나무가 천 년 이상을 산다는 건 인간의 관점에서 초극이다. 이 느티나무는 육사가 노래한, 다시 천고의 뒤에 백마 타고 오는 초인을 조우할 것이다.

아득한 생각이 떠오른다. 경찰대학 동기 김준형, 그는 입학 후 매화가 질 무렵 자퇴를 했다. 역사의식과 사회의식이 부족했던 나는 그와의 대화에서 전두환 전 대통령이 농민의 아들로 태어나 육사를 가고 장군이 되고 대통령까지 되었는데 무엇이 잘못인가 하는 논조로 말했다. 그때 나를 바라보던, 하얀 그의 얼굴에 잠시 머물다 간 표정을 잊지 못한다. 그 표정은 경멸이나 조롱, 비난이 아니라 마음에서 우러나오는 연민이었다. 그래서인지 그 표정만을 남긴 채 말없이 돌아서는 그에게 나는 기분이 나쁘지 않았고 아, 이 기분은 좀 처량하구나, 패배구나 하는 것을 직감했다.

누가 그러라고 강요하지도 않았는데 갓 열아홉 아이가 성자처럼 사람과 세상에 대한 연민을 품고 있었다. 그 열아홉은 광주의 진실을 알고 있었고 세상 뾰족한 것의 두려움, 그것과 한패가 되어 어쩌면 자신도 평생 남을 찌르며 살게 될지도 모른다는 번민을 가졌던 거 같다.

김훈의 수필을 보면 "매화는 질 때, 꽃잎 한 개 한 개가 낱낱이 바람에 날려 산화한다. 매화의 죽음은 풍장이다"라는 표현이 있다. 그는 조용히 홀로 떨어져 나갔다. 바람의 노를 저어 그의 운명을 풍장하고는 어디론가 사라졌다. 이름이 같았던 동기가 있었기에 그때부터 그는 '나간 준형이'로 불렸다. 늘 안팎을 구분하는 인간의 관점에서 그는 우리에게 밖이고 국외자였다. 이후 그가 변호사로 지낸다는 소식이 들렸다. 적어도 뾰족함이 되어 남을 함부로 찌르는 변호사는 되지 않을 거라는 생각을 했다.

엄숙한 성자로서의 삶을 살았던 오대산 상원사 한암스님은 "천고의 학이 되어 자취를 감출지언정 만고의 앵무새가 되지는 않겠다"라는 말을 남겼다. 일제 때 공포의 상징이었던 총독의 접견 요청을 거부했으며 1951년 1.4 후퇴 과정에서 국군이 오대산의 모든 사찰을 소각하고 상원사를 불태우려 하자 법당에 정좌한 후 불을 지르라고 맞서 상원사와 문화재를 지켜냈다. 정의와 진실을 위해 한결같았던 한승헌 변호사는 사법부의 독립은 판사들의 노력이 아니라 피고인들의 싸움과 수난에 힘입었다고 했다. 이 두 거인에게서 매화와 느티나무의 품격을 읽는다. 결코 스스로의 노를 놓지 않았던 사람들이다. 고고한 사람들은 자연을 닮았다.

담장 안으로 느티나무를 들이고 매화나무 몇 그루가 해마다 꽃을 피우는 소담한 집에서 살고 싶다. 오가며 바라만 보아도 들쑥날쑥한 마음이 다독여질 것이다. 좀 더 욕심을 내면 어진 아내가 잘 익은 술을 내오고 외양간에 우마(牛馬)가 투레질을 하고 저만치 달이 뜨면 소쩍새 우는, 남도(南道) 삼백 리 어디쯤, 마음이 느린 백성으로 살고 싶다. 한 번쯤 그렇게 살았음 직한 이전생으로의 퇴행적 바람에는 삶에 지치고 심드렁해진 내 마음이 들어 있다.

인류는 우주가 계속 팽창하고 있다는 사실을 알고 있고 허블 우주망원경으로 일억 광년 전의 별도 찍을 수 있다. 빛이 1년도 아니라 무려 1억 년을 달려야 지구에 닿을 수 있는 거리다. 저 '무려'라는 부사도 우주의 광대함에 비하면 낙동강의 모래 한 알이나 담을 수 있을까.

이렇게나 똑똑한 인간이라 해도 아직 행복해지는 방법은 모른다. 『영웅전』을 썼던 그리스 철학자 플루타르코스는 "인간의 삶 전체는 단지 한순간에 불과하다. 인생을 즐기자"라고 했다. '행복해지자'가 아니라 '즐기자'라고 한 것이다. 구체적이고 명징한 제안이다. 21세기 대한민국 지식인 중에 대놓고 '인생을 즐기자'라고 말할 수 있는 사람이 몇이나 있을까. 늘 위기와 도전, 나아가 도약을 이야기해야 유능하고 미래지향적인 사람으로 생각하는 우리다.

나이가 드니, 요즘 바쁘시죠, 라고 묻는 후배는 달갑지 않다. 좀 놀자고 오는 전화가 반갑고 따스하다. 어릴 때도 문밖에서 같이 놀자고 내 이름을 부르는 목소리에 눈이 반짝거렸다. 술자리에서 장렬하게 전사하는 그날의 동지를 보면서 인간적인 정을 느끼면서도 한편 느껴지는 묘한 승리감을 생각하면 인간이라는 존재는 늘 남을 의식하고 경쟁하는 물건이다. 저 우주를 들먹여본들 인간이 인간 이상이 되기는 어렵다.

매화가 피었다. 남들이 누구를 손가락질할 때 두리번거리며 내 손가락을 슬쩍 얹는 소심한 동조자, 그 손가락이 행여 나를 향할까 봐, 수신(修身)이 아니라 조심하는 수준이면서도 스스로 모범이라고 생각하는 딱한 한 인간이 매화 앞에 섰다. 이 꽃 앞에서는 어떤 치장도 겸손해진다. 퇴계 이황이 사랑했던 꽃, 바람에 꽃잎 하나가 소리 없이 진다.

자네 같은 벗이 있지 않은가

　　'학습된 무기력'이라는 개념을 제시한 미국의 심리학자 마틴 셀리그만은 삶의 세 영역을 '사랑, 일, 놀이'로 나눈다. 여기에 유시민 작가는 『어떻게 살 것인가』라는 저서에서 '연대(連帶)'를 덧붙인다. '연대'는 여럿이 한덩어리가 되어 삶의 기쁨과 고통을 함께 나눔을 뜻한다. 그런데 사랑과 일, 놀이 그 자체가 '연대'의 들숨과 날숨, 그 향기로 직조되는 것이기에 '연대'가 별도의 영역으로 존재하는 것은 아니라고 본다.

　　넷플릭스 드라마 〈오징어 게임〉에 등장하는 구슬치기 게임에서 일남 할아버지는 속임수를 쓴 주인공 기훈에게 마지막 구슬 하나를 쥐어주며 "우리는 깐부잖아, 깐부 사이에는 네 거 내 거가 없어!"라고 말한다. 어릴 적 새끼손가락 걸고 짝꿍을 맺으면 구슬이나 딱지를 공동관리했다. '깐부'라는 관계는 이러한 놀이연대였다. 〈어느 60대 노부부 이야기〉라는 노래가 있다.

　　곱고 희던 그 손으로 넥타이를 매어주던 때
　　막내아들 대학시험 뜬눈으로 지내던 밤들

어렴풋이 생각나오 여보 그때를 기억하오
큰 딸아이 결혼식 날 흘리던 눈물방울이
이제는 모두 말라 여보 그 눈물을 기억하오
세월은 그렇게 흘러 황혼에 기우는데
다시 못 올 그 먼 길을
어찌 혼자 가려 하오
여기 날 홀로 두고 여보 왜 한마디 말이 없소
여보 안녕히 잘 가시게

부부는 혼자 갈 수밖에 없는, 다시 못 올 그 먼 길 앞에서 행복했거나 혹은 삐걱거렸을 그들의 애틋했던 사랑의 연대를 회상한다. 이런 사랑의 연대가 깨지는 것이 이혼이다. 아이와 침대는 반으로 나눌 수 없으나 재산은 절반으로 나눈다. 사랑의 시작이 부케처럼 아름다웠으므로 그 결별도 그만큼 품위 있어야 하고 질척대지 않아야 한다. 이것이 이별에 대한 예의이자 스스로 동의했던 그 연대에 대한 존중이다.

영화 〈천문〉에서 장영실이 묻고 세종대왕이 답한다.

"왜 그리 힘든 길을 혼자 가시려 하옵니까?"
"혼자라니 이 사람아! 자네 같은 벗이 있지 않은가!"

세종은 장영실에게 깊은 연대감을 느낀다. 눈에 보이지 않는 것을 보이게 하고 세상에 없던 것을 만들어내는 이 사나이를 통해 미래를 본다. 나라를 살찌우고 백성을 편안하게 하고자 하는 세종에게 장영실은 더할 나위 없는 동지이지만 세상에 있는 것을 더 움켜쥐려 하는 훈구 권신들의 확장성 없는 옹졸함은 세종의 적이요 백성을 짓누르는 계층의 연대다. 미래를 보지 않는 신하는 왕에게 신하도 쟁우(諍友)도 붕우(朋友)도 될 수 없다.

『어떤 양형 이유』라는 책이 있다. 저자인 판사는 "판사들은 모든 차이를 압도하는 '판사로서의 고뇌'라는 연대감이 있다."라고 적는다. 2013년 양승태 전 대법원장이 신임 법관 임명식에서 말한 "법관은 언제 어디서나 모든 일상생활에서 사려 깊고 진중한 언행과 처신으로 흐트러지지 않은 모습을 유지함으로써 원숙한 인격자로서 품위가 손상되지 않도록 해야 한다."라는 의무감을 보태서 생각하면 이 '판사로서의 고뇌'에 맞먹는 고뇌는 과연 얼마나 육중한 무게일까를 생각하게 된다.

하지만 이 연대감은 전관예우의 뿌리로서 작동하거나 사법농단 혐의와 연결될 때 국민의 눈살을 찌푸리게 한다. 이럴 때는 판사로서의 고뇌라는 연대감은 모든 차이를 압도하는 귀결이 아니라 이익연합 같은 느낌도 어른거린다. 어떤 국회의원이 국민을 대표하는 심부름꾼이 아니라 때로는 무슨 회원권 가진 사람으로 비치는 것과 같은 맥락이다. 어떤 연대감이든 도덕적 해이가 있을 때는 과도한 직업적 프라이드로 치부될 수밖에 없다.

시공을 넘나드는, 스케일이 큰 연대감이 있다. 유대인들은 전 세계로 흩어져 장구한 세월을 지내왔음에도(디아스포라, Diaspora) 기어이 하나로 뭉쳐 조국 이스라엘을 세웠다. 이 연대감의 본질은 유대민족이 사막에서 40년 동안 떠돌아다니며 함께 고통을 겪었다는 출애굽기라고 한다. 조강지처라는 말의 뉘앙스처럼 역시 연대감의 정수는 고난의 기억을 공유하는 것이다. 하지만 이 연대감이 늘 달콤한 보상을 가져다줄 거라는 생각은 순진하다.

동서고금의 역사에 친위쿠데타나 토사구팽은 하나의 법칙이다. 같은 하늘 아래 태양은 하나다. 태양에 도전하는 달은 있을 수 없다. 권력자는 자신의 손바닥 밖에서 일어나는 연대의 관계를 극도로 싫어한다. 아무리 선한 권력자라 할지라도 권력은 냉혹하다. 그러니 어설픈 연대로써 권력자의 심기를 건드리는 어리석은 짓은 삼가야 한다. 기득권은 연대의 확장을 늘 감시한다. 2020년 기준 인구수 대비 CCTV가 가장 많은 전 세계 상위 도시 스무 곳 중 열여덟 곳이 중국 도시였다. 중국공산당은 인민을 감시하기 위해 두 눈을 부릅뜨고 있다.

세상의 연대는 끊임없이 시도되고 깨진다. 흥망성쇠의 궤적이요, 만남과 이별의 쌍곡선이다. 사랑의 연대를 다지기 위해 연인들은 선물을 교환하고 그 깊이를 시험하기 위해 이리저리 눈빛을 살피고 투정을 부린다. 노조는 연대와 결합으로써 힘을 키우고 자본은 인수합병으로 몸집을 불린다. 권력을 좇는 철새는 호시탐탐 호가호위의 기회를 노린다. 국제관계에서 연대의 기준은 상대국에서 보면 비열하기 짝이 없는, 국익이라는 근사한 말이다. 미국과 호주는 오커스(AUKUS) 동맹을 맺으며 전통적 우방이었던 프랑스를 화나게 했다. 우리가 중국과 수교를 맺으며 대만과 단교한 것도 같은 맥락이다. 아파트 앞 놀이터에서도 꼬맹이들의 편먹기와 갈등, 눈치 보기는 국가외교만큼이나 닮아 있다.

부산시에서 고위공직자로 퇴직한 김효영 선배님은, 돌이켜 보니 인생 십 년마다 만나는 사람들이 바뀌더라고 술회한다. 세월의 흐름에 따라 자연스레 연대의 기준이 달라진 거다. 누구나 파도를 헤치며 인생의 선단을 끌고 있지만 사랑, 일, 놀이 모두 알차고 향기 나는 연대로써 꾸려지지는 않는다. 사랑은 변하고 떠나며 일은 어긋나고 꼬이며 사람은 낯을 바꾸고 놀이는 흥미를 잃는다. 삶은 실로 오징어 게임과 같아서 내내 생존 전쟁과 맞닥뜨린다. 불필요한 무게와 의존을 쳐내지 않으면 진화론적 생존은 불가하다.

나는 어설픈 연대를 늘 경계해왔다. 감당할 수 없는 관계의 씨는 나를 옥죄는 족쇄로 자라기 때문이다. 현실에서 일남 할아버지 같은 깐부는 존재하지 않는다. 우리는 각자의 삶을 들고 가는 개별자일 뿐이다. 비교적 괜찮은 인간으로 살아가고자 하는 일관된 자세가 나에게는 깐부다. 밖에서 깐부를 찾을 게 아니라 먼저 스스로의 가치와 그 방향부터 헤아리는 게 순서다. 순서가 바뀌면 깐부를 찾으려다 애송이를 만난다. 살면서 참 어려운 일이 내가 나를 돕는 것이다. 오죽하면 하늘도, 스스로 돕지 않는 자는 돕지 않는다고 했다. 누구든 나의 깐부는 나 자신이다. 그러니 하늘의 명령을 하달한다. 스스로 성숙할 것.

수필에 울다

통영시장을 지낸 수필가 고동주 선생의 「동백의 씨」라는 수필을 우연히 읽었다. 눈물이 흘러내렸다. 예전에 접했던 「꽃다발」이라는 선생의 수필이 생각나 바로 찾아 읽었다. 다시 굵은 눈물이 주르륵 흘러내렸다. 어버이날을 즈음해서인지 숙취 때문인지 손등을 적신 눈물은 더욱 끈적거렸다.

전자의 수필은 어릴 때 어버이를 여의고 숙부님 집에서 자란 필자가 군 입대 후 휴가를 나왔는데 아뿔싸 늘 얼마간의 차비를 쥐어주시던 숙부님은 장기 출타 중이시고 숙모님의 차가운 시선에 귀대할 차비가 없는 필자는 아찔한 현기증을 느끼며 돌아서는데, 저 멀리 언덕에서 조실부모한 고아로서 일곱 살 때부터 숙모님의 시중을 들며 살고 있던, 총명한 까만 눈을 가진 열셋 사촌 여동생이 오빠~ 하고 울부짖으며 달려와서는, 동백의 씨를 주워 팔아 갚겠노라며 동네 이곳저곳을 돌아 아주머니들에게 애원하여 빌린 돈을 필자의 손에 쥐어주었을 때 둘은 설움에 북받쳐 흐느끼고 저 멀리 갈매기도 같이 울어주었다는 내용이다.

후자의 수필은 선생께서 민선 통영시장에 당선되어 취임식을 할 때 직원들로부터 받은 축하의 꽃다발을 행사에 참석한 숙부님께 선사하면서 예정에 없었던 숙부님 소개말을 담은 글이다.

　　"나를 낳아주신 부모님은 일찍 여의었지만 길러주신 부모님께서 오늘 이 자리에 함께 하셨습니다. 조카의 외로움을 감싸 안아서 바르고 훌륭하게 자랄 수 있도록 정성을 다하여 주신 나의 숙부님 이십니다. 병으로 고생을 하시면서도 당신의 치료비보다 조카의 학비를 먼저 걱정하시고, 내가 공부를 하고 있을 때는 천하가 무너져도 부르거나 방해하는 일이 없는 분이셨습니다. 가난했던 시절, 고구마로 끼니를 때우면서도 조카의 배고픔을 걱정하시고, 앓을까 다칠까 늘 염려해주신, 그 뜨거운 사랑과 희생과 땀과 눈물을 나는 아직도 다 알지 못합니다…."

　　가난한 시절의 개인사를 담은 글이다. 하지만 이 자수성가의 서사야말로 곧 가난과 눈물과 고통으로 점철된 우리 민족의 근대사이다. 「동백의 씨」에서 차비를 손에 쥐여준 열셋 여동생의 '총명한 까만 눈'이야말로 우리 민족의 인의(仁義)였으며 힘을 모아 세계사를 따라잡은 예지(叡智)였다.

　　지긋지긋한 악당, '가난'이 사라졌다고 하여 가난했던 시절을 잊어버려서는 안 된다. 그 서러움을 서러워하는 것을 신파조의 눈물이라거나 가난했던 시절의 이야기를 고루한 감성팔이로 치부한다면 뿌리를 모르는 어리석은 일이다. '상기하자 6.25'라는 구호처럼 국가적으로 '가난의 날'이라도 정하여 우리 민족의 지난한 역사를 되새기고 후세를 가르쳐야 한다. 유대인들은 자신들의 성지인 예루살렘 통곡의 벽을 끊임없이 찾아와 기도하고 눈물을 흘린다. 그들의 슬픈 역사를 잊지 않는 것이다.

우리가 누리는 현재의 풍요는 그저 굴러온 막대한 상속이 아니다. 우쭐대지 않아야 한다. 지성인은 비싼 시계에 시선을 두는 것이 아니라 미래의 시간을 통찰해야 하고 모름지기 개인도 국가도 무처럼 푸르고 단단한 허벅지를 키워야 한다. 이런 시를 썼었다.

무의 교훈

밭에 무 뽑는다
탐스럽고 실한 놈은 도시로 간다
땀 흘리고 노동을 쥐어짜도
아버지 호주머니는 늘 비어 있다
아버지 밭은 풍성하였으나
호주머니는 늘 비어 있는 모순
아버지는 저 흐리멍덩한 모순으로
삶이라는 전투를 치렀다
손바닥만 한 밭뙈기 하나로

놀랍게도 세상의 창을 다 막아 낸 영웅

용감한 나의 아버지 다윗

이 거룩한 농부의 교훈처럼

무의 교훈은 깍두기가 아니다

무처럼 푸르고 단단한 허벅지를 키워

세상을 딛고 일어서라는 거다

　도올의 『동경대전(東經大全)』 상편에 보면 정무공 최진립(崔
震立)의 이야기가 있다. 임진왜란과 병자호란 양란에서 모두 싸
운 인물이다. 병자호란 때 남한산성이 포위되고 나라가 굴욕을
당하는 지경에 이르자 주변의 만류에도 불구하고 거의 칠순의
나이에 출전하여 끝까지 항전하다 온몸에 고슴도치처럼 청나라
군사들의 화살을 맞고 쓰러졌다. 뒤에 병조판서로 추증되고 정
무공이라는 시호가 내려졌다.

　특기할 점은 최진립의 후손이 동학의 창시자인 수운 최제
우와 우리나라 노블레스 오블리주의 상징인 경주 최부자 12대
400년으로 뻗어 갔다는 사실이다. 도올은 적는다. 수운에게는
최진립의 삶이 확고한 존재 프라이드의 기반이었으며 그 기반
위에서 그는 미네르바의 부엉새처럼 인류사상과 철학과 종교의
모든 현란한 허세를 뛰어넘고 유유히 개벽세를 날아갈 수 있었
던 것이라고. 집안에 한 사람의 명예로운 삶과 정의로운 죽음이
미치는 영향이 얼마나 큰가를 새삼 절감케 한다고.

여기서 정무공 최진립을 언급하는 이유는 따로 있다. 최진립의 주검 옆에는 평소 장군을 그림자처럼 따랐던 노복(奴僕) '기별과 옥동'의 시신도 함께 있었다. 빨리 피하라는 장군의 명령도 거부한 채 오랑캐에 맞서 싸우며 마지막 순간까지 장군을 지키려 했던 충성스러운 노복들이었다. 경주 최부자 집안에서는 해마다 12월 27일 장군의 제삿날에 이들 두 노복의 제사도 함께 지내 그 충심을 기리고 있다.

　　양반이 노비의 제사를 지낸다는 건 반상의 구분이 엄연한 조선에서 결코 있을 수 없는 일이었다. 노비는 사람이 아니라 재산으로 취급되던 사회였다. 유림의 완강한 반대를 무릅쓰고 노비의 제사를 봉행하여 지금까지 이어지게 한 최부자 가문의 지성이 놀랍도록 선연하다.

　　고귀한 정신에서 또 고귀한 정신이 발아하고 청부(淸富)가 태동하여 어두운 역사의 골목을 밝혔다. 우리는 이 의로운 이야기에서 진짜로 되새기고 기념해야 할 것이 무엇인지 깨닫게 된다. 어렵고 가난했던 시절을 결코 잊지 말라, 이것이 고동주 선생의 수필의 힘이다. 우리가 어떻게 살았는지 우리가 누구인지 돌아보게 하는, 거의 흐느낄 뻔했던, 붉은 동백의 수필이다.

그들이 사는 곳은 어디인가

부산시민을 대의(代議)하거나 대표했던 사람들은 부산에 살고 있을까!

동아대 이국환 교수의 『오전을 사는 이에게 오후도 미래다』라는 책을 보면서 나는 자연스레 저 생각을 떠올렸다. 이 책은 2020 부산시 원북원 선정도서다. 책은 지역신문의 위기를 언급하면서 신문의 경쟁력은 독자의 굳은 삶을 흔드는, 깨달음의 향연이 있는 칼럼에 있으며 지역 구성원들의 삶의 현장을 오롯이 담아내는 하이퍼로컬(hyperlocal) 저널리즘을 지향해야 함을 강조했다. '네이버'나 '다음' 같은 포털이 중앙 집중의 현관 구실을 하는 것은 큰 문제라고도 했다.

을숙도로 날아온 철새는 떠나더라도 부산을 이끌었던 분들은 부산에 살며 골목길에서 목욕탕에서 선술집에서 시민들의 친구로 남아 있을 수는 없는 노릇일까. 지역신문의 위기는 지역 위기의 징후이기도 하다. 부산의 경제지표는 좋지 않고 인구는 매년 줄어가고 몇몇 동네는 쇠락해가고 있다. 롯데 야구마저 비실비실해진 지 오래다. 화려한 불꽃놀이와 영화제에 가려진 부산의 민낯이다.

사람 한 명이 아쉬운 인구감소시대다. 부산을 이끌고 부산 덕분에 명성을 얻었던 분들이 이제는 상관이 없다는 듯 부산을 등지고 산다. 뼈를 묻을 곳은 아니라고 생각하는 걸까. 그들이 서울에서 부산으로 오는 것은 귀가가 아니라 하부(下釜)라 표현 될 뿐이다. 여전히 굳건히 부산을 지키는 건 저 광안대교의 교각 뿐, 부산에 살지 않는 갈매기는 부산 갈매기가 아니다. 진정한 부산 갈매기는 부산의 바람을 맞고 부산의 중력을 느껴야 한다.

사람으로 인해 지역은 한층 빛나기도 한다. 남태평양의 타 이티 섬은 폴 고갱이 거주하며 원주민의 건강한 인간성과 밝고 강렬한 열대의 색채를 그림에 담아 멋진 섬으로 널리 알려졌고 쿠바를 사랑한 헤밍웨이로 인해 그가 모히또를 즐겨 마시던 술 집은 세계적 관광지가 되고 수도 아바나는 낭만의 도시가 되었 다. 소설가 이외수도 강원도 화천의 인지도 상승에 한몫했다. 화 천에 가보지 않은 사람도 화천 하면 이외수를 떠올리고 이외수 하면 화천을 떠올린다. 유명 연예인이 제주도에 거주하는 자체 가 화제가 되기도 한다.

지역은 장소로서만 존재하지 않는다. 목포 유달산에 올라 삼학도를 내려다보며 노래 〈목포의 눈물〉을 들은 적이 있다. 순 간 나도 모르게 가슴이 뭉클하며 눈물이 고였다. 좋은 음악이 본 래적으로 불러일으키는 정조였는지 인동초 김대중 전 대통령을 배출한 고장으로서 노래가 상징하는 목포의 한과 눈물이 내게 감정이입 되었기 때문인지 나는 그때 목포사람이 되어 있었다.

노래 〈목포의 눈물〉에는 역사적이며 감성적인 지역의 이미지가 살아 꿈틀거린다. 용필 형님이 부른 〈대전 블루스〉에서 떠나가는 대전발 0시 50분 기차도 목포행 완행열차였다. 무정하게 떠나가며 보슬비에 젖어 가는 목포행 완행열차, 내 기억에 목포는 늘 울고 있었다. 목포는 슬픔에 젖은 한 명의 가인(歌人)이었으며 끝내 목포답고자 하는 의지였으며 내 고향 부산을 떠올리게 하는 거울이었다.

고 신영복 선생은 『변방을 찾아서』라는 책에서 "모든 문명은 변방(邊方)에서 시작되었다"라고 했다. 이 변방이 창조공간의 마중물이 되어 그 활력이 나라 전체에 스며야 하지만 여전히 대한민국은 기울어진 중앙 집중의 나라다. 한국의 지성이었던 고 이어령 교수가 모두가 세계화를 이야기할 때 오히려 국내와 작은 공동체인 '로컬'을 강조하며 글로컬리즘(Global과 Local의 합성어)을 주창한 걸 돌이켜보면 이른바 '로컬'의 왜소화와 자신감 상실은 자연스레 유추된다.

로마제국 시절 속지(屬地)의 물자는 황제가 사는 수도 로마로 밀려들었다. 로마제국은 팽창주의 정책으로 번영을 누렸다. 로마는 밖으로 팽창해 나아갔으나 서울은 안으로 팽창해 왔다. 지겹도록 들어 온 수도권 집중이다. 386세대가 학창시절이었을 무렵 명문대학으로 꼽히던 부산대학이 '인 서울'에 밀리고 '로컬과 지방'이라는 단어가 우리 삶의 많은 영역에서 '열등함'과 등

치되는 것은 이미 변방이 창조공간으로서의 배태 능력을 상실하고 있다는 조짐이다. 일회성으로 불꽃을 쏘아 올리고 며칠간 영화배우들이 북적일 뿐이다.

JTBC 드라마 〈웰컴 투 삼달리〉에서도 청년들이 부푼 꿈을 안고 서울로 향했으나 다시 제주도로 돌아온다. 송가인이 부른 〈서울의 달〉 가사와 같이 왜 성공은 꼭 서울에 가서 해야만 하는 걸까. 청년들이 서울로 향하는 것을 허망한 환상이라 할 수는 없으나 지역의 청년들이 중앙에 대한 열등 콤플렉스를 가진다면 슬픈 문제다. 신영복 교수는 경고한다. 변방이 중심부에 대한 허망한 환상과 콤플렉스를 청산하지 못하는 한 변방은 중심보다 더욱 완고하고 교조적인 틀에 갇히게 될 거라고, 주자를 숭앙했던 조선 시대의 성리학처럼.

가장 단순한 질문이 가장 날카로운 질문이다. "부산을 이끌었던 분들은 왜 부산에 살지 않는 것일까." 다음의 설명도 하나의 답이 될 수 있겠다. 국회의원은 출마지역 거주 요건이 없다. 대부분 기관장도 소위 '관사'에서 거주하다 임기를 마치면 부산을 떠난다. 지방자치단체장이나 지방의회의원은 선거일 현재 60일 이상 주민등록이 되어 있으면 누구라도 선거에 출마할 수 있다. 지방자치단체장의 피선거권 자격요건인 '60일 거주 요건'에 대해 헌법재판소는 합헌 결정을 내렸다. 60일 정도만 그 지역에 거주하면 애향심이 뛰어난 지역 전문가가 될 수 있다고 설명한다. 철새와 텃새의 구분이 사라져버렸다. 이 논리라면 저 60일

거주 요건은 불필요하다. 이 좁은 땅덩어리에 어디에 살건 뭘 상관이라는 말인가.

전원책 변호사의 책 『잡초와 우상』에 "선출된 권력이 자신을 뽑은 대중을 대표하는 게 아니라 자신을 발탁한 '커튼 뒤의 사람들'을 대표한다."라는 구절이 있다. 자신을 뽑은 대중에게 의리를 지키는 길은 그 지역에 거주하며 같이 고민하고 같이 울고 웃는 이웃으로서 역할을 성심껏 다하는 데 있다. 시민들에게 의지가 되는 사람, 이런 사람을 우리는 원로라고 한다. 부산에 원로가 잘 보이지 않는다.

부산은 부산시민과 동의어이며 부산시민은 국민과 동의어이다. 이 글에서 '부산'이라는 단어는 국내 어느 지역으로 바꿔 읽어도 무방하다. 다른 지역에 살며 혀끝으로만 고향 발전을 운운하고 누구나 다 아는 뻔한 훈수를 두려는 자칭 부산 갈매기는 이미 부산 갈매기가 아니다. 공교롭게도 문성재가 부른 〈부산 갈매기〉는 다음과 같이 끝난다. 부산 갈매기~ 부산 갈매기~ 너는 벌써 나를 잊었나.

우리들을 위해서만 힘을 쓰는 착한 이

용기의 사전적 의미는 '씩씩하고 굳센 기운, 또는 사물을 겁내지 아니하는 기개'다. 70년대 국민학교를 다닌 우리는 정의로 뭉친 주먹, 용감하고 씩씩한 우리의 친구 로보트 태권브이와 기운 센 천하장사 무쇠로 만든 사람, 우리들을 위해서만 힘을 쓰는 착한 이, 마징가 Z에게서 용기를 배웠다.

태권브이는 우리나라가 위험에 처했을 때 국회의사당 돔이 열리면서 출동하고 또 한 대는 한강 물이 갈라지면서 출동하고 나머지 한 대는 청와대에 있다는 얘기가 떠돌았고 마징가 Z는, 교장 선생님이 "만인가" 하고 물었을 때 젊은 여선생님이 한참을 망설이다 'Z'라고 답했다는 우스개가 생길 정도였다. 로보트 태권브이의 '훈이'와 마징가 Z의 '쇠돌이'는 아이들의 꿈과 우상이었다.

울진, 삼척에 침투한 무장공비에 의해 무참히 죽은 이승복 어린이의 '나는 공산당이 싫어요'라는 반공(反共) 분위기와 세종대왕, 이순신 장군 동상에 둘러싸인 우리는 용기 있는 어린이로 무럭무럭 자랐다. 국기 하강식에서는 왼쪽 가슴에 손을 얹고 태극기를 바라보며 충성을 다하겠다고 맹세했다. 그렇게 길러진 용기는 청년이 되어 독재반대 투쟁의 불쏘시개가 되었다. 그때 청년들의 뜨거운 함성은 그 거리에 우리 마음속에 여전히 살아 있다. 풍요로운 우리의 지금은 그때의 뜨거운 함성에 빚지고 있다. 시대가 변해도 그 가치는 사라지지 않는다. 정호승 시인이 쓰고 김광석이 노래한 〈부치지 않은 편지〉에서처럼, 꽃잎처럼 흘러 흘러 그대 잘 가라고 배웅 받을 자격이 있다.

> 풀잎은 쓰러져도 하늘을 보고
> 꽃 피기는 쉬워도 아름답긴 어려워라
> 시대의 새벽길 홀로 걷다가
> 사랑과 죽음의 자유를 만나
> 언 강바람 속으로 무덤도 없이
> 세찬 눈보라 속으로 노래도 없이
> 꽃잎처럼 흘러 흘러 그대 잘 가라

용기라는 단어는 좀 거창하다. 여기서는 그냥 심리(心理)라고 하자. 용인 경찰대학 교정에는 큰 화강암에 '이곳을 거쳐 가는 이여, 조국은 그대를 믿노라'는 구절이 새겨져 있었다. 내 심리가 여기로부터 얼마나 약발을 받았는지 모르겠다. 아리스토텔레스는 용기를 '비겁함과 무모함의 중간쯤에 있는 것'이라 정의한다. 완벽하게 홀로 빛나는 용기는 없다. 1965년 10월 4

일 강재구 소령은 훈련 중 한 병사가 놓친 수류탄을 몸으로 막아 산화했다. 그의 군복에서 성경이 발견되었는데 "사람이 친구를 위하여 자기 목숨을 버리면 이에서 더 큰 사랑이 없나니."라는 「요한복음」 구절에 빨간 밑줄이 그어져 있었다. 용기는 학습되는 것인가. 여하튼 이 명징하고 뜨거운 것은 강재구 소령의 가슴에 심긴, 타고난 신적 사랑이었다고 규정하자. 이를 인간의 용기라고 하면 용기는 무서운 것이고 아무나 범접할 수 없는 높은 벽이 된다. 용기는 훨씬 평범한 것이고 누구나 그런 심리를 가질 수 있다.

일단 감옥에 가지 않은 사람은 용기 있는 사람이다. 자유를 추구하는 사람은 오랏줄에 묶일 짓을 하지 않는다. 속박을 거부하는 사람은 타인에게 무릎 꿇을 짓을 하지 않는다. 바르게 사는 용기를 낸다. 큰돈을 기부한 구두쇠의 용기는 그 돈의 가치보다 더 박수받을 만하고 여러 실패를 딛고 일어선 사람은 잘 다져진 용기가 있다. 유별난 사람도 용기가 있다. 남의 눈 신경 쓰지 않고 내 갈 길을 가는 심리, 이것이 씩씩하다는 거다. 그리고 사랑한 사람은 용기가 있다. 마음을 다 주었으므로 그는 사랑의 주인공이 됐다. 그가 비겁하고 무모했는가. 서태지와 몰래 결혼했던 이지아와 만났던 정우성은 사랑에 피해자가 어디 있냐고 말했다. 사랑에는 용기의 지분이 크다. 주주총회의 주주처럼 세상을 각박하게 바라보면 사랑도 거래가 된다. 이 모든 걸 견디고 살아온 노인들은 참으로 용기가 있다. 순간순간 용기를 내지 못했다면 삶은 아이스크림처럼 녹아버렸을 것이다.

이론으로 배운 용기와 실천하는 용기는 차원이 다르다. 임관 후 나의 용기는 서서히 동이 났다. 용기는커녕 내 마음 다치지 않고 귀가하는 것도 힘에 부쳤다. 나를 믿는다고 독려했던 조국은 그때의 조국이 맞는지 오히려 나를 힘들게 했다. 종일 두 발을 디디고 서도 삶은 별 전리품도 감탄할 것도 없었다. 아, 그래서 어른들의 세상에는 술이 있고 눈물과 슬픔을 삼키는 노래가 있었다. 아버지의 회초리보다 더 두려운 것, 그것은 용기 있게 살아가는 것이었다.

사람들은 대체로 타인의 기분을 거스르지 않으려 하고 불쾌하기 짝이 없는 경우라도 참고 만다. 까다로운 사람이 되기를 두려워하기 때문이다. 『브레이브』라는 책에서 작가는 용기를 고무한다. 얌전한 사람은 역사를 쓰지 못한다며 눈을 감지 말라고 한다. 그런데 용기는 역사를 쓰는 데 필요한 게 아니다. 저 멀리 우뚝 솟아 인구에 회자되는 것만이 용기가 아니다. 어려울 때 서로를 연결하려는 마음, 기꺼이 그 마음으로 살아가려는 의지가 용기이다.

약자의 등을 어루만지는 것, 억울한 사람을 두둔해 주는 것, 얌체에게 한소리 하거나 한번 째려봐 주는 것, 확신 없이 동조하지 않는 것, 강자에게 알랑거리지 않는 것, 사과할 줄 아는 것, 자랑하지 않는 것, 비밀을 지키는 것, 가기 싫어도 가는 것, 견디기 힘든 시간을 견디는 것, 내가 불편한 것을 감수하는, 이러한 모든 심리가 바로 용기이다. 그리고 참된 용기라는 말은 잘못됐다. 용기는 그만큼의 두려움이 있어서 모두 용기일 뿐 참되지 않은 용기는 없다. '참된'이라는 형용사는 용기를 서열화하는 못된 단어다.

더글라스 맥아더 장군의 기도문이 있다. 여기에서도 우리는 용기의 모습을 발견한다.

내 아들을
두려움 앞에서
자신을 잃지 않는 사람
정직한 패배에
부끄러워하지 않는 사람
승리 앞에 겸손할 줄 아는
그러한 사람이 되게 하소서

깨끗한 마음 높은 목표로써
스스로를 다스리게 하소서

그리고 참으로 위대한 것은
소박함에 있다는 것
참된 힘은 너그러움에 있다는 것을
내 아들로 하여금

마음에 새기도록 해 주소서

망설임 없이 몸을 던져 한세상을 단번에 얻어버린 사나이 강재구, 나라와 겨레의 길잡이가 되었다. 인천상륙작전은 성공 확률이 극히 낮았다. 기도문에서 보듯 미국이 기른 맥아더의 용기가 우리를 구원했다. 우리는 늘 정의로 뭉친 주먹, 우리를 위해서만 힘을 쓰는 착한 이를 기다린다. 자기들을 위해서만 힘을 쓰는 악당들에게 마징가 Z를 보낼 때가 됐다. 목숨이 아깝거든 모두 모두 비켜라.

덩치값

우리가 말 같지도 않은 말을 너무 많이 쏟아내서였을까. 신은 코로나 19를 보내 마스크로 인간들의 입을 막아버렸다. 너희들의 입만 입이냐며 유튜브는 어느새 새로운 언론으로 떠올랐다. 온라인 스트리밍 서비스는 꿈과 낭만의 공간이었던 영화관을 잊게 만든다. 휴대폰 하나로 세상 돌아가는 일을 파악하고 필요한 지식을 얻고 가끔씩 넷플릭스로 영화를 보면서 산다. 텔레비전과 신문이라는 오랜 루틴이 무너졌다. 사회적 공간이 재배치되고 있다. 여전히 축구는 텔레비전으로 보지만.

물극필반(物極必反)이다. 영원할 거 같아도 뭐든 쪼그라들고 삭는다. 나도 젊었을 때는 쇳덩어리도 소화할 기세였고 그 기백이 사그라질 거라고는 생각지 않았다. 지금 내 나이대의 상사들이 술자리를 일찍 끝내고 귀가하는 것에 고개를 갸웃했고 세상일이 내가 경험한 법칙 안에 있을 거라고 시시풍덩하게 생각했다. 문득 눈을 뜨고 보니 세상은 저만치 앞서 있고 후진 배불뚝이 아저씨가 되어 덩그러니 섬처럼 외롭다. 이 세상에 비빌 수 있는 게 그나마 나이였고 권위라고 생각했는데 꼰대가 되어버렸다. 뭐 억울해도 어쩔 수 없다. 주머니 속에 든 '적응'이라는 단어를 꺼낼 수밖에.

푸시킨의 시구처럼 삶이 우리를 속인 것일까. 소설 『파친코』의 첫 문장처럼 역사가 우리를 저버린 것일까. 꼰대의 누림은 종말을 고했다. 갈굼을 당하면서도 꼰대의 시대에 충실히 부역하면 나도 저런 멋진 꼰대가 될 수 있으리라 생각했다. 착각, 카뮈의 말처럼 공은 기다리는 방향에서 절대 오지 않는다. 시대는 우리를 외딴 섬으로 데려다 놓았다. 그런 외톨이들이 파산당한 느낌으로 서로 어루만지며 술을 먹는다. "우짜겠노….."

아들은 어릴 때 엄마 예쁘나, 하고 물으면 약간 멈칫거린 후 "화장하면 예뻐요!"라고 답했다. 화장한 모습이 가장 예뻤으므로 아이는 솔직하게 가정법을 쓴 거다. 말과 글은 토씨 하나 빠지지 않아야 화자의 의도가 생동감 있고 정확하게 전달된다. 하지만 강호의 악당들은 진실에 아랑곳하지 않는다. 곰 쓸개를 차지하기 위해 곰을 죽이고는 검은 토끼였다고 강변한다. 필요에 따라 가정법을 소거하고 때로는 가정법만으로 타인의 의도를 왜곡한다. 관계의 우위에 서기 위해 앞뒤가 잘린 허언을 만들어 덮어씌운다. 교묘히 언어를 짜 맞춰서 상대를 공격하는 이 전형적인 마타도어는 시대와 유행을 타지 않는, 늘 최신식 무기다.

어린이들은 자기 마음을 꾸미지 않고 바로 드러낸다. 이 동심이 바로 직관이다. 아들이 어릴 때 동생과 싸워서 야단을 쳤다. 그때 아들은 눈물이 그렁그렁한 채 억울한 표정으로 항변했다. "정인이 세다~"

　어떤 변명도 허세도 없는 순진무구였다. 동생이지만 버거운 상대이므로 최선을 다해 싸웠을 뿐이라는 항변이었다. 오빠도 동생과 싸울 수 있다. 아이의 말에 나는 멈칫했다. 차근히 상황을 물었어야 했다. 어른의 기준을 일방적으로 아이에게 덮어씌웠던 거다. 어른들은, 에두르지 않고 사물과 상황의 실제를 바로 타종하는 이 동심의 직관에서 멀어졌다. 이솝의 여우, 벌거벗은 임금님과 일당이 되고 말았다. 위선에 젖어, 말해야 할 자가 말하지 않는 뻔뻔함이 되고 덩치값 하지 않으려는 몰염치가 되고 조그만 이익을 지키려는 비루함이 되어버렸다. 그리하여 오만가지 생각으로 궁리의 탑을 세우고 그 주위를 어슬렁거린다.

　잃어버린 동심은 다시 돌아갈 수 없는, 북한에 두고 온 실향민의 고향 같은 것이다. 그런데 다시 돌아간 사람이 있다. 심우도(尋牛圖)의 선재동자처럼 지혜의 소를 몰고 일생의 꿈이었던 북한 고향 방문을 이룩한 아산 정주영 회장이시다. 심지어 평생 동심에 머문 사람이 있다. 수필가 피천득 선생은 아예 호를 금아(琴兒)라 지었다. 금아는 비파 타는 아이라는 뜻으로 평생 동심을 잃지 않고 살고 싶다는 바람을 담았다. 그 바람대로 선생은 비파 타는 아이가 되어 98세까지 천수를 누리다 가셨다.

　시대는 한결같이 실제를 꿈꾼 자의 몫이고 그 여정의 서술이다. '꼰대'라는 말은 시대와 시대가 충돌하는 관계적 특성을 개념 지을 뿐이지 실제를 말하는 게 아니다. 관계는 진실이 아니다. 늘 변하고 바뀐다. 아이들이 부모에게 꼰대짓을 하는 가정도 많다. 예전에는 '불효'라는 기준으로 상황에 대한 해석과 통제가 가능했지만 지금은 아니다. 우리에게는 이 상황을 견딜 새로운 근육이 필요하다. 관계는 길을 잃었다. 관계라는 것에는 금방 바래질 가벼움과 불공정이 들어 있다.

지긋지긋한 우리나라 보수, 진보의 구분도 실제의 측면이라 기보다는 관계적이며, 상대적이다. 마치 큰 벼슬을 하는 양 고루한 이념의 옷을 걸쳐 입고는 염불보다 잿밥이라며 대놓고 멱살잡이를 한다. 하늘 아래 똑같은 어설픈 마당극이다.

'공간'의 기초적 정의는 덩치값이다. 권력이나 자본, 명예, 명성, 역사적 평가도 각각의 덩치가 있다. 덩치값을 못하면 조롱과 야유의 대상이 된다. 강준만 교수가 말한 소위 강남좌파의 의식적 토대는 덩치를 과시하고 휘두르는 게 아니라 그 덩치값을 하려는 의지다. 나는 강남좌파에 조응하는 '연탄우파'라는 개념을 생각한다. 연탄을 땔 정도로 가난하고 좁은 공간에 살면서도 공동체의 입장을 생각하는 축이다. 강남좌파는 미덥지 않고 연탄우파는 애처롭다. 여하튼.

개인도 보이지 않는 선이 있고 최소한의 물리적 공간이 필요하다. 그 선을 넘거나 공간이 수축되면 긴장과 불쾌감을 느낀다. 문제는 사회적 공간이 그 사회적 공헌에 비례해서 적절히 주어져 있느냐 하는 점이다. 국회 의원회관도 선수(選數)가 높으면 전망이 좋은 방이 배정된다. 사회적 공간이 비정상적으로 배치

되는 것이 '공간의 왜곡'이다. 이 왜곡이 수용의 범위를 넘는 경우 이로써 영역 간의 갈등이 일어난다. 이것이 '공간의 충돌'이다. 쥐도 막다른 공간에 몰리면 고양이를 향해 돌아선다. 백성도 삶이 허물어질 때는 들고 일어난다. 이 치열한 공간싸움이 질서를 가지도록 하는 게 정치이자 민주주의다.

시대와 상황에 따라 공간에 대한 평가는 달라진다. 조선 중종 때 나라 재정이 부족해졌다. 조광조는 정국공신 등 훈구파들이 토지 공간을 지나치게 소유하고 있다고 판단하고 이를 바로잡으려 했다. 이러한 '공간의 재배치'가 개혁이다. 작용에는 항상 반작용이 따른다. 훈구파가 가만히 있을 리 없다. 훈구파의 반격으로 공간의 충돌이 일어났다. 분노를 느낀 훈구파는 반정(反正)으로 추대된 중종을 압박했고 왕은 사화를 재가할 수밖에 없었다. 조광조는 죽임을 당했다. 이것이 기묘사화다. 민주주의 작동이 없는 시절이었다.

빈틈없이 정당하거나 조금도 정당하지 않은 경우는 없다. 하지만 이러한 공간의 왜곡이 오래 굳어지면 서서히 정당성을 얻고 본질로 둔갑한다. 13만 경찰을 차관급이라는 공간에 욱여넣어 부리는 것도 공간의 왜곡이다. 적절한 공간으로의 재배치는 경찰의 숙원이다. 이는 시혜 차원의 단순한 선물이 아니다. 더 두꺼운 양심의 갑옷을 입으라는 국민의 명령이 될 것이다.

유치원에 가기 싫었던 아들은 늘 내일 간다고 버티다가, 울면서 갔다. 자유의 공간에서 규제의 공간으로 가기 싫었던 거다.

꼰대의 무리도 서럽고 답답한 공간을 울면서 버텨 왔다. 드디어 나무 꼭대기에 달린 홍시를 잡으려는데 이 의리(?) 없는 세상은 하루아침에 사다리를 치워버렸다.

바람직한 꼰대의 역할이 있다. 살아보면 그게 그렇게 중요한 게 아니라는 것, 살아봐야 알 수 있는 아날로그적 인간성의 가치, 살아봐도 알 수 없는 것들, 버티는 삶의 소중함, 이런 것들을, 세월을 살아 본 꼰대가 아니면 누가 이야기해줄 것인가. 반(反) 꼰대의 깃발이 또 다른 독재나 홍위병이 아니기를 바랄 뿐이다.

이왕 섬에 버려진 신세다. 당분간 좀 놀면서 느긋하게 가자. 캔자스의 노래 Dust in the wind, 우리는 모두 바람 속의 먼지일 뿐이다.

정의는 굼벵이의 속도로 온다

정의는 바르고 곧은 것이라 하니 퍼뜩 대쪽 판사 이회창 전 총리가 떠오른다. 총리께서는 잘 웃지 않아서인지 차가운 느낌을 풍겼다. 대통령 선거에 여러 번 패했는데 아들의 병역면제 의혹 때문이라지만 왠지 다가가기 어려운 차가운 이미지가 보이지 않는 걸림돌이 됐을 수도 있겠다. 어느 지점까지는 필요하고 도움이 되는 덕목이 되레 약점이 되는 변곡점이 있고 아무리 옳은 말도 어떤 경우에는 귀에서 싹 얼굴을 바꾸고 서로 등을 지게 만든다.

1498년 연산군 때 무오사화가 일어났다. 훈구파 이극돈이 전라도 관찰사 시절 세조비 정희황후 상중에 기생들과 어울려 놀았던 일이 있었다. 지금으로 치면 근신 기간에 고위 공무원이 룸살롱에 가고 골프를 친 것이다. 당시 사관이었던 사림파 김일손은 이극돈이 자신의 상관으로 부임해 왔음에도 이를 사초에 적었고 이극돈은 삭제를 청했으나 김일손은 단호히 거절했다.

이극돈은 평소 사림파에 원한이 있던 유자광을 끌어들였고 유자광 등 훈구파 대신들은 이참에 사림파를 몽땅 제거하기로

하고 김일손의 스승이었던 김종직이 지은 조의제문을 문제 삼았다. 왕은 사초를 볼 수 없음에도, 김일손이 기록한 모든 사초를 연산군에게 갖다 바쳤다. 사초에는 세조가 과부가 된 자기 며느리 귀인 권 씨를 범하려 했다는 소문이 사실인 양 기록돼 있었고 단종의 시신을 산속에 던져 까마귀와 솔개가 날아와 쪼아 먹었다는 내용도 있었다. 자신의 선대를 비난하는 내용을 목도한 연산군은 분노가 폭발해 김일손을 포함해 사림파 선비 약 50명을 능지처참하거나 유배 보냈다.

도요토미 히데요시가 죽고 1600년 세키가하라 전투가 있었다. 도요토미 히데요시의 아들 히데요리를 지지하는 서군과 패권을 차지하려는 도쿠가와 이에야스의 동군이 일본의 운명을 걸고 맞붙었다. 양쪽의 세력은 팽팽했다. 그런데 이시다 미츠나리가 이끌던 서군의 정예 장수 고바야카와 히데아키가 갑자기 동군에 가세하여 서군을 공격하기 시작했다.

왜 이런 배신이 있었을까. 오래전 정유재란 때 군 감찰관으로 조선에 파견되었던 이시다 미츠나리가 파병 장수였던 고바야카와 히데아키의 비위를 도요토미 히데요시에게 일러바치는 바람에 고바야카와 히데아키가 영지를 감봉당한 적이 있었다. 이 원한을 잊지 않은 고바야카와 히데아키는 동군과 내통하며 기회를 엿보고 있었던 것이다. 전투는 도쿠가와 이에야스의 승리로 돌아갔고 이시다 미츠나리는 참수당했다.

정의는 차가운 것인가, 따스한 것인가. 여기까지 보면 정의는 한없이 차가워 보인다. 왕은 사초를 보지 못한다고 철석같이 믿고 모든 역사를 사초에 적어야 하는 사관으로서의 책무를 다한 김일손은 능지처참 당했고 군 감찰관으로서 군의 기강을 다잡기 위해 마땅히 해야 할 일을 한 이시다 미츠나리는 그로써 배신의 싹이 자라나 참수형에 이르렀다. 이쯤 되면 바르고 곧은 정의는 차가운 정도가 아니라 서슬 퍼런 칼로 부메랑이 되어 목을 겨눈다. 김일손이 이극돈의 일을 넌지시 모른 척했더라면, 이시다 미츠나리가 고바야카와 히데아키를 한 번쯤 봐줬더라면 그들의 운명과 역사는 어디로 흘러갔을까.

척지지 말라는 말이 있다. 그런데 바르고 곧으면서 척지지 않기란 여간 어려운 게 아니다. 주위의 청탁에 냉정해지기 어렵다. 심드렁하기만 해도 상대방은 살짝 마음이 상한다. 소는 누가 키우든 실리만 챙기는 얍삽한 손, 양자택일의 불가피성으로부터도 꽁무니를 빼는 발, 얼토당토않은 말에도 기분 나쁜 표정은 삼가고 그러거나 말거나 하는 얼굴, 무원칙을 융통성과 너그러움으로 시치미 떼는 전략이 필요하다. 척지지 말라는 말은 모난 돌이 정 맞는다, 노회한 여우로 살라는 이야기다. 어둠은 빛을 이길 수 없고 진실은 침몰하지 않는다는 노랫말은 공허하다. 빛과 진실은 늘 혹독한 겨울을 견디며 굼벵이의 속도로 움직인다.

홀로코스트로 600만 명의 유대인이 무참히 학살됐다. 전범재판은 그 목숨을 되살려내지 못하고 해방이 와도 일제 36년의 상흔은 고스란히 남았다. 정의는 없다, 다만 악이 잠잘 뿐이다. 그러니 정의가 살아난 게 아니라 탐욕이 잠시 자취를 감추고 전열을 재정비하는 중이다. 한데 가해자의 정의는 말끔히 살아 있다. 독일과 일본은 여전히 강대국이고 부유한 삶을 산다. 역사의 번역에는 기준이 없다. 정의는 해석하는 자의 몫으로 둔갑하고 탐욕은 좌표도 방향도 없다. 이렇게 보면 정의가 승리한 역사가 있다고 말할 수 있겠는가.

보안사령관을 지낸 강창성 장군은 하나회를 뿌리 뽑으려다 예편하게 되고 1980년 전두환 보안사령관의 초대로 국정에 관해 이야기를 나누던 중 "이번만은 국민들이 자유롭게 뽑은 민간 정치인에게 정부를 이양하는 것이 가장 현명한 길"이라며 충고한다. 이 바람에 괘씸죄로 신군부에 연행되어 고문당한다. 그리고 신군부가 샅샅이 뒤져 찾아낸 해운항만청장 시절 뇌물수수 혐의로 징역 3년을 선고받아 영어의 신세가 된다. 강 장군은 투옥 기간의 고난으로 체중이 30kg이나 빠지고 당뇨병까지 얻었다.

바르고 곧은 말이 치명적인 독이 되었다. 정의의 몸뚱이는 군사 없는 텅 빈 운동장의 깃발처럼 고독하고 나쁜 아버지처럼 암울한 그늘을 드리운다. 그러니 마음에 휘날리는 거추장스러운 깃발을 내리고 이익과 불이익, 이 명쾌한 기준으로 세상을 바라보시라. 논쟁거리 없는 상인의 현실감각으로 명철보신해서 후환 없는 삶을 궁리하시라. 한데 단 한 가지 명심할 것, 굼벵이 같은 그 정의라는 것이 늦은 밤 묵직한 심판자로 그대의 방문을 노크할 수 있다.

김훈의 『칼의 노래』 서문에 나오는 문장이다. "나는 정의로운 자들의 세상과 결별하였다. 나는 내 당대의 어떠한 가치도 긍정할 수 없었다. 제군은 희망의 힘으로 살아 있는가. 그대들과 나누어 가질 희망이나 믿음이 나에게는 없다. 그러므로 그대들과 나는 영원한 남으로서 서로 복되다. 나는 나 자신의 절박한 오류들과 더불어 혼자서 살 것이다."

무소의 뿔이 되어 홀로 가리라는 저 결별의 선언은 처연하다. 한 가닥의 예외도 허용치 않고 스스로를 유폐시키는 저 절박한 선언은 그러면서도 아름답다. 이 땅을, 이 백성을 얼마나 사랑했으면 자신의 오류마저 정의의 전선에 출병시키는가.

정의로운 세상은 존재한 적이 없다. 정의를 가장한 자들의 세상일 뿐이다. 그러나 굼벵이가 산을 넘어올 것이라는 믿음은 살아 있다. 그 믿음이 살아 있는 한 정의는 없다는 제군들의 생각은 오류다. 다만 운이 좋기를 바란다. 묵직한 심판자가 그대의 방문을 지나치기를. 하늘이 쳐 놓은 그물도 무사히 빠져나가기를.

사내

    사내의 몸은 댐이다. 사내의 몸은 최후를 감당하는 최후의 무기다. 댐이 터지면 모든 것이 잠기듯 사내가 사내이기를 포기하면 세상의 절반이 무너져내린다. 자식은 어머니가 울면 가슴이 아프지만 아버지가 울면 가슴을 잃는다.

    유능제강(柔能制剛), 부드러움이 능히 굳세고 단단한 것을 이긴다. 야마모토 겐이치의 소설 『리큐에게 물어라』에서 도요토미 히데요시는 낮은 목소리로 말한다. "저놈의 목을 베어라."

    이 목소리는 아무런 감정도 섞이지 않은 채 어디에선가 부드럽게 흘러나와 한 사내의 종말을 데리고 공기 속으로 사라졌다. 그는 세상을 쥐락펴락하는 사내라도 말할 때 아주 조금의 공기를 썼다. 쩌렁쩌렁하게 말하지 않아도 세상의 모가지를 틀어쥐고 있다.

    부드러움과 강함은 별개로서 대립하는 게 아니다. 유(柔)와 강(剛)은 한 몸이다. 강자는 힘을 쓰지 않고 사람과 시간을 다스리고 목소리를 높이지 않고 다 들리게 한다. 강하면 부드러워진다. 두고 보자고 고래고래 소리를 지르고 눈을 부릅뜨는 자는 강하지 않다. 단단한 얼음에서 베어져 나온 비수는 고요히 행동한다. 싸늘하다.

막스 피카르트는 『침묵의 세계』에서 인간의 얼굴은 말이 튀어나오는 벽이라고 했다. 사내의 얼굴은 울음을 참는 벽이다. 두 눈은 울음을 감시하는 최후의 망루이다. 사내라는 말은 '울지 않는'이라는 형용사가 생략되어 있다. 사내가 죽어 신 앞에 서면 신은 보석을 감별하듯 물끄러미 사내를 바라본다. 값싼 눈물을 자주 쏟은 자들은 무리를 지어 어디론가 사라지고 울음을 참고 참은 자는 드디어 신의 품에 안겨 오열한다.

사내는 꿋꿋이 버티는 자다. 사내의 손금에는 지구별에서 한 생을 버티고 오라는 사명이 적혀 있다. 무라카미 하루키는 『상실의 시대』에서 해야 할 일을 하는 사람을 신사라 했다. 어른은 하기 싫은 일을 하는 사람이다. 운명의 멱살잡이에 이끌려 삶의 전장으로 나가는 사내를 멀리서 북극성은 응시한다. 전생에 몇 번은 목이 베어지고 몇 번은 총에 맞아 죽고 몇 번은 억울하게 죽었을 사내의 발걸음에는 포획된 짐승의 절규 같은 것이 묻어 있다.

사내가 시지프스의 운명을 벗어나려면 이 세상에 존재하지 않는 박자로 걸어야 한다. 인간은 아장아장 걷다가 청소년이 되면 사뿐사뿐 걷는다. 장년이 되면 뚜벅뚜벅 걷다가 노인이 되면 느릿느릿 걷는다. 인간의 운명은 인간의 박자에 사로잡혀 있다. 시지프스는 매일 바위를 밀어 올리기보다 차라리 그 산을 불도

저로 밀어버렸어야 했다. 산은 늘 고요하여 박자가 없고 별은 일정한 박자로 하늘에 떠 있다. 신의 박자를 모를 바에야 사내는 한 박자 쉬고 간다. 사내는 독한 술을 마신다.

미지의 세계로 나아가는 콜럼버스의 배에는 주정뱅이 한 사내가 타고 있었다. 그는 얼마 못 가서 죽고 말았다. 그의 안주머니에는 은화 한 닢이 들어 있었는데 임금으로 받은 은화 세 닢 중 두 닢은 항구의 술집 외상값을 갚는 데 썼다. 죽어 갈매기가 되고 싶다던 술집 여주인은 사내의 뺨에 입맞춤했다. 그는 세상에 빚지지 않았고 해를 끼치지도 않았다. 콜럼버스는 금을 얻기 위해 원주민을 무참히 학살했다.

영웅의 손금에는 짐승의 운명이 섞여 있다. 권력을 누리기 위해서 살생을 업으로 한다. 맹수의 힘은 이빨이다. 사내는 목숨의 위협을 받으며 잡은 짐승의 가죽을 두르고 이빨을 뽑아 부적으로 몸에 달고 다닌다. 그 이빨이 전에 자신에게 일으켰던 공포감을 다른 사람에게 전달하기 위해서다. 사내의 문신도 이러한 심리가 내재돼 있다. 이것은 옳은 전리품이 아니다. 고급 차나 고급 시계, 보석 같은 것들로 치장하는 사내도 그 출처가 올바르지 않다면 스스로 빛나지 못한다. 철없는 사내에 불과하다. 사내는 전쟁을 하는 종족이다. 목숨을 대가로 황금과 말, 여자를 쟁취한다. 전리품은 사내의 자부심이며 때로는 다른 사내를 복종시키는 과시의 수단이다. 전리품은 동시에 명성을 낳는다. 이 명성은 멀리 퍼져 간다.

서울 남산공원에 있는 초대 부통령 이시영 동상 양옆에는 호랑이가 이빨을 드러낸 채 으르렁거리고 있다. 이시영 선생은 독립운동가인데 아무래도 어색하다. 저 호랑이 동상은 어느 제국의 사악했던 장군처럼 살생을 업으로 했던 자에게나 어울린다. 바로 옆 백범 김구 선생의 동상 양옆에는 향로가 놓여 있고 안중근 장군의 동상은 홀로 서 있다. 맹수는 배고프지 않으면 사냥하지 않는다. 배고프지 않아도 사냥하는 인간과 다르다. 톨스토이 문학상을 받은 김주혜의 『작은 땅의 야수들』을 보면 호랑이 사냥꾼 남경수는 배를 곯는 아이들을 두고도 마주친 새끼 호랑이를 사냥하지 않는다. 그 호피를 팔면 일 년 치 양식을 얻을 수 있는데도 놓아준다. 우리 민족의 인의를 표상하는 이 장면에서 진정한 사내다움을 느낀다. 사내는 맹수처럼 목줄을 거부한다. 인간은 호랑이 조형물을 만들어 인간을 호위하게 한다. 영물인 조선의 호랑이는 한 번도 인간에게 굴복한 적이 없다.

네온사인의 십자가가 밤하늘에 반짝인다. 햇빛이 밀려난 자리, 주 그리스도는 십자가에 못 박혀 피를 철철 흘리며 인간의 죄를 대속했다고, 그리스도의 복음을 전하고 있다. 심수봉 누님이 노래 〈백만 송이 장미〉를 불렀다. 주 그리스도는 작은 음성으로 말하는 분이지만 세상 끝까지 들린다. 말할 때 공기를 많이 쓰며 떠벌리는 듯 보이는 종교인과 다르다. 골고다 언덕에서는 예수 자체가 복음이었다. 언덕 아래에는 일단의 사내들이 큰 목소리로 이야기를 나누고 있었다. 백만 송이 장미가 백만 개의 붉은 십자가로 온 세상에 피었다.

> 사랑을 주고 오라는
> 작은 음성 하나 들었지
> 사랑을 할 때만 피는 꽃
> 백만 송이 피워 오라는

강한 사내는 귓속말을 하지 않는다. 집사들이 손으로 입을 가리고 강한 사내의 귀에다 대고 속삭인다. 사내는 고개를 약간 끄덕이거나 공기를 아주 조금 내뿜는다. 귓속말은 간신의 말이다. 간신은 두리번거리는 특징을 갖는다. 몸을 움직이지 않고도 얼굴이 똑바로 뒤를 향했다는 사마의의 관상은 이리가 돌아보는 낭고(狼顧)상이었다. 사마의는 도요토미 히데요시 같은 예리한 사내를 만났다면 목이 베였을 수 있다. 이사벨 여왕에게 거짓말을 많이 한 콜럼버스도 마찬가지다. 이리는 맹수의 계보가 약세를 보일 때 잠시 정글을 차지한다.

젊은 사내는 한 송이 장미꽃으로 사랑을 고백한다. 그의 모든 투명함과 밝음과 용기를 동원한다. 최초의 눈물인 것처럼 두 눈에 가느다란 눈물을 머금는다. 이 순간은 사내가 가장 자상하면서도 가장 교활해지는 순간이다. 사내는 새로운 미인이 나타나면 어제의 약속을 망각하고 또 강렬한 탐스러움을 느낀다. 사내가 '정말 사랑한다'라고 할 때 '정말'은 아직 손에 잡히지 않은 것을 얻으려는 미끼의 단어다. 그러면서 자신이 약동하고 있다고 느낀다. 평생을 지켜줄게, 하고 말하고는 전쟁에 나가 돌아오지 않는다. 사내는 자신과 조금씩 타협하며 면죄부를 준다. 불리할 때는 씨익 웃는다.

사내의 완력은 금이 떨어진 세상이다. 팔씨름에나 필요할까. 노동의 잔해를 온몸에 묻히고 귀가하는 사내의 뒷모습은 약간 슬프게 느껴진다. 맹수를 피해 잘 살아 돌아온 느낌이다. 어스름한 저녁, 내 곁을 스치며 앞서가는 사내의 그 거칠고 큼지막한 손에 귤 봉지라도 들려 있었다면 나는 울컥했을 것이다. 덩치 좋은 사내는 가끔 초식동물의 귀여움이 있다.

열차에는 군인들이 많이 보인다. 군복을 입지 않은 사내들도 군인이나 마찬가지다. 그들도 이 세상에 복무하고 있다. 군인들은 피곤한지 대부분 잠들어 있고 여성들은 소곤소곤 대화를 나눈다. 군복은 사내라는 명징한 증거다. 교도소에는 남성의 비율이 압도적으로 많다. 맹수는 필연적으로 약체의 피를 먹고 산다. 이 거부할 수 없는 먹이사슬 속에서 사내답게 산다는 건 무엇일까. 나훈아 형님이 불렀다.

큰 소리로 울면서 이 세상에 태어나
가진 것은 없어도 비굴하진 않았다
사내답게 살다가 사내답게 갈 거다

까마귀

  잔뜩 흐리고 이슬비 내리는 아침, 까마귀 한 마리가 까악 까악 소리를 내며 홀로 창공을 난다. 멀리 금정산 고당봉 아래 고즈넉한 세상을 바라보며 동래경찰서 4층 테라스에서 담배를 피우고 있던 나는 순간 "아침부터 까마귀가 재수 없...."다는 생각이 스쳐 가는데 가까스로 '없'에서 생각을 멈추었다.

  꾀꼬리 소리는 꾀꼬리가 맡고 까마귀 소리는 까마귀가 맡는 것이 세상의 섭리일진대 까마귀 소리가 귀에 좀 거슬리는 측면이 있긴 하지만 까마귀에 의해 물건을 도둑맞은 사람—골프장에서 지갑을 물어 가는 까마귀도 있다—말고는 까마귀를 두고 재수 없다고 생각하는 것은 근거가 없는 이야기다. 더구나 동아시아에서는 태양 속에 산다는 전설의 새, 삼족오(三足烏)라 하여 까마귀 오(烏)자를 쓰며 각종 문양이나 상징에 사용됐을 정도로 전통적인 역사의 새이기도 하다.

  푸른 하늘 은하수 하얀 쪽배엔/계수나무 한 나무 토끼 한 마리, 라는 동요 〈반달〉 덕분에 토끼는 더 친근하고 귀엽게 느껴지고 귀소 본능이 있는 비둘기는 올리브 잎을 물고 노아의 방주로 돌아왔다 하여 평화의 상징으로 추앙되는데 아무 죄 없는 까마귀가 정당한 평가는커녕 재수 없다는 이야기를 들어야 할 하등의 이유가 없다.

나는 명색이 작가임에도 일말의 의심 없이 까마귀 우는 소리는 재수 없다는 터부(금기)에 매여 있었다. 더군다나 까마귀가 소리를 낸다고 하여 운다고만 할 수 없을 터, 무리를 부르거나 노래 실력을 자랑하거나 암컷을 찾는 사랑의 세레나데일 수도 있다. 인간들은 이를 뭉뚱그려 '운다'라고 하고 거기에 재수 없다는 관념을 덧씌웠으니 까마귀 입장에서는 억울한 용공 조작 내지는 인간에 의한 집단 이지메가 아닐 수 없다. 자연과 사물을 있는 그대로 보지 않고 선입견을 가지고 보려는 인간의 경향을 영국 철학자 베이컨은 '종족의 우상'이라고 했다. 모름지기 작가는 창조를 위한 파괴적 시각이 필요하다. 나는 까마귀가 소리를 내며 홀로 창공을 나는 이유를 인문학적으로 접근하는 상상력을 발휘했어야 했다.

세상에는 수명이 다한 터부와 도덕관념이 많다. 덴마크는 동성 간 결혼을 최초로 합법화했으며 우리나라도 8촌 이내의 혈족이 아니면 동성동본끼리의 남녀도 결혼할 수 있게 되었다. 여성이 시집을 가면 그 집안에 뼈를 묻어야 한다는, 이혼에 대한 터부는 이혼 사실을 떠들어도 명예훼손이 성립되지 않는다는 대법원 판결로 그 수명을 다했다. 이혼은 누구나 걸릴 수 있는 삶의 감기나 마찬가지기에 저 사람이 이혼했다고 떠드는 것은 명예훼손이 아니라는 취지다. 여필종부, 칠거지악 따위의 도덕관념도 무덤에 들어간 지 오래다.

　도덕관념이 도덕주의로 자라나면 민주주의를 저해한다. 최장집 교수도 이를 지적했다. 무엇이 도덕인지 합의되지 않은 도덕은 강자의 지위를 누리기 위한 억압의 도구일 뿐이라는 이유다. 반대로 니체는 강자의 전횡을 막기 위해 노예들이 만든 것이 도덕이라고 했다. 도덕은 강자의 도구인가, 약자의 도구인가. 여하튼 '주의(主義)'로 변질한 도덕은 '착하게 살자'라는 우리의 보편적 도덕관념과는 많이 동떨어져 있다. '윤리'라는 이름으로 수능 보는 학생들을 괴롭히는 신세로 전락해버렸다.

　아무리 인간 중심의 계몽주의가 꽃을 피워도 자유는 버겁고 삶은 고독하고 불안하다. 어디로 가야 하는가. 새로운 기준은 무엇이어야 하는가. 소설가 장강명은 소설『재수사』에서 우주는 거대한 우울증과 같다며, 계몽주의 그다음의 지평을 더듬는다. 이는 에리히 프롬이『자유로부터의 도피』에서 인간의 불안을 이야기하며 인간에게 자유가 어떻게 '돼지 목에 진주 목걸이'가 되는지를 짚은 것과 같은 맥락이다. 여하튼 계몽주의가 놓친 부분이 있다. 인간은 지구에서 가장 잔인한 맹수라는 사실이다.

　철학은 철학대로 놀고 현실은 현실대로 굴러간다. 아니 현실이라는 강력함에 철학도 부역하고 끌려간다. '철학'이라는 옷에 우리는 위축됐고 쉽게 꼬리를 내렸다. 철학은 독자적으로 고고하고 다만 현실에 어두울 뿐이라는 우리의 너그러운 예우는 어리석었다. 우리는 얼마나 많이 속는 걸까. 타인이 만든 관념에 속고 자기 꾀에 속는다. 1990년 김수희 누님은 〈서울여자〉에서 서울이 싫어진 이유를 노래했다.

사랑도 팔고 사는 속이고 속는 세상
오로지 믿고 의지한 당신마저도 나를 버리신
서울이 싫어 싫어졌어요

로마 공화정의 실력자 율리우스 카이사르는 원로원 회의에서 최측근이었던 브루투스의 칼에 죽기 직전에 "브루투스 너마저….."라는 말을 남겼다. 최측근은 절대 배신하지 않을 거라는 생각은 관념이다. 실제는 다르게 돌아간다. 역사에서 배신 캐릭터의 최고봉은 '최측근'이다. 브루투스에 속은 것이 아니라 너는 배신하지 않을 거라는 자기 관념에 속은 것이다.

속이는 축이 꼭 악당은 아니다. 누구나 그럴듯한 이유와 명분이 있다. 내가 악당이라고 부르는 자는 나를 악당이라고 부른다. 나는 악당이 아니라는 생각만큼 굳은 관념은 없다. 한나 아렌트의 저서 『예루살렘의 아이히만』을 보면 나치 독일친위대의 장교였던 아돌프 아이히만은 전범 법정에서 유대인 학살에 가담했지만 맡겨진 일을 열심히 했을 뿐 잘못이 없다고 주장한다. 아이히만은 근면한 군인이었다고 책은 적는다. 이 책에는 '악의 평범성에 대한 보고서'라는 부제가 붙어 있다. 고모부 장성택을

숙청한 김정은도 어린 딸 김주애를 바라보는 눈길은 인자하기 이를 데 없다. 악은 평범하게 보이지 않는다는 관념은 예상을 빗나간다.

피는 물보다 진하다는 관념도 지지를 잃었다. '핏줄'은 더는 개인주의에 우선하지 않는다. 울며 겨자 먹기라도 핏줄이 우선이었던 시대는 종언을 고했다. 그 시대를 지지했던 혈통, 신분주의, 유교적 관념이 수명을 다했기 때문이다. 주위에는 형제들끼리 의절한 경우가 많다. 재산 싸움은 핏줄의 정까지 저버린다. 자본주의는 핏줄의 관념을 박살 낼 만큼 강력하다. 인간은 협박하는 동물이다. 상대의 약점을 문다는 점에서 압도적 힘을 전제로 하는 짐승보다 야비하다. 놀랍게도 인간은 협박을 수용하고 적절한 손해를 감수한다. 이를 고급스럽게 표현해서 '협력'이라고 칭한다. 강자가 약자를 이긴다는 관념의 예외다.

까마귀는 사직동 쇠미산 정상 방향으로 날아갔다. 일본에서는 되레 길조라고 하는데 지능이 높아 범고래, 원숭이와 마찬가지로 자의식이 있다고 한다. 까마귀는 부리가 큼직하니 멋있다. 까악 까악 소리도 우렁차다. 새까만 어둠을 잘라 만들어진 열혈 까마귀야, 내 뒤틀리고 고약한 관념을 큼직한 부리로 덥석 물어저 쇠미산에 묻어다오. 좀스러운 관념에 사로잡힌 이미 초라해진 한 인간을 위하여.